腳色

馬森文集

Sen Ma
創作卷10

於荒誕中觀照人生

直探「存在」本質的九部經典獨幕劇

秀威版總序

我的已經出版的作品，本來分散在多家出版公司，如今收在一起以文集的名義由秀威資訊科技有限公司出版，對我來說也算是一件有意義的大事，不但書型、開本不一的版本可以因此而統一，今後有些新作也可交給同一家出版公司處理。

稱文集而非全集，因為我仍在人間，還有繼續寫作與出版的可能，全集應該是蓋棺以後的事，就不是需要我自己來操心的了。

從十幾歲開始寫作，十六、七歲開始在報章發表作品，二十多歲出版作品，到今天成書的也有四、五十本之多。其中有創作，有學術著作，還有編輯和翻譯的作品，可能會發生分類的麻煩，但若大致劃分成創作、學術與編譯三類也足以概括了。創作類中有小說（長篇與短篇）、劇作（獨幕劇與多幕劇）和散文、隨筆的不同；學術中又可分為學院論文、文學史、戲

劇史、與一般評論（文化、社會、文學、戲劇和電影評論）。編譯中有少量的翻譯作品，也有少量的編著作品，在版權沒有問題的情形下也可考慮收入。

有些作品曾經多家出版社出版過，例如《巴黎的故事》就有香港大學出版社、四季出版社、爾雅出版社、文化生活新知出版社、印刻出版社等不同版本，《孤絕》有聯經出版社（兩種版本）、北京人民文學出版社、麥田出版社等版本，《夜遊》則有爾雅出版社、文化生活新知出版社、九歌出版社（兩種版本）等不同版本，其他作品多數如此，其中可能有所差異，藉此機會可以出版一個較完整的版本，而且又可重新校訂，使錯誤減到最少。

創作，我總以為是自由心靈的呈現，代表了作者情感、思維與人生經驗的總和，既不應依附於任何宗教、政治理念，也不必企圖教訓或牽引讀者的路向。至於作品的高下，則端賴作者的藝術修養與造詣。作者所呈現的藝術與思維，讀者可以自由涉獵、欣賞，或拒絕涉獵、欣賞，就如人間的友情，全看兩造是否有緣。作者與讀者的關係就是一種交誼的關係，雙方的觀點是否相同並不重要，重要的是一方對另一方的書寫能否產生同情與好感。所以寫與讀，完全是一種自由的結合，代表了人間行為最自由自主的一面。

學術著作方面，多半是學院內的工作。我一生從做學生到做老師，從未離開過學院，因此不能不盡心於研究工作。其實學術著作也需要靈感與突破，才會產生有價值的創見。在我的論著中有幾項可能是屬於創見的：一是我拈出「老人文化」做為探討中國文化深層結構的基本原型。二是我提出的中國文學及戲劇的「兩度西潮論」，在海峽兩岸都引起不少迴響。三是對五四以來國人所醉心與推崇的寫實主義，在實際的創作中卻常因對寫實主義的理論與方法認識不足，或由於受了主觀的因素，諸如傳統「文以載道」的遺存、濟世救國的熱衷、個人的政治參與等等的干擾，以致寫出遠離真實生活的作品，我稱其謂「擬寫實主義」，且認為是研究五四以後海峽兩岸新小說與現代戲劇的不容忽視的現象。此一觀點也為海峽兩岸的學者所呼應。四是舉出釐析中西戲劇區別的三項重要的標誌：演員劇場與作家劇場，劇詩與詩劇以及道德人與情緒人的分別。五是我提出的「腳色式的人物」，主導了我自己的戲劇創作。

與純創作相異的是，學術論著總企圖對後來的學者有所啟發與導引，也就是在學術的領域內盡量貢獻出一磚一瓦，做為後來者繼續累積的基礎。這是與創作大不相同之處。這個文集既然包括二者在內，所以我不得不加以釐清。

其實文集的每本書中，都已有各自的序言，有時還不止一篇，對各該作品的內容及背景已有所闡釋，此處我勿庸詞費，僅簡略序之如上。

馬森序於維城，二〇一〇年七月二十三日

腳色式的人物（新版序）

在舞臺劇的創作上，人物的創造是一個重要的問題。早期的劇作家常以為他自己創造的人物最接近生活中的真實人物，正如早期的文學家常以為自己最能把握到人生的真相一般。現代的文學家和劇作家，因為對人生以及生活中的真實人物都有更進一步的透視，便不似前者的那般天真與狂妄，因而對人生的真相和生活中的真實人物都有一種較為保留的看法。他們深深體認到在時空的局限中，一個作家不管有多麼周全的觀察力和多麼細緻的表現力，也無法把握到事物真相的整體。與其以片面冒充整體，反不如把片面即當作片面來處理，倒是更能接近事物真相的一種途徑和手段。基於此，現代的劇作家對舞臺人物的處理便不會像古典主義以降的劇作家似地抱著創造整體人物的企圖，結果所創造出來的人物仍然具有嚴重的片面性，跟生活中的真實人物有一段相當遙遠的距離。

由現代向過去瞭望，就可以發現歷代的劇作家，受了社會背景和時代思潮的影響，其所創造出來的舞臺人物，具有各種不同面貌的片面性。大概依照時序的先後，可以分作五大類。

第一類，我稱其為「類別式」的人物。這一類人物產生在戲劇發展的早期和中期，而且產生在農業或接近農業的社會中。在個人主義興起以前的農業社會，對人物的觀察與區分，多半採取歸類的方式。例如不同性別的男女歸入不同的類別，不同年齡的長幼歸入不同的類別，不同社會地位的貴賤或不同道德的評價又可歸入不同的類別等等。古代希臘戲劇中演員所戴的面具，便依據男女、老幼、貴賤而分類，除此以外還有面部表情的區別，以分別悲喜的情緒。那時候戲劇中的人物是有類別的。但以類別創造人物最具有代表性的，莫若元、明以降的中國戲劇。不管任何人物，都以末（生）、旦、淨、丑來區分。在這四大類別中，又可區分為很多小的類別。劇作家在創造人物時，只要把想塑造的人物填入既有的類別就行。這種人物的創造方式也見於盛行在十六、十七世紀義大利鄉野間的「藝術喜劇」（Commedia dell'arte）。其中常見的人物有小生、小旦、老生（Pantalone）、武生（Capitano）、丑（多演僕人，有Arlecchino, Pulcinella, Pedrolino等名稱）。這種以類別區分的舞臺人物有兩個特點：一是多以面具表現人物的特性。中國戲劇中雖並不真正戴面具，但有濃重的化妝，幾等於面具的作用。二是在以類別區分人物的戲劇中，演員比劇作家更為重要。像在中國的京劇中和義大利的「藝術喜劇」中，常常沒有劇作家，一齣戲可以由演員逐漸磨鍊而出。當然希臘悲劇和元雜劇、明傳奇並不都是如此。希臘悲劇的劇作家很重要，人物也常常溢出於類別之外；而元雜劇和明傳奇又以詞藻名世，戲劇的成分反倒相形減弱。

第二類，我稱其為「典型」式的人物。這一類的人物產生在古典主義和浪漫主義時期，也可以說工業社會以前中產階級尚沒掌握政權的時代。那時候舞臺上正如生活中，充滿了帝王將相和英雄式的人物。平凡的人物只可出現在喜劇中做為嘲弄的對象。舞臺上的英雄人物，則多半遭遇特殊，在性格上具有特殊涵攝的典型性。像莎士比亞的歷史劇和悲劇中的人物、莫利哀喜劇中的人物、赫辛的悲劇中的人物都屬於這一類。莎士比亞的哈夢雷特、李耳王、馬克白斯、奧賽羅以及馬爾勞（Christopher Marlowe）的浮士德，不但出身高貴、地位特殊，而且在其特殊的個性中具有普遍性的指涉。哈夢雷特的優柔寡斷、李耳王的黯昧、馬克白斯的野心、奧賽羅的猜疑嫉妒以及浮士德的心路歷程，都涵攝了一般的共性在內，包容面非常之廣。正因為包容面特廣，便難以落實到生活中來。沒有任何觀眾在生活中遭遇過這樣的實體的人物，雖然對其性格的內涵都會有似曾相識之感。這一類的「典型」式的人物今天仍佔據著世界舞臺的重要的一部分。

第三類，我稱其為「個性」式的人物。這一類人物產生在十九世紀後半期，當寫實主義籠罩了文學、藝術和舞臺的時候。這時候已經經過了英國的工業革命和法國的政治革命，中產階級抬頭掌權，大城市日漸發達。西歐經過了啟蒙運動的洗禮，理性主義（rationalism）、實證主義（positivism）和個人主義（individualism）大為流行，普通人的所謂「個性」因而才在小說中和舞臺上顯露出來。易卜生筆下的「娜拉」、契訶夫筆下的「凡尼亞」已經是日常生活中可遇可見的個人。在舞臺上初現這一類的人物的時候，批評家和觀眾都認為這是最接近生活中的真實人物的了，因此把創造這一類人物的方法稱作「寫實主義」。然而今日看來，這一類人物是否就像前人意想中那麼接近生活中的真實人物呢？恐怕不見得。第一、這類人物所用的極具辯才和邏輯性的語言就距離現實中的人物很遠。第二、這些人物都是根據劇情單向發展的，與生活中真實人物的多面性也很為不同。第三、這些人物所表現的個性均是膚淺的、外在化的，其內在的心理內容全沒有表現出來。第四、這些人物時刻在清明的意識主導下的行為，遠離了真實生活中人物行為中的無意識與盲從性。像這樣的區別實在不勝枚舉，怎麼能夠說這一類的「個性」式的人物比「類別」式的人物或「典型」式的人物更接近生活中的真實人物呢？充其量我們只能說「個性」式的人物，多發掘了一些人物的社會性和個別性而已。

第四類，我稱其為「心理」式的人物，這是直接承受了佛洛依德心理分析學派影響之後所產生的舞臺人物。心理式的人物的創作方法基本上仍是寫實主義的，不過兼採了象徵主義和表現主義的方法，豐富了人物心理的內容。在跟佛洛依德約莫同時代的史特林堡的戲中（像「父親」、「朱麗小姐」等）的人物，已經有了加強心理描寫的傾向。但最有代表性的則是二十世紀的美國劇作家，像奧尼爾（Eugene O' Neill）、田納西・維廉斯（Tennessee Williams）和阿瑟・米勒（Arthur Miller）等人。奧尼爾的「瓊斯皇帝」運用表現主義的手法顯現在舞臺上的全是人物心裡的幻象。米勒的「售貨員之死」，對人物的創造基本上是易卜生式的，唯一不同的是把人物心中的幻象直接呈現在舞臺上，使觀眾分享人物的心理過程。維廉斯在「慾望街車」、「玻璃動物園」和「玫瑰紋身」等劇中，精心地挑選了客觀存在的「物象」來反映、象徵人物的內在心理。這許多不同的方法都意在進一步解剖人物的真相。但是這些劇作家是不是就已經把生活中真實的人物完整地呈現出來了呢？仍然不曾！因為心理分析得愈詳盡，愈忽略了人的荒謬和無理性的一面，也就愈遠離了人的真相。

第五類，我稱之謂「符號」式的人物。這類人物正是對在寫實主義影響下所產生的「個性」式的人物和「心理」式的人物的反動。由於二十世紀中期理性主義的發達，使人們愈來愈瞭解到人類不由自主的無意義的盲動和非理性的荒謬行為比理性的行為更為重要。譬如說人類一面厭惡戰爭，一面卻積極備戰；一面恐懼自然資源的涸竭和環境的汙染，一面卻熱中於促成汚染的工業發展；一面相信科學主義，一面卻希望最好有一個上帝。這許多在以前認為是不成問題的問題，在二十世紀尖銳的理性的反照下都變得荒謬可笑了。既然人們的共通性大致都是一式的荒謬可笑，那有時會出現的個別性實在顯得已無足輕重。在這樣的背景下，尤乃斯柯（Eugène Ionesco）、白凱特（Samuel Beckett）等人創造了荒謬劇中符號式的人物。在《禿頭女高音》中，尤乃斯柯使司密斯夫婦和馬丁夫婦彼此可以互換，已完全失去了人物的個性。在白凱特的《等待哥多》中，人物自稱代表了全人類，也就是等於人類某種處境的符號。這種看似抽象的人物之所以可以和比較具體的個性式的人物在現代的舞臺上並存，正由於通過這類符號式的人物，顯現了生活中真實人物的另一種面相，是以前的各類人物所不曾概括到的。

我開始在寫實主義、象徵主義、表現主義和荒謬劇的多種影響下進行戲劇創作的時候，並沒有意識到我所創造的人物是「個性」式的、「心理」式的、還是「符號」式的。我在一九六七年所寫的《一碗涼粥》中的人物沒有姓名，而只用了夫妻。在《弱者》中仍然用的是夫妻。在《野鵓鴣》中用的是父母，在《在大蟒的肚裡》用的則是男女。直到我在一九七六年寫了《花與劍》，其中人物的代號用的是「父」、「母」與「兒」，我才意識到我所看重的人物的特性，是他們之間的關係；換一句話說，就是人物在我的戲中所呈現的是他們在人間所扮演的「腳色」。

有了這種意識上的覺悟，我在一九八〇年寫了《腳色》一劇，目的就在顯示人物所扮演的腳色的重要性。「腳色」本來是一個戲劇中的術語，指的是一個演員所扮演的劇中人。這個術語借用到日常生活中來，指的是一個人在相對的關係中所扮演的一種特別的身分。譬如說，同一個人，對父親而言，他是兒子；對兒子而言，他是父親；對老師而言，他是學生；對學生而言，他又是老師。事實上一個人在這個世界上沒有固定的腳色，他所扮演的腳色全視特定的時空和相對的關係而定。我在戲劇中所強調的也正是這一點，因此其中的人物扮演著雙重的腳色，他既承擔了人間相對關係中所賦予他的腳色，又扮演著劇中人的腳色。就戲劇藝術而言，就是借了演員扮演劇中人的這一行為，反映出人在生活中的某種特定時空和相對關係的局限下，所扮演的那種特別的身分。

我們知道，一個演員因為長久地扮演某一種劇中的腳色，他會為劇中人的個性所侵蝕，而失掉了他自己的個性。這種情形特別在我國過去的傳統戲班中和義大利的「藝術喜劇」班中最為常見。梅蘭芳所具有的女性的嫵媚是人所共知的，演慣了Arlequin的演員，他的一舉手一投足都是Arlequin式的。其實，與其說演員的個性受了所扮演的腳色的侵蝕，不如說一個人的個性本來就是他在人間所扮演的種種腳色的總和。如果我們撇掉了一個人所扮演的種種腳色的特性以後，再來問這個人的個性是什麼，那便只成了一片空白！我們認識一個人的性格或個性，也正是透過我們與他之間的關係所做的界定。因此兒子對父親的瞭解與兒子的母親對她丈夫的瞭解並不相同。妻子和兒子對同一個人的瞭解又與朋友對這個人的瞭解不同。這許多差異，正來自這個人所扮演的腳色不同。如果說這都是一種主觀的觀察，並不是客觀的實相；問題是如不透過這種主觀的觀察，客觀的實相是並不存在的。即使有所謂客觀的存在，那也不是其他的人能夠觀察到、瞭解到和把握到的。因為一個人對另一個人所能夠理解的客觀的極限，不過是在自己相對關係中的觀點再盡量地加上自己所觀察到的其他人對這個人的相對關係的觀點而已。所以通過相對關係所顯露的腳色正是一個人存在中最重要的基素。這就是為什麼我在「類別」式的人物、「典型」式的人物、「個性」式的人物、「心理」式的人物和「符號」式的人物之外，再加添上一種「腳色」式的人物。「腳色」式的人物的出現，表示了我對生活中的人物瞭解與分析跟以前的劇作家採取了不同的視角與觀點。

荒謬劇的劇作家企圖通過「符號」式的人物把「人」抽象化了。我的企圖則是把抽象了的人物再賦予具體的腳色的特性。所以用腳色來代替寫實劇中的所謂「個性」，正因為個性不過是眾多腳色的總和，捨腳色而外，個性也者，只不過是一個空妄的謎語而已！

在生活中，並不是每一個人都以相同而一致的方式來扮演相同的腳色。他實現他所扮演的腳色受著兩個基本條件的制約：一是他認知的文化與社會傳統所賦予這個腳色的內容，二是他自己實現這個腳色的實際的能力。譬如說同是父親這個腳色，千百個人扮演起來，便有千百個不同的父親，那便是因為第一他所認知的父親的內容與別人可能有所出入，第二他所擁有的實現父親這個腳色的能力資本跟別人有所不同。不同的文化、不同的地域、不同的社會階層、不同的教育背景以及不同的智商，都是影響第一個基本條件的因素。影響第二個條件的最大因素是他在生長的過程中所經驗到的別人對他如何實現這一個腳色。說得具體一點，一個人扮演父親這個腳色所擁有的能力資本，乃是另一個人在他幼年時扮演他的父親時所給予他設置的蓄儲。因此幼年所經驗的他人的腳色的扮演，不但影響了這個人在成年以後扮演同一個腳色的能力，同時也形成了他扮演任何腳色的心理情境和狀況。如此說來，在人生中，父母的腳色是任何其他腳色的基礎，正因為父與母是每一個人在人生的旅程中最原始接觸到的兩個腳色，因而這兩個腳色的實際內容便深深地烙印在他的腦海中，主導著今後他對所有腳色的認知與扮演的能力。

這種錯綜複雜的關係，要在舞台上呈現出來，是對劇作家的一個重要考驗，也是一個有力的挑戰。在技術上，可以運用「腳色集中」、「腳色濃縮」、「腳色反射」、「腳色錯亂」、「腳色簡約」等等可資採取的手段，達到凸顯腳色的目的。「腳色集中」指的是把人間的關係集中在幾個主要的腳色身上，特別是父母、子女和夫妻的腳色。在這本集子裡所收的劇作中，多半是集中在這幾種腳色身上。「腳色濃縮」指的是把每一腳色濃縮到最精鍊的程度，使他的存在與腳色的扮演合而為一。譬如在《野鵓鴿》中，父親和母親到底是怎麼樣的一種人，我們沒有興趣，父與母的存在完全濃縮到他們對兒子的態度這一點上。「腳色反射」是說一種看來不相關的腳色反射了一種或多種本相關連的腳色。譬如《在大蟒的肚裡》不相干的兩個男女可以反射了夫妻的腳色。但是這種反射是具有歧義性的，對不同的觀眾和讀者可以顯現出不同的反射面相。反射面愈繁複、隱晦，有時愈能引發追索剖析的興趣。「腳色錯亂」有不同的錯亂形式，一種是劇中的人物並不明瞭自己扮演的腳色是什麼，例如在《腳色》一劇中，甲、乙、丙、丁、戊都不能肯定自己所扮演的腳色，因此他們的腳色可以互換。另一種形式是一個人物可以錯成兩個以上的腳色，例如在《一碗涼粥》中，夫忽然錯成兒，而妻忽然錯成母。「腳色簡約」則是利用同一個人物扮演兩個以上的腳色。像在《花與劍》中，鬼那個人物兼具了父、母和父母的情人三個腳色。「腳色錯亂」有時兼具了「腳色簡約」，像在《一碗涼粥》中；有時則不兼具「腳色簡約」，像在《腳色》一劇中。

以上所言均是技術性的問題。任何劇作上的技術，都是為了達到特定的目的而運用的。沒有目的的技術，就像不能製成成品的工具，本身不具任何意義。譬如說運用「腳色錯亂」做為編劇的技術之一，首先劇作家所採取的創造人物的觀點必須是腳色式的。如果所採取的是其他類型的人物創造觀點，而運用了「腳色錯亂」的手法，觀眾很可能會莫名其妙了。其次，「腳色錯亂」的運用是為了顯示一個人本具有不同腳色這一特定的目的，或一個人的某種內在的腳色掙脫了外在腳色的範限的特定目的。如沒有任何特定的目的，任何技巧的運用都失去了應有的內涵。

為什麼我這麼強調腳色的作用？簡單地說主要的是因為我生在二十世紀，呼吸著二十世紀中工業社會個人主義中的孤絕的空氣，十九世紀以前的那種種複雜的外在社會關係，到了我的經驗裡都簡約成幾種主要的腳色關係。其次，我也有其他劇作家所少有的生活在多種不同的文化和社會中的經驗，這種經驗使我忽視了人物的其他特點，卻獨獨突顯了腳色的扮演這一種特點，因為在任何文化和社會中都不脫腳色扮演的這一基本要素。再其次，就是尤乃斯柯和白凱特等人把「符號」式的人物不論在內容上還是在形式上都推到了極致，使我在欣羨之餘無法步他們的後塵，不得不另闢蹊徑。不過要說明的一點是，我這種理論上的領悟完全是創作以後的事。我在初期創作「腳色」式的人物時，全憑了我的直覺與直感，並沒有任何理論性的主導。

創作的主要源泉，根據我個人的經驗，是來自作者自己的感覺與經驗，而非來自理性的思辨或外在的理論。但是理性的思辨和外在的理論卻可以加強感覺與經驗，使其更為純粹鋒利。感覺與經驗是一把刀，思辨與理論是磨刀的石，經過磨刀的石磨過的刀才真是一把鋒利的刀。

「腳色」式的人物雖然又擴大了或加深了對人物的透視，但是也有其局限，也並不能把握到生活中真實人物的整體。陷於某種有限的時空中的觀察者，永遠難以把握到一種客體的全貌全面，何況這個客體的本身也是在發展中而流動不居的。因此之故，對人物創造的觀點與方法永遠是開放的。敏感而直覺的劇作家，在不知不覺中就自會為未來的舞臺開出種種不同的道路出來。舞臺上的可能性，遂也就像文學和藝術中的可能性一樣，是無限的了。

文學與戲劇——《馬森獨幕劇集》序

白灰的天棚、瓷磚舖地，一床、一几、一桌、一椅，空空蕩蕩的一間大房。一邊是落地的玻璃窗，靠街，除了上端小小的一扇氣窗，從不打開；夏日炙熱的陽光便實實落落地打在上頭。玻璃窗上有些漂亮的花紋，白天，不敢盯視在上面，否則眼前就是一片金星撩亂。這間房通向另外更大的一間廳房；門老是關著。另外一扇門通向一間小小的浴室，用一襲普通的白布隔開。當另一邊的氣窗打開的時候，這白布簾便飄呀飄地鼓盪起來。

這是我初到墨西哥，在墨西哥學院東方研究所執教的時候住的房間。從報上找到了這間房，就租下了。房東是一個四十來歲的中年人，一張方方正正的棕色的臉，一撇八字鬍，典型的墨西哥人；看起來有點像墨西哥的革命英雄薩巴達。房東的太太很白淨，不用說多一半流著西班牙人的血液。她梳著光潔的黑色髮髻，不大愛說話。房東的女兒約二十歲左右，有一張俊俏的臉，每天都梳裝齊整地端坐著。但眼神很遲鈍，坐著不動的時候，真像一座泥塑的美人。一走動，就顯露出她的跛腳，所以她常常呆坐著。我剛到的時候，還不會說西班牙文，他們一家也不懂法文、英文，更不用說中文。我們對坐著，彼此都有謎樣的感覺。墨西哥是一個奇異的國家。我到達墨西哥城的時候並非夏季，而是應該稱作冬季的一月。並且很僥倖地遇到了墨西哥城三十年來未嘗一遇的雪。天上的日頭熱烘烘地，腳下竟有積雪，真是少見的景象。報紙上都用大字標題來渲染這次的雪景。但這裡的雪只有幾個鐘頭的壽命，以後就完全與雪絕緣。到了二月，天氣好的時候，便跟夏季再沒有什麼分別了。又過了些日子，到把該看的看了，該遊的遊了，下課後便自覺有太長的時間呆在這間空蕩蕩的房間裡。逛街吧，太陽太毒；公園裡倒有些扶疏的花影，但又被太多的人群與手提收音機的喧鬧盤據了視與聽的二度空間。我便常常懶懶地躺在牀上，仰望著灰白的天棚出神。腦裡盤旋著剛剛離開不久的巴黎，以及跟墨西哥那麼不同的歐洲風光，還有遠拋在巴黎的家人和友人的面影。一忽兒又轉念到離開已久的故園，以及那跟墨西哥風土更為迥異的東方情調；自然還有一批更熟悉親切的面影也一齊浮現出來。

幾次生活在這麼不同的國度裡，一切都覺得似幻又真。生活中的浮相常常掩蓋了生活的實質，於是眼睛追逐於光怪之色彩，耳朵放逐於陸離之聲域，在多彩多姿的土風異俗中竟渾然忘卻了人之所以為人之處。然而眾花繽紛的喧鬧，不過是潛伏在種子中的那種基本的生機的表相，心神收攝的時候，心靈就逐漸接觸到莊子所謂的「大同異」。透過了不同的膚色、不同的語言、不同的習俗，忽然見到人的一樣的血肉、一樣的欲望、一式的幻想與夢境。於是我的注意力似乎越過了表相，企圖去把握一些更直接、更真實的東西。我拿起筆來開始寫這個集子中所收的一個獨幕劇《蒼蠅與蚊子》。第二齣戲也是在這間屋子裡寫成的。以後我就搬到別的地方，墨西哥所帶給我的鮮豔的色彩也就逐漸淡落下去。

其實這個集子裡所收的戲，都不是我所寫的第一個劇本。我的第一個劇本是一個三幕劇，是我在大學時代寫的，題目已經忘了，自然很不成熟。後來又寫過兩個電影劇本，同樣已不知丟到那裡去。還寫過一個獨幕劇，記得題目是《飛去的蝴蝶》。當時我很喜歡美國田納西・威廉斯

（Tennessee Williams）的劇作，所以多少受了些他的影響，在塑造人物及製造戲劇氣氛上下了些工夫。那時我拿給一個朋友看，很受了些鼓勵。但不知為什麼，雖然我自己在大學時代的舞臺上頗為活動，後來到了歐洲又繼續研究戲劇與電影，但沒有再繼續寫戲（計劃大綱與未完成的片斷倒是有的），反倒寫起小說來。到了墨西哥以後，才又再度有了這種用我早已熟悉的表達方式來發揮某種內在渴望的衝動。

我相信一切文學的、藝術的創作，都是由於一種內在的急切的與人溝通的需求。文學與藝術的作者，在現實生活中常常是些羞怯的典型，並不多麼善於表達自己，這才沉浸在一己的夢想裡，說一些夢話。這夢話也就是一種自我表達，也就是出於一種與人溝通的需要。不管在現實生活中表現出多麼孤獨的人，都不能避免這種企圖與人溝通的欲望。人到底天生的是一種群居的動物。

我自己並不是特別孤獨的那種類型，但仍自覺在現實生活的人際關係中有一種巨大的阻障與隔膜。我可以在舞臺上通過劇中的人物來盡情表達自己，也可以朗朗地演說或辯論，但一到現實的生活中，譬如說在一種交際的場合，無論是酒會、宴席或與陌生人會晤，需要與人寒暄溝通的時際，便感到慌張失措。為了掩飾這種慌張失措的心情，很可能表現出一種落落寡合的模樣，這就更加拉遠了與人的距離。在現實中與人有所隔膜的隱痛，遂加強了企圖用另一種方式與人溝通的欲求。我所選擇的方式，就是文學。我既不想自我窒息，又不願與人隔絕，我就只能以我自己感到自由舒適的方式在我與人間搭起一座橋樑。

我把戲劇也看作是文學的一種形式，因為戲劇除了在舞台上搬演以外，一樣可以當作文學作品來讀。不過，有些劇作，如不搬上舞台，便很難顯現它的特色，像尤乃斯柯（Ionesco）的戲就是如此。所以戲劇又並不完全是文學，還有它具體形象與動作的一面。作為一個觀眾所得到的舞台上的印象，與作為一個讀者所得到的文學上的印象，有時候距離極大。我自己的經驗是，越是現代劇，這種距離就愈大。因為古典劇依賴對話的成分較重，劇情常常是只靠對話來轉折發展；現代劇則開闢了別種使劇情得到轉折發展的途徑，對話就不及在古典劇中那麼重要了。因此愈是現代劇，就愈有脫離文學尋求自我發展的傾向。然而也只是傾向而已，沒有文學價值的現代劇是沒有的。所以就是現代劇，仍具有戲劇與文學的雙重價值。

我這裡所謂的現代劇是指二次大戰以後，特別是五十年代在法國發達起來的以幾個非法國土產的劇作家如尤乃斯柯、白凱特（Beckett）、阿達莫夫（Adamov）等為代表的荒謬劇而言。荒謬劇，就如存在主義在文學中所探索與表達的荒謬一般，實質上並不真是荒謬的，只不過是一種觀點的轉移。如果站在傳統的觀點以為現代是荒謬的，那麼站在現代的觀點同樣會感覺傳統是荒謬的。現代人，不容否認地，對我們所居留的世界、宇宙，及對人之為人的心態，有更為深入廣闊的探求與發現，遠超過傳統的繩墨藩籬之外。這就在各方面都產生了觀察深度的增長與觀察角度的放大與轉移。一方面這好像表現了人的立場再不如在傳統的方式中那麼穩定，但另一方面卻也表現了人有了更大的自由。這種自由早已顯現在經濟、政治、社會組織、自然科學、文學、藝術等不同的領域中，引起了現代人的生活方式、思維方法以及欣賞趣味的極大變化。因此，現代劇的表現方式與內容，自與傳統的戲劇大異其趣。我覺得，正像現代文學、現代繪畫、現代音樂一般，現代戲劇不但不曾破壞了戲劇之為戲劇的特性（雖然有人用了反戲劇一詞），反倒豐富了戲劇的形式與內容，拉近了戲劇與現代人感受的距離。

談到戲劇的特性，應以其與其他藝術表現方式不同之處立論。沒有導演與演員固然不能演出戲劇，沒有劇場與觀眾同樣不能演出戲劇。這是傳統上一致的看法。美國的所謂「活戲劇」（Living theater）企圖泯除演員與觀眾的界限，同時也意欲使劇場擴大到無處不在的地步，街頭巷尾茶肆酒店無不可作為劇場。雖然如此，也只能說對演員與劇場定義之擴大，並非否認演員與劇場之為必要。所以戲劇仍是劇作家，通過演員，在一定的場地，與觀眾彼此溝通的一種藝術形式。

我說彼此溝通，而不用教育、宣傳等字眼兒，是因為我堅信教育與宣傳不是文學家或藝術家的目的，至少我自己在寫作的時候沒有任何這一類的意圖；我自覺沒有比別人更高明的見解。但是我既為人類的一分子，便不能不感到一份為人的寂寞，我有需人瞭解的欲求，因此我盡可以任性地道出一己的心聲，冀望獲得他人的反應、共鳴、補充與批評。

我所採用的戲劇表達方式與所表達的內容，不是傳統的，既不是西方的傳統，更不是中國的傳統，然而卻受著西方現代劇與中國現代人的心態的雙重支持。換一句話說，在形式方面接受了西方現代劇的影響，在內容方面表達的則是中國現代人的心態。

中國的話劇，在形式上本來就是一種西方劇的移植。我們知道，中國戲劇的發展，不但與西方根源不同，而且時間上也晚進了許多。在希臘的悲劇已經具備了戲劇的結構的時候，中國還只有雜技與歌舞。到了元明雜劇與傳奇鼎盛的時代，仍循著歌舞的路線發展，而從未出現過純以對話為主的話劇（一向認為以對白為主的武漢臣的《天賜老生兒》，四折中曲子也有三、四十支）。直到近代，中國受了西方文化的侵襲之後，歐陽予倩等一批留日的學生，才第一次組織劇團（春柳社），演出話劇。然而他們初時所演仍是翻譯的西方話劇，而不是中國話劇。如果說中國現代文學受了西方文學極大的影響，那麼中國的話劇則不只是影響，而至少在形式上是完完全全西方戲劇的東移。意外的是在極短的時間內就受到中國群眾的歡迎與接受。嗣後，這種新興的戲劇形式在中國循著兩條路線發展：一條路線是與中國的地方戲合流的文明戲；另一條路線就是遵循西方話劇的規格，但以改革社會及宣傳政教為目的的社會宣傳劇。那時中國正遭遇到一個經濟、社會、政治各方面都急劇變革的大時代，社會宣傳劇遂大行其道，成為改造社會與宣揚政教的有利工具。中國幾個有名的話劇作家，直接承受著西方早期的劇作家如易卜生（Ibsen）、奧尼爾（O.

Neill）、契訶夫（Chekov）等人的影響，雖然有時求助於誇張的手法，但總以寫實為體。然而由西方所來的影響，初時常常是經過日本轉折而來，在時間上往往與西方發生脫節的現象，因此較晚的德國的表現主義與法國的超現實主義的戲劇，在中國的話劇中都不曾留有任何明顯的痕跡。

現代的中國雖然也遭受著急劇的社會變革，這一代中國人的心態雖然也與上一代大相逕異，然而幾十年的話劇並沒有什麼新發展，顯然現出停滯不前的現象。

我開始嘗試寫劇本的時候，也是遵循著寫實的路線來寫的，但總覺得與自己的感受不合，因此也就漸漸失去了寫劇本的興趣。後來到了巴黎，接觸到西方現代劇的表現方式，才覺得是一種表現我自己的感受的有效工具。記得我第一次看西方的現代劇，是在拉丁區所謂的「口袋戲院」（小型戲院）裡。時間好像是一九六一年的夏天。戲院只有五十幾個座位。因為座位少，據說每場都是滿座；票價也相當昂貴。我是請一位好友一起去看的。為了怕臨時買不到票，所以幾天前就把票訂好了。原想第一排該是最好的座位，誰知戲院實在太小，就是坐在後排的觀眾與舞臺的距離也並不太遠，坐在第一排，簡直就在演員的腳下。不過也有好處，倒像自己也在舞臺上一般。

那家戲院是專演尤乃斯柯的戲的；而且專演尤乃斯柯的兩個獨幕劇：《禿頭女高音》（La Cantatrice Chauve）與《教訓》（La Leçon）。那時已經不停歇地演了五年了。演員也早換了好幾批。戲一開幕，是一對英國夫妻坐在客廳裡閒聊，說些個莫名其妙的話。聊呀聊地，既沒有其他動作，也不見其他演員。我跟我的朋友都焦灼地等著戲中的主角禿頭女高音出場，一直互相詢問著：「怎麼禿頭女高音還不出來呀？」然而直到閉幕，不但不見禿頭女高音，連女高音也沒有，禿頭的也不見。當觀眾掌聲雷動的時候，我直覺得奇怪，莫非巴黎人都有點神經？一齣莫名其妙的戲，碰到一群莫名其妙的觀眾！我想我那時的感覺跟一個看慣了具象繪畫的人突然站在一幅抽象畫的面前那種手足無措的感受一般。待看到第二齣《教訓》的時候，才終於看出一點門道來。這一點門道是通過那莫名其妙的教授跟莫名其妙的學生，通過他們莫名其妙的對話與莫名其妙的動作意味出了點象徵的意義。這就是我當時所有的收穫。

又過了好些年，我才開始漸漸懂得，在東方文化陶冶下長大的人與西方文學、藝術隔膜之處何在。東西方文化，在理性思考方面，各有所長，不相上下，唯獨在「感情」與「感覺」方面距離極大。東方人對情方面獨有所鍾，西方人則長於感覺。因此，由東方文化培育成的我，面對著一篇文學作品或藝術作品的時候，我所用的是「情」和「理」。第一我問這件作品能不能使我感動（這種感動常常不把快感包括在內），第二我要分析它有些什麼含意。我偏偏想不到，也不懂如何運用我的感覺來直接接觸它的形式、顏色、線條、光影、結構、節奏……種種對西方人非常重要而為我們所忽略了的因素。我後來又仔細思考（又是東方式的存在方式）東方人之所以不習慣於運用感覺的道理，我發現恐怕與東方人對性的壓抑有密切的關係。在生理上說，性器官是人體最敏感的部分，在心理上也是一樣。人不感覺則已，如一任一己的感覺（包括視、聽、嗅、觸、味）任意馳騁起來，不是集中到性感就是與性感聯繫起來。如想對「性」採取控馭壓抑，唯一的辦法就是不讓感覺任意馳騁，把它範之以理，導之以情，這就是東方人的感覺方式。這在東方人（不只中國人，日本、韓國，甚至印度人都包括在內）的舉止態度上很明顯地表現出來。東方人跟東方人在一起的時候，不自覺有甚麼不同，但一與西方人接觸，差異就立刻顯現出來。譬如在世運會或國際會議這種場合，不管多麼活潑的東方人跟西方人在一起都顯得非常古板拘謹，不能適應西方人那種人際之間身體的自然接觸。反映在文學、藝術上就是東方對感覺世界的窒息。不管文學、戲劇、繪畫、音樂與電影，都欠缺西方那種放縱自肆的氣息。這是我在西方生活了多年之後才漸漸領會到的。

我後來曾經有意識地開拓我自己的感覺領域，我發現我不但可以具有與西方人類似的感覺，而且我自覺有這種生理與心理的需要。感覺上的開拓，毋寧等於開展了我的生存範圍，提高了我的生存意義，使我更能領略到生之歡樂。然而這並不能說我已全部西化了。事實上東方的生存方式仍然是根深柢固的。這種東方的文化陶冶，也帶給我許多西方人難以獲得的珍寶。我自覺比西方人更多一些心理上的平衡，和曠達樂觀的態度。這是東方文化帶給我的長處。然而一不留意，東方式的禁慾習慣就冒出頭來，阻礙著我自由運用我的感覺。我需時時地加以疏導，使其無所障蔽，雖然對我來說並不是件易事。由於我自己的經驗，我深信東西方文化的交融，對雙方都會帶來莫大的益處。雙方可以互相吸取優點、互補缺失，自會促成文化與生存境界的豐富與提高。

到我逐漸領略了西方人的心態的時候，我也開始能夠領略西方的文學與藝術；自然也開始領略到西方的現代劇。現代劇的出現並不意味著對古典劇的反抗與排斥；毋寧說是一種推陳出新，豐富了已有的戲劇傳統。同在巴黎，同一個時間，你可以看到現代劇，但你也可以看到莎士比亞的《哈姆雷特》、莫里哀的《守財奴》或契訶夫的《櫻桃園》。我自己就偏愛契訶夫的戲。不管用什麼語言演出的契訶夫，我都愛看。我喜歡他那種在寫實劇中少有的詩意與淡淡的哀愁。我喜歡契訶夫，但我卻不願去模仿契訶夫；正如我喜歡李白，我也不願去模仿李白的詩一樣。因為我們生在不同的時代，有著不同的生活環境與意識型態。說到底，與我自己的心態最接近的還是現代劇作者的心態。對於現代劇，我不止是喜愛，而自覺它是我生活中的一部分。雖說如此，我卻並不曾把現代劇的形式與技巧立時搬來應用之。因為當時雖覺開拓了視界，但還不知道如何化為己有。後來經過了五、六年的醞釀與消化，才在西方現代劇的基礎上摸索出一些更適合於表現自己感受的方式。在居留墨西哥的五年間，我一連寫了十幾個獨幕劇，表現的方式並不盡相同，但都與五四以來的中國話劇傳統大異其趣。

五四以來，中國話劇的發展，已有良好的基礎，質與量的收穫並不下於小說與散文，可以說遠超過詩歌之上。唯一比不上現代詩歌之處，是始終局限於寫實的框框中，且常常以宣傳說教為主，以致形成形式上的單調與內容上的貧乏。因此，我以為在寫實劇以外另闢一條路徑，並不意味著對我國已有的話劇傳統的鄙棄與反抗；正好相反，是意圖豐富這既有的傳統。

我不知道我的表達方式是否易於為國人所接受，但我想我的心態並不是孤立的。生活在同一個時代，類似的生活環境的人，該不會完全不能理解我的一些夢囈。別人該也有某些類似的夢囈的經驗。即使沒有過，該也會偶然從一句夢話中，或一種特異的形象中，接觸到潛意識中的某種隱痛，因而受了一驚，竟突然覺得那些原來散亂的模糊的形象具體化了起來，領悟到荒謬比理性更為理性，虛幻比真實更為真實。

我的人物沒有什麼個性。雖然有時候有性別、職業與年齡，但並不是多麼重要的。背景也不重要。時間也不重要。什麼才是重要的呢？重要的是他們的夢囈，是他們的舉動，是他們在我所賦予他們的世界中的生命。我們在夢中所夢見的人物，儘管面貌、衣著、個性模糊不清，但對那個人物的感覺可以持久不忘，因為那個人可能是你，可能是我，或是你加上我，或是你我的一部分。對我而言，演員在舞台上的夢囈，也就是觀眾在台下心中的夢囈。如果觀眾有一種衝動，企圖把自己的夢囈表達出來，也不妨奔上台去，把演員推向一旁，奪取了演員的地位來夢囈一番。戲劇原本是群眾的藝術，需要群眾的共同參與。

戲劇雖說是群眾的藝術，但仍有它的獨特性，仍有它的作者。配稱為一個作者的人，總應該在某種藝術上有點獨特的貢獻。這獨特的貢獻代表了作者一點對人生的獨特的觀望角度與獨特的領會。一個作者不需要去綜合別人的心得，也不需要去揣測他人的心理，他儘可以大膽地表現自我。如果他真有些獨特之處，自會有人欣賞，自會引起共鳴，因為讀者與觀眾並不都是傻瓜與笨蛋。作者自不應把不能產生陽春白雪的責任推到下里巴人的身上。

我說這樣的話，也許有人要冠我以「脫離群眾」的罪名。然而群眾在那裡？有人說：群眾在工人那裡，在農民那裡，在低收入的廣大的人群中。這話說得不差，不過我覺得與人溝通的正常方式是說自己要說的話，而不是說別人要聽的話。如果你儘說別人要聽的話，雖形似溝通，其實卻絕未溝通。因為你並未說出你要說的話，不論你怎麼說，別人對你仍不認識、仍不瞭解。其實你所要說的，也並不一定就是別人不要聽、不能聽、不愛聽的話。因此，我以為一個文學作者或藝術工作者服務人群的最好方式，還是說自己要說而想說的話。只有別具用心的人才一味把群眾局限在一個固定的框框中，認定了群眾只配接受某種樣式，而絕不能接受他種樣式。好像說群眾只配喝小米稀粥，絕不懂得欣賞清蒸魚翅的滋味，於是大家都該來煮小米稀粥。要是誰膽敢為群眾燒一味清蒸魚翅，那就是冒犯了群眾的口味，犯下了脫離群眾的大罪。這豈不是等於說工人永遠該事事限在工人的框框裡，農人永遠該事事限在農人的框框裡，命定了永生永世喝著小米稀粥，永不准翻身？小米稀粥自有小米稀粥的價值，不容否認，但論情論理也絕對該讓群眾嚐嚐清蒸魚翅的滋味。如果到時候群眾果然不領教清蒸魚翅，寧願只喝小米稀粥，那時候讓群眾自己來說，勿庸他人多嘴！

我總覺得文學、藝術，不但是人與人之間溝通的重要媒介，也具體地代表了人向無限未知的領域中探索的自由。人類的文化就是這麼一點一滴地積累起來的。沒有了新的探索，也就沒有了新的累積，人類也就不會再有任何發展的可能，只有僵滯在既成的一灘死水中。新的探索並不一定都會帶來收穫，但如無探索則絕無收穫可言。基於這種觀點，我在寫作時就只說我要說的，而不關心別人要聽些什麼。我自己也是群眾中的一分子，我既未嘗遺世而獨遊，則不必操心是否脫離。

在任何新的探索中，如有所收穫，則必定是整體的。一件真正的藝術品也必定有形式與內容的一致性。在文藝批評中常用的那種「舊瓶裝新酒」的比喻，實在是一句似是而非的話。藝術上形式與內容的關係，絕不宜以酒與瓶來對比。酒與瓶可合可分，藝術的形式與內容則是不可分割的。如一定要比，則只能以有機物作比，因為藝術的本體也是有機的，某種形式只能裝與其相當的內容，內容的改變也勢必影響到形式的更新。在我的劇中，可以看出來，我所關心的問題，我所企圖要表達的意念，跟我所採用的表達形式有密切的關係。換一句話說，一方面內容決定了形式，另一方面形式也決定了內容。當一齣戲在孕育的階段，我不曾嘗試在不同的方式中選取某一種來表達我的意念，我也不曾嘗試選取某一種意念灌注在我所意欲採用的形式中。實際的情形是形式內容同時產生，同時具體而微地在我的心田中萌芽、茁長，以致開花結實。也許別人有不同的經驗，但對我而言，這是我唯一的創作方法。

這個集子中所收的九齣戲，以寫作的先後排列，除了最後一齣是最近在溫哥華寫成的外，其他都是在墨西哥城寫成的。墨西哥城的驕陽、急雨、棕色的皮膚、玉米餅、馬爾牙乞樂隊的歌聲、嘈雜泥濘的菜市場、喧嘩的節日，孩子們擊打的紙獸、冥祭的鮮花與骷髏頭、聖母寺前把膝頭磨傷了的跪拜的人群、印地安人多彩多姿的舞蹈、晒焦了的草原、拖著驢子的老婦人、在塵土中賣鸚鵡的幼童、流入都市向人伸手討錢的印地安農民、昏臥路旁的酒鬼，還有矗立在原始森林中瑪雅文化的遺址，象徵著人類文化之夭亡的金字塔、宮殿，說不完的異樣的事物都銘刻在我的記憶中，都直接或間接地給予我一些不同的感觸。也就是在那個環境中，我同安妮，還有我們的孩子伊莎、伊夫度過了五年平靜而安穩的歲月。現在回憶起來，那段生活在我的生命中是一個驛站，是急流中的一個湖泊，給予我一個反芻的機會，使我除了寫了這些戲以外，還寫了一篇長篇小說、一本用法文寫的故事集，譯了一本法文的中國小說選、出版了一本法國社會素描、一本西班牙文的老舍小說選，以及為報章雜誌寫了不少雜文。到了加拿大以後，不管在研究寫作上，還是在生活上，都發生了巨大的變化。我變成了一個與前大不相同的人。我好像重新獲得了一次生命，又投入了生活的急流中，無暇休歇了。從此開始了我生命中另一個截然不同的階段。這個集子的內容雖與墨西哥沒有直接的關係，但它的產生與我在墨西哥的生活大有關連，特別是與安妮共同的生活。因此，我願意把這個集子獻給安妮和我的墨西哥的朋友們。

寫到這裡，我應該感謝金溟若先生的鼓勵。我在墨西哥的頭幾年，他正在臺北編「大眾副刊」。我有許多作品是應他的邀約催促而寫的。他不但多次來信表示對其中幾齣短劇的欣賞，並且例外地為我出了多次戲劇專刊。如果沒有他的鼓勵，我不知是否有勇氣繼續寫下去。今日，金先生的墓木已拱，我自己也由東方而西歐，由西歐而中美，由中美而北美，已輾轉流徙數萬里，今後尚不知歸於何處，人事滄桑，能不悽然！

一九七六年八月於溫哥華

目錄

■附錄

腳色

景：慘澹的月光照著舞臺中央的一座小墳（此小墳在演出的後一半逐漸膨脹，直至佔據了主要的舞臺面）。墳周圍點綴著幾棵低矮的小樹，開始時，樹與墳略成比例，但隨著墳的膨脹，越來越不成比例，墳大樹小，終至使人覺得猶如小草一般。舞臺前方燒著一堆熊熊的野火，可借此火光以設計燈光效果。

時：深夜。

人物：甲、乙、丙、丁、戊，不分性別（最好以同性之演員飾演）。均著暗色衣服，但臉色慘白，與所著衣色須成強烈之對比。

燈亮時（或幕開時），甲、乙圍野火而坐，丙、丁、戊並坐在墳旁。

甲：（向乙）爸爸快回來了吧？
乙：（向丙）喂！爸爸快回來了吧？
丙：（向丁）爸爸快回來了吧？
丁：（向戊）爸爸快回來了吧？
戊：（不語，作睡狀）
丁：（盯了戊一會兒，見戊不語，轉向丙）他睡著了！
丙：（向乙）他睡著了！
乙：（向甲）他睡著了！
甲：爸爸睡著了！
（眾沉默）
戊：（作醒狀，打哈欠，推丁）
丁：（打哈欠，轉向丙）爸爸快回來了吧？
丙：（向乙）爸爸快回來了吧？
乙：（向甲）爸爸快回來了吧？
甲：（向乙，肯定地）他睡著了！

乙：（向丙）他睡著了！

丙：（向丁）他睡著了！

丁：（向戊）他睡著了！

戊：（垂頭繼續瞌睡）

（眾沉默）

甲：（忽然驚跳起來）天哪！爸爸就要回來了！

眾：（驚起，同聲地）爸爸就要回來了！

甲：（驚奇地）我說我的爸爸就要回來了！

乙：我說我的爸爸就要回來了！

甲：（向乙，更驚奇地）你也有爸爸？

乙：（迷糊地）噢，我有爸爸嗎？

丙：
丁：（肯定地）當然你有爸爸！人人都有爸爸！
戊：

乙：（向甲）當然我有爸爸！人人都有爸爸！

甲：（向乙，奇怪地）咦？你是誰？我怎麼沒見過你？

乙：（莫名其妙地自視）我是誰？（轉向丙、丁、戊）你們說我是誰？

丙：
丁：　你是我們的媽媽！
戊：

甲：（懷疑地）不可能！不可能！我才是他們的媽媽！

丙：
丁：　（向甲）你也是我們的媽媽！
戊：

甲：（釋然地）我說呢！我一直想我是他們的媽媽。

（向乙）你應該是他們的爸爸！

乙：（氣憤地）你才是他們的爸爸！我不是！

甲：（搖頭）不！我是媽媽！我從來就沒做過爸爸！要是我真的做過爸爸，我是不會否認的。

做爸爸有什麼不好？

乙：是呀！做爸爸有什麼不好？要是我真是爸爸，我才不會否認呢！

甲：也許你忘了，那是很久很久以前的事了吧？
乙：我忘了？我才不會忘了呢，這麼重要的事！（向丙、丁、戊）你們說，我忘了嚒？
丙：也許你忘了，人人都會忘的！
乙：（疑惑地向甲）我做過爸爸？
甲：（肯定地）當然你做過爸爸！現在你忘了。
乙：（向丁）我是你們的爸爸？
丁：不！你是我們的媽媽！
乙：（向甲）你看！孩子都說我是媽媽，可見是你弄錯了！大概是你忘了吧？你還說從來沒有見過我呢！
甲：（仔細端詳乙，恍然地）啊！我現在記起來啦！我們是三十年前結的婚，後來就一直住在一起。
乙：可不是嚒！你還說從來沒有見過我呢！
甲：可是我總覺得你是爸爸。（向丙）孩子，你說！我是誰？
丙：你是我們的媽媽！
甲：（向乙，高興地）你看，這不結了！孩子都說我是媽媽！

乙：我發誓，我從來就沒有做過爸爸！這是不會有錯的。三十年來，我天天夜裡都到這兒來等爸爸回來！

甲：你想我沒來嗎？我天天夜裡不是也到這兒來等爸爸回來嗎？因為媽媽說爸爸睡在那兒（指墳），可是他就要回來了。

乙：媽媽也是這麼對我說過的，所以我才天天夜裡到這兒來等爸爸回來。

丙：媽媽也是這麼對我們說過的，我們也天天夜裡到這兒來等爸爸回來。

丁：可是爸爸為什麼還不回來呢？

甲：（安慰地）別急！爸爸就要回來了。

乙：真的嚒？

甲：我說我的爸爸就要回來了，你的我可不知道！

乙：我的爸爸不就是你的爸爸嗎？

甲：（奇怪地）真的嚒？我怎麼從來不知道這個？

乙：媽媽沒有告訴你嚒？

甲：沒有沒有！媽媽沒有告訴我這個！她只說爸爸睡在那裡（指墳），可是他就要回來了。

乙：媽媽說天亮的時候，爸爸就回來了。

丙：可是天亮的時候，我們就睡著了，所以我們從沒有見過爸爸回來。

甲：我也在天亮以前睡著了。

乙：可是我知道爸爸一定在天亮的時候回來，媽媽是這麼說過的。

丙：
丁：
戊：
媽媽是這麼說過的！

甲：（嚮往地）爸爸回來的時候，像太陽在東方升起。他昂著頭，含著笑，大步大步地朝我們走來（做偉人狀，走向眾人）。

乙：
丙：
丁：
戊：
（做崇敬膜拜狀）

甲：（高舉一手，親切地微笑）

乙：（低語地）爸爸！爸爸！（慢慢繞至甲後，出其不意，竄到甲背上）

甲：（將乙背起）

丙、丁、戊：（一個接一個跳到前一個背上，紛紛低語地）爸爸！爸爸！

甲：（不支倒地，掙扎喘息地）我不是爸爸！我不是爸爸！饒了我吧！饒了我吧！

乙：（爬起身，疑惑地）你不是爸爸？

甲：不是！不是！你看，我哪裡擔得起這樣的重負？

乙：那麼，我們的爸爸呢？

甲：（起身，迷惘而期盼地）我們的爸爸就要回來了。

乙：不錯！爸爸天亮的時候就要回來了。

丙：（向丁及戊）我們趕緊現在去睡一覺，天亮的時候好等爸爸回來。

（三人倚墳而眠）

甲：（拉乙到火旁）我們也去打個瞌睡！

乙：（向甲低聲地）別忙打瞌睡！趁孩子們睡了，我們可得弄清楚，我不明白你為什麼不肯做爸爸？

甲：是你不肯做爸爸，還要賴我！（委屈地）我給你做了一輩子的老婆，想不到到頭來還叫你倒打一把！

乙：咦？這可奇怪了！我替你做了一輩子飯，老婆倒被你做了？真是奇事！

甲：真的嚒？飯是你做的嗎？
乙：（忽然懷疑地）噢？難道飯不是我做的？
甲：我倒記得飯是我做的呢！
乙：你想你沒有記錯？剛才你還說從來沒見過我呢！
甲：（恍然地）噢，我可記起來了，飯是我們兩個人做的。
乙：（也恍然地）啊！不錯不錯！飯是我們兩個人做的，一個人一天，對不對？
甲：可不是嘛！不過，衣服可都是我洗的。
乙：你洗的？（不然地）我倒記得都是我洗的。（伸出雙手）你看我的手指頭這麼粗，都是洗衣服洗粗的。
甲：（也伸出雙手）你看，我的手指頭細嗎？
乙：（湊前端詳）好像也挺粗的。
甲：沒洗過衣服，會有這麼粗的手指頭？
乙：可能你也洗過衣服。
甲：（恍然地）啊！我記起來啦！衣服也是我們兩個人洗的。
乙：（也恍然地）啊，可不是嘛！衣服也是我們倆洗的，一人一天，對不對？

甲：就是！就是！我們誰也沒吃過虧，誰也沒佔過便宜！

乙：（忽然沾沾自喜地）有了，這回你可賴不成了！我問你，孩子是誰養的？

甲：那還用說嗎？當然是我養的！

乙：（拉下臉來）怎麼？連孩子也成了你養的啦？

甲：那還假得了？（拉乙手去摸自己的肚子）不信你摸摸這裡，開刀的疤還摸得著呢！

乙：（摸摸自己的肚子）我也有開刀的疤呀！

甲：（驚奇地摸乙的肚子）你也有開刀的疤？（恍然地）咳，我記起來了，我們都養過孩子！

乙：（也恍然地）不錯不錯！我們都養過孩子，一人養過一個半！那半個是……一個人懷了五個月，是不是？

甲：對！對！是我先懷了五個月，你又懷了五個月。

乙：那可不對！我明明記得我先懷了五個月，你才又懷了五個月。

甲：你的記性可真差呀！明明是我先懷的！

乙：剛才你還說從來沒有見過我呢！你的記性好得了嚒？不信把孩子叫起來問問，看誰說的對？

甲：（望一眼丙、丁、戊）孩子們睡得甜甜的，讓他們睡吧！這一次錯不了！我明明記得是我先懷的，為了公平起見，才又交給了你。

乙：（疑惑地）真的嚒？難道是我錯了？

甲：可不是你記錯了！你現在該相信到底誰是媽媽了吧？我真不懂，你為什麼不願做爸爸？

乙：就說呢！做爸爸有什麼不好？別人把飯做好了，張口；別人把衣服洗好了，伸手；就是夜裡也壓在別人上頭！做爸爸有什麼不好？我可得做過呀？

甲：你沒做過，難道我做過啦？真是不講理！

乙：是你不講理！

甲：（氣勢洶洶地）你不講理！

乙：（也氣勢洶洶地）你不講理！

甲：（把臉湊過去）你打我吧！

乙：（也把臉湊過去）你打我吧！

甲：我才不會受騙呢！打了你，你又該說我是爸爸了！

乙：是呀！只有爸爸才會打人的。我才不上你的當呢！媽媽早就對我說過，她天天都要給爸爸打一頓，心裡才痛快！一天爸爸忘了打，她就難受得不得了！

甲：是呀！那時候的日子多好過，人人都有個爸爸打著。現在可不同啦！誰還有爸爸呢？

乙：（悲從中來）爸爸！爸爸！你在哪兒呀？

甲：（悲傷地）爸爸！爸爸！你還是快回來吧！沒有爸爸的世界真難過呀！大家都搶著做飯，搶著洗衣服，搶著生孩子，誰也不再來動你一根手指頭！

乙：誰要動你一手指頭，大家都管他叫爸爸！

甲：那還得了，做大家的爸爸？

乙：所以誰也沒有這個膽子！還是去做飯、洗衣服、生孩子吧！

甲：
乙：（相繼做做飯狀、洗衣服狀、生孩子之痛苦狀）

丙：（悄悄地爬過去，在甲身後爬出）

丁：（悄悄地爬過去，在乙身後爬出）

甲：（欣喜地摟著丙）寶寶！寶寶！我的寶寶！

乙：（欣喜地摟著丁）寶寶！寶寶！我的寶寶！

甲：（對乙）你看，這就是我生的孩子！

乙：（對甲）你看，這就是我生的孩子！

戊：（在墳旁站起，迷惘地四望）

甲：
乙：（同時跑過去摟住戊）這也是我生的孩子。

甲：（對乙）你也生過孩子的呀？

乙：可不是！所以我才是媽媽！你呢？你也生過孩子的嗎？

甲：可不是！所以我也是媽媽！

乙：你要不是孩子的爸爸，那麼孩子的爸爸在哪兒？

甲：我本來以為是你的呀！

乙：不是！不是！（向丙、丁、戊）我是你們的爸爸嗎？

丙：
丁：（搖頭）
戊：

乙：（向甲）你看！

甲：（著急地）那麼我呢？（也向丙、丁、戊）我是你們的爸爸嗎？

丙：
丁：（搖頭）
戊：

甲：（向乙）你看！

乙：（尋找地）爸爸在哪兒？

丙：
丁：
戊：（跟隨乙，尋找地）

甲：（也尋找地）爸爸在哪兒？

乙：（突然觸動靈機地）我想起來了，你就不能假裝是孩子的爸爸嗎？

甲：（尖聲地）假裝？假裝？要是弄假成真怎麼辦？

乙：不會的！不會的！就裝那麼一會兒就成了！你看，可憐的孩子們，多麼想要一個爸爸！

甲：可是怎麼裝呢？我從來就沒做過爸爸！（沉吟，做偉人狀，舉一手、微笑，但突然一震）不行！不行！爸爸不是這個樣子！

乙：爸爸當然不是那個樣子！爸爸是這個樣子！你看，就是這樣！（走過去狠狠地給丙一個耳光，丙仆地）

甲：（模仿地）就是這樣呵！（過去狠狠地給丁一個耳光，丁仆地）

乙：（看著自己的手，傷心地）噢噢噢……我做了什麼？我打死了我們的孩子！

甲：我呢？我也打殺了我們的孩子！都是你！都是你叫我假裝做爸爸！

乙：（自怨地）是我叫你假裝的嗎？都是因為我們沒有爸爸的緣故哪！（抱起丙）我可憐的孩子，醒醒！醒醒！你倒是醒醒呀！

甲：（也過去抱起丁）醒醒！醒醒！你倒是醒醒呀！

乙：（向甲）你看，他是不會活過來的了！

甲：（向乙）你看，這個呢！也不會活過來的了！

乙：｝
甲：｝（各自抱起丙、丁放到墳後去，垂頭喪氣地轉回來，忽然發現戊，二人驚喜地趨前）看！我們的孩子在這裡！（二人熱烈地吻抱戊，戊始終咬著指頭，望著他們，無動於衷）

乙：這是我的孩子！

甲：這是我的孩子！（甲、乙爭執）

乙：（妥協地）就算是我們倆的吧！

甲：這還差不離兒！一個人能生孩子嗎？

乙：一個人當然不能生孩子，所以無論如何孩子應該是兩個人的。

甲：要是一個人能生孩子，我才不要爸爸呢！

乙：要是一個人能生孩子，誰要爸爸？我們都要把爸爸煮來吃了！

甲：煮吃了，就沒有爸爸了！

乙：沒有爸爸，也就沒有孩子了！

甲：沒有孩子，也就沒有人了！

乙：沒有人，也就沒有世界了！

甲：沒有世界的世界，還算一個世界嗎？

乙：當然不能算一個世界了！所以爸爸是該要的！

戊：（退到墳前，咬著指頭望著二人）

甲：當然！當然！誰也不能不要爸爸！

乙：可是爸爸在哪兒啊？（回頭望墳墓）

甲：爸爸快要回來了！

乙：你說，爸爸睡在那裡？（指墳，墳忽然增大了一些，以後逐漸增大、膨脹。戊也逐漸向甲乙靠近。）

甲：媽媽說天亮的時候，爸爸就要回來了！

乙：媽媽有爸爸的時代多幸福呀，常常給爸爸打著。

甲：你想等爸爸回來的時候，他還會不會打我們呢？

乙：不打我們的爸爸還算爸爸嗎？

甲：當然不算爸爸啦！

乙：不打我們的爸爸，等他幹嘛！

甲：不打我們的爸爸，我才不要呢！誰要這樣的爸爸！

乙：（忽然激動地把臉湊上去）打吧！

甲：（吃了一驚，後退地）不！不！

乙：（跟進）

甲：（驚懼地雙手掩面）不！不！絕不！這太可怕了！太可怕了！想不到跟了你三十年，到頭來，你竟這麼狠心，苦苦地要我做爸爸！

乙：（停住，忽然大慟地）天哪！這是什麼世界！再也沒有爸爸了！再也沒有爸爸了！只有在夢裡才可以看見一個爸爸，兇兇地朝你走來，舉起手來狠狠地打在你的臉上，左一掌，右一掌，於是一條血痕、兩條血痕。你流著血，匍伏在地下，渾身都是傷痕！可是你笑著，你的心裡充滿了幸福，因為你終於有了一個爸爸！（啜泣）

甲：（走過去，無限憐惜地撫摸著乙的肩和背）哭吧！哭吧！痛快地哭吧！

乙：（停止啜泣，不解地抬頭望甲）我哭了嚒？

甲：你可不是哭了？

乙：為什麼？

甲：你說為了等你的爸爸！

乙：爸爸呢？

甲：媽媽說他睡在那裡！（指墳，墳又脹大）

乙：你想他會回來麼？

甲：媽媽說，天亮的時候他就回來了。

乙：天還會亮的麼？

甲：誰知道呢！（二人望天色）

戊：（已被逐漸膨脹的墳擠到甲乙二人身旁，忽然細聲地）爸爸回來了！

甲：
乙：（吃驚地向戊）啊？爸爸回來了！爸爸呢？爸爸呢？爸爸在哪裡？

甲：（恍然地向戊）你就是我們的爸爸！

乙：（向戊）你就是我們的爸爸！（向戊跪下去）爸爸！爸爸！

甲：（也跪下去）爸爸！爸爸！

戊：（慢慢地傾倒下去，頭向一旁垂下，似死去，又像進入夢鄉）

甲：（慢慢地抬起頭來，虔敬地）他睡著了！

乙：（也慢慢地抬起頭來，虔敬地）他睡著了！

甲：（突然吃驚地跳起來）你說誰……誰睡著了？

乙：（無動於衷地）爸爸睡著了。媽媽說天亮的時候爸爸才回來！

甲：（凝望天，半晌）天會亮的嚜？

乙：（黯然地）誰知道呢！

燈暗（或幕下）

一九七八年夏於溫哥華，

一九八〇年夏修正於英倫

蒼蠅與蚊子

景：任何景。

時與地：任何時間、任何地點。

人　物：蒼蠅、蚊子、報童、太空人等。

（效果）嗡嗡之聲由微而顯，愈來愈響。

幕啓，蒼蠅與蚊子由舞臺左右兩方同上，作振翅而飛狀。繞臺對飛兩周，互撞於臺中，蒼蠅與蚊子俱摔倒在地。

蠅：咦？怎麼回事兒？

蚊：咦？怎麼回事兒？

蠅：好像誰撞了我。

蚊：好像有人撞了我。

蠅：（發現蚊子）啊，是你！是你撞了我。

蚊：（也發現蒼蠅，揉揉眼睛）咦，這不是蠅大哥嚒？

蠅：咦，你不是蚊兒嗎？你看，我真是撞昏了頭，差一點連蚊兒也認不出來了。

蚊：是啊，我還不是一樣？給你這一撞，到現在眼前還是金星亂迸，心裡卜通卜通地跳個不停。

蠅：蚊兒，真是想不到的事兒。你不都是夜裡才出來嗎？怎麼今兒個大白天價就出來啦？

蚊：是啊，可真怪！蠅大哥，你不都是白天才出來嗎？怎麼今兒個大黑夜價就出來啦？

蠅：你說什麼？大黑夜價，（揉揉眼睛）現在明明不是白天嗎？

蚊：蠅大哥，你真是撞昏了頭，現在明明是黑夜呀！

蠅：我不懂你們蚊子管什麼叫做白天，什麼叫做黑夜。對我們蒼蠅來說，有太陽的時候是白天，沒太陽的時候才是黑夜。

蚊：照你說有太陽的時候是白天，那麼陰天下雨的時候都是黑夜嘍?!

蠅：我這個定義下得也許不大對勁兒，讓我修正一下吧！我的本意是說有光的時候是白天，沒光的時候是黑夜。

蚊：星光、月光、燈光都是光吧？有光的時候都是白天嘍？

蠅：咦，也不對！這個定義怎麼下才好呢？（沉思）有了，有了，我們拿人來做一個標準吧！人睡覺的時候是黑夜，不睡覺的時候就是白天。

蚊：蠅大哥，我們長翅膀的動物，大概都有旅行的經驗吧！你可知道東半球的人睡覺的時候，西半球的人並不睡覺呀！西半球的人睡覺的時候，東半球的人也不睡覺呀！

蠅：嗯，好像你說的也有點兒理。（猛打一下頭）噢，我懂了，白天跟黑夜是因地而異的；這個地方的白天可能是那個地方的黑夜，這個地方的黑夜可能是那個地方的白天呀！

蚊：（自作聰明地）你懂了這個就好辦了。世界上的事兒，本來沒有什麼一定的標準。你的白天就是我的黑夜，我的黑夜也就是你的白天呀！

蠅：那麼蚊兄，你在我的大白天慣你的大黑夜慣出來有何貴幹呢？

蚊：我嘛？我出來還不是為了發揚真理嚒！誰都知道我們蚊子是萬物之靈。

蠅：（向觀眾）瞧，快欺到我們蒼蠅頭上來了。

蚊：據說當初上帝創造萬物的時候，是根據他自己的形象造了蚊子。

蠅：（酸溜溜地）這麼說來，你們蚊子快有我們蒼蠅一樣的優秀、一樣的文明了？

蚊：不敢！不敢！（向觀眾）這個傢伙真是夜郎自大。俗話說「紅頭蒼蠅」，頭是紅的，身子是黑的，不過是個有色種族罷了！像我們蚊子，除非在喝足人血的時候，肚子有點發紅之外，通常都是白種的。（轉向蒼蠅）喂，蠅大哥，你說你們蒼蠅是優秀的、文明的，有什麼證據呢？（向觀眾）我來難他一難。

蠅：證據嚒，多的是。我們不但人口眾多，而且我們的足跡遍佈全球。常言道：「優勝劣敗，適者生存。」我們是最能適應環境的種族。第一，我們不怕髒，不怕臭；甚至於越髒越臭，我們越覺得對胃口。第二、我們不怕遭人白眼，揮之即去，不揮再來。別人吃不了的苦我們吃得了，別人受不了的罪我們受得了。你看，有這麼多長處，能說不優秀、不文明嗎？

蚊：噢，原來你們對優秀跟文明的解釋是這樣的！我們蚊子卻大不一樣。

蠅：（向觀眾）這些蚊子慣會玩花樣。（轉向蚊子）蚊兄，說說看，你們蚊子對優秀跟文明有什麼解釋？（向觀眾）我來難他一難。

蚊：你不是剛剛說過「優勝劣敗，適者生存」嚒？可是我們對這句話的看法不一樣。我們蚊子認為在這個世界上誰最強，誰就最有勢力；誰的拳頭大，誰就是老大哥。換句話說，誰殺人最多，誰就是英雄，一個種族能夠消滅另外的種族，才能算真的優秀，真的文明。

蠅：這麼說來，你們蚊子能消滅別的種族了？

蚊：世界上的什麼鳥獸蟲魚是不足齒數的。就拿比我們蚊子（稍遲疑）跟蒼蠅稍次一等的人類來說吧，只要我們蚊子在他們身上叮上一口，管保叫他們好好地打上一頓「擺子」。弄不好就要了他們的小命。

蠅：噢，原來如此。這也沒有什麼稀奇！我們蒼蠅也會傳染虎列拉、痢疾……還有什麼的。這些外國名詞兒，我一時也記不清楚，反正都是些要命的玩藝兒。論起這個來，不是我蒼蠅在你蚊兄面前吹牛，恐怕我們還要高你們蚊子一等呢！

蚊：那也未必然吧?!

蠅：怎麼未必然？甭說我們同胞，就是我自己經手，也不知道已經殺死多少人了！

蚊：我也是殺人無算哪！不信，看看我肚子裡的鮮血還沒有消化完呢！

蠅：（不悅地）可是比起來還是蒼蠅殺人多！

蚊：（也不悅地）比起來還是蚊子殺人多！

蠅：（變臉）蒼蠅殺人多！

蚊：（也變臉）蚊子殺人多！

蠅：（作凶惡狀）我說蒼蠅殺人多！

蚊：（也作凶惡狀）我說蚊子殺人多！

蠅：蒼蠅多！
蚊：蚊子多！
蠅：我多!!
蚊：我多!!
蠅：我多!!!
蚊：我多!!!
蠅：你再強（音ㄐㄧㄤˋ），我叫你生虎列拉！
蚊：你再強，我叫你打擺子！
蠅：凶什麼，多就多，少就少，凶能改變了真理嗎？
蚊：是呀，凶是改變不了真理的！
蠅：空口說白話有什麼用處！拿證據來！（伸手）
蚊：對，拿證據來！（也伸手）
蠅：你的證據呢？
蚊：嗯，嗯……（東望望，西望望，又看看自己的肚子，向觀眾）糟糕！昨兒個就吃了這麼丁點兒血，現在都消化淨了，拿什麼證據呢？（沉思）噢，有了。（向蠅）蠅大哥，我看咱們倆都別這麼裝模作樣了，一時到哪兒去拿證據？不過我有一個意見，不知道你同意不同意？

蠅：什麼意見？說說看！只要不損害我們蒼蠅的名譽，就沒關係。

蚊：我提議，我們打一個賭，以一年為期，一年以後咱們倆再在此時此地見面。在這一年中，誰殺的人最多，就表示誰是最優秀、最文明的種族。

蠅：好，這是個好辦法，我同意。

蚊：再見，祝你成功！

蠅：（向觀眾）我不祝他成功。別人成功，自己不就失敗了嚒！就這麼飛了吧！

或利用暗場，燈亮時蠅蚊上場如劇初，或以音響效果表示時間之過程，蠅蚊繞舞臺對飛數周，互撞如劇初，導演可自由運用。

蠅：咦，怎麼回事兒？

蚊：咦怎麼回事兒？

蠅：好像誰撞了我。

蚊：好像有人撞了我。

蠅：（發現蚊子）呀，是你，是你撞了我。

蚊：（也發現蒼蠅，揉揉眼睛）咦，這不是蠅大哥嗎？

蠅：咦，你不是蚊兄嗎？你看，我真是撞昏了頭，差一點連蚊兄也認不出來了。

蚊：是啊，我還不是一樣，給你這一撞，到現在眼前還是金星亂迸，心裡卜通卜通地跳個不停。

蠅：蚊兄，真是想不到的事兒，你這麼準時。

蚊：是啊，你也這麼準時，快跟我們蚊子一樣準時啦！

蠅：（向觀眾）這傢伙話裡總帶刺兒。（向蚊）時間過得好快呀，怎麼一霎眼一年就過去了。

蚊：真是一霎眼，快得不可想像。

蠅：咱們言歸正傳，這一年你的成績如何？

蚊：（向觀眾）讓他先說，免得他報花賬。（向蠅）蠅大哥，你先說說你的吧！

蠅：（觀眾）他倒乖。我得讓他先說，省得他報花賬。（向蚊）蚊兄，還是你先說。

蚊：我們蚊子一向不願佔先。

蠅：（向觀眾）這個他倒客氣起來啦！（向蚊）何必這麼謙讓，請吧！

蚊：你請！

蠅：（粗暴地）你請！

蚊：（也粗暴地）你請!!

蠅：（更凶地）你請!!!

蚊：（轉緩和）凶有什麼用？凶只有傷和氣，是解決不了問題的。

蠅：（重複地）凶只有傷和氣，是解決不了問題的。你看我們要不要召集一個種際會議來解決？

蚊：召集種際會議？我看不妥當。召集種際會議，免不了要邀請人類參加。我是不屑於跟人類坐在一張會議桌上的，人賤極了，什麼都吃，不像我們蚊子只吃人！

蠅：（憤然地）什麼都吃的，也不見得賤；只吃人的，也不見得貴。跳蚤、蝨子、臭蟲倒是只吃人，我看不見得多麼高尚，我們蒼蠅什麼都吃，免不了成為最優秀、最文明的種族！

蚊：蠅大哥，請你留點神，「最」字是不可以亂用的。別忘了在這個世界上還有我們蚊子。誰都知道，我們蚊子是萬物之靈。侮蔑萬物之靈，就等於侮蔑所有的萬物；侮蔑所有的萬物，就是萬物的公敵！

蠅：最優秀和最文明的種族，是不怕成為萬物公敵的。到萬物都生了虎列拉跟痢疾死淨了的時候，我們蒼蠅就是真理！

蚊：可是你們蒼蠅要是打上擺子，恐怕也活不了多久。

蠅：我們蒼蠅不怕打擺子，我們都打過了防疫針。

蚊：打防疫針有什麼稀奇，現在連人類也學會了這個玩藝兒。現在可不比往常，殺一個人要費不少事呢！

蠅：這倒也是真的。虎列拉跟痢疾也不像以前那麼容易傳染了。有產階級和無產階級的領導人都打了防疫針，不過好在還有一般的無產階級。我花了不少心計，一年的時間才不過幹了他八百個無產階級……（向觀眾）糟糕！說溜了口！

蚊：（向觀眾，得意地）到底他先說了，大概免不了有花賬。

蠅：（無奈何）我蒼蠅一向慷慨，先說就先說！

蚊：你說你殺了多少？

蠅：八百！

蚊：一個也不多，一個也不少？

蠅：一個也不多，一個也不少！

蚊：怎麼這麼巧？

蠅：無巧不成書嘛！現在該說你的了吧？

蚊：說起來話長。

蠅：簡單一點吧，時間寶貴。

蚊：現在經濟開發的國家，不是掛蚊帳，就是打ＤＤＴ，我是在經濟落後的國家幹的。

蠅：（心急地）多少？

蚊：八百零一。

蠅：一個也不多，一個也不少？

蚊：一個也不多，一個也不少！

蠅：怎麼這麼巧？

蚊：無巧不成書嘛！

忽然鼓聲響起，蠅蚊均側耳靜聽。

一報童上。

童：號外！號外！看號外！秦始皇帝活埋孔夫子！看號外！秦始皇帝活埋孔夫子！

蠅：我們買份號外看看吧！我請客！

蚊：不必客氣，自己買自己的！

蠅蚊各買了一份號外。

報童下。

鼓聲息。

蠅：誰是秦始皇帝？

蚊：連秦始皇帝你都不知道！他是中國的皇帝，就是修萬里長城的那位，又是專制獨裁的祖師爺。

蠅：是了，是了，所以他要活埋孔夫子，道不同不相為謀。

蚊：不但孔夫子，還有孔夫子的徒弟兩萬人！

蠅：兩萬人，你說？

蚊：可不是？兩萬人！你看，號外上這樣說的。

蠅：不可能！

蚊：不可想像！

蠅：不可思議！

蚊：偉大！
蠅：真偉大！
蚊：簡直偉大！
蠅：我們一年才殺了八百。
蚊：八百零一。
蠅：他一下子就是兩萬！簡直偉大得不可思議。
蚊：簡直偉大得不可想像。
蠅：看樣子這個秦始皇帝比我們蒼蠅還要優秀，還要文明了。
蚊：可不是！我對我們蚊子的偉大也有點懷疑起來。

鼓聲又作。
兩個報童由舞臺兩方同上。

童：（同時地或間錯地）號外！號外！快買號外！日爾曼人屠殺耶穌基督的新聞！日爾曼人屠殺耶穌基督的新聞！號外！號外！

蠅蚊面面相覷，又各買了一份號外。

報童下。

鼓聲息。

蠅：（一面看號外）誰是耶穌基督？

蚊：（向觀眾）幸虧我學過一點人類學，不然真叫他給問倒了。（向蒼蠅）還不是一個人唦！他自己吹牛說是上帝的兒子。其實這只能騙「人」，是騙不了我們蚊子的。誰都知道我們蚊子是萬物之靈，是上帝根據他自己的形象造的。要說上帝有兒子的話，除了我們蚊子還有誰？

蠅：怎麼日爾曼人屠殺起耶穌基督來？

蚊：大概因為耶穌基督是猶太人吧！你還不知道猶太人在人中是劣等民族，連我們蚊子都不願意去喝猶太人的血。劣等民族就只有被殺的份兒，有什麼話說！

蠅：（低頭看號外）嘖嘖嘖，二十萬！

蚊：什麼二十萬？

蠅：日爾曼人一下子殺了二十萬猶太人！

蚊：用什麼？

蠅：用煤氣！

蚊：不可能！

蠅：不可想像！

蚊：不可思議！

蠅：偉大！

蚊：真偉大！

蠅：簡直偉大！

蚊：我們一年才殺了八百零一。

蠅：八百！

蚊：他們一下子就是二十萬！簡直偉大得不可思議！

蠅：簡直偉大得不可想像。

忽然轟轟隆一聲巨響，一陣閃光。蠅蚊俱怔住。

鼓聲急作。

四個報童由舞臺的四角上。

童：（聲音交互、重疊，或此起彼落）號外！號外！原子戰爭的號外！馬克思領兵對抗拿破崙！號外！號外！原子戰爭的號外！……

無數各色的號外從舞臺上空飄落。

蠅蚊奔逐於各色號外之間，目不暇接。

報童下。

鼓聲未息。此鼓聲忽大忽小、忽緩忽急，配合以下之舞蹈，直到舞畢始漸緩漸息。

蠅：二百萬！

蚊：二百萬！

蠅：媽呀，二百萬！

蚊：媽呀！二百萬！（此處聲調可盡量誇張）

兩隊太空人由舞臺雙方同上。人數可視舞臺之大小及演出之條件而定，由四人至四十人不等。兩隊人數不必相同。服裝之顏色視演出之時地及現實情況由導演決定。此兩隊中須有一機械人。此機械人可著與其中一隊同式同色之服裝。其他人均繞此機械人作兩隊戰爭對抗之舞蹈。舞蹈之形式，可採用以芭蕾為基礎的某種現代舞步，如能以機械化之舞姿出之更好。舞蹈之時間由導演決定，但最好不要超過十五分鐘，以免喧賓奪主。不過此等太空人須由真正舞蹈者扮演，蠅蚊退至舞臺兩角或乾脆下場。

在舞蹈中一隊漸被另一隊消滅，陣亡者僵臥地上。一隊在消滅另一隊之後，其隊中又自相互殲，直至全部消滅，只餘械機人為止。

蠅蚊畏畏縮縮地返至舞臺中，在僵臥的屍體之間。

蠅：好一場大戰！

蚊：原子大戰！

蠅：核子大戰！

蚊：原子、核子大戰！

蠅：（指機械人）這個人是誰？

蚊：是勝利者呀！

蠅：別的人都死了，就賸了他?!

蚊：因為他是最優秀的！

蠅：（回聲似地）最優秀的。

蚊：因為他是最文明的！

蠅：最文明的。

蚊：因為他是最偉大的！

蠅：最偉大的。

蚊：（向機械人）請您演說！

蠅：請您演講！

蚊：請您致詞！

蠅：請您訓話！

蠅蚊鼓掌。

機械人：咕嚕咕嚕咕嚕咕嚕……（最好以空瓶擲入水中之音響效果為之。）

蠅：他說什麼？

蚊：如果翻成我們蚊子跟蒼蠅的種際通用語言，他說他很高興消滅了全部人類。

蠅：很高興？

蚊：很高興！成了天下獨一無二的勝利者，能不高興？

蠅：（沈思地）獨一無二……高興……勝利者……

蚊：嗯，人就是這樣，總喜歡殺人，不像我們蚊子從來不殺蚊子。

蠅：也不像我們蒼蠅從來不殺蒼蠅。他還說什麼？

蚊：他說現在他要開始消滅全部動物，然後全部生物，然後全部無生物，然後……然後……然後……

蠅：好大的野心！

蚊：了不起！

蠅：真了不起！

蚊：真……簡直……真……可是……你想……你想我們有沒有危險？

蠅：誰知道呢！

蚊：（突然神經質地）我們應該準備！

蠅：是，我們應該準備！

蚊：我們應該反抗！

蠅：對，我們應該反抗！（指地上的屍體）可是他們人多勢眾！

蚊：你糊塗啦！這些不是人，這是些鬼！（大聲地）鬼們！你們已經死透啦！還躺在這裡裝什麼佯哪？這個世界已經不是你們的了，也別再做天堂的夢了！天堂是我們蚊子去的地方。快去，快去進地獄吧！快去！快去！

屍體機械地立起，機械地魚貫下場。台上除蠅與蚊外只賸了機械人站在那裡。

蚊：（摩拳擦掌地）好吧，現在我們下手吧！

蠅：（膽怯地）下手！

蚊：（壯膽向機械人前進了兩步）下手！（又膽怯地後退一步）

蠅：上啊！（退後一步）

蚊：（又後退一步）上啊！

蠅蚊圍繞機械人兜了幾個圈子，蚊子終於勇敢地湊近，輕輕地觸了機械人一下，發出銅器碰擊時的聲音——此聲最好是經回音室錄下之回聲，帶有嗡嗡之餘響——蒼蠅也壯膽

地向前觸了一下，發出同樣的聲音。蠅蚊的膽子愈來愈大，你一拳我一掌……節奏須由緩而急，音響效果須與動作配合密切，愈來愈快，直至機械人在接受一下重擊之後倒地。

蚊：（抹一抹汗）好啦，他死了！

蠅：（也抹一把汗）怕還沒有死透吧？（俯視，卸下了機械人的一隻手，向後台擲去。須丟入幕後觀眾視界之外，發出重物落水的聲音。）

蚊：怕還沒有死透！（卸下另一隻手，同樣丟入後台，發出重物落水的聲音。）以下蠅蚊交互地把機械人卸成一片片丟入後台，最後只賸下一個頭。

蠅：好啦，就賸了一個腦袋！

蚊：（拿起機械人的頭）偉大的腦袋，優秀的腦袋，消滅了全人類的腦袋！不想你竟這樣無用，輕輕地就叫我們給消滅啦！

蠅：人本來就是無用的東西，他們只會你殺我，我殺你，不像我們蒼蠅從來不殺蒼蠅！

蚊：是啊，也不像我們蚊子從來不殺蚊子。因為上帝在創造萬物的時候把最大的智慧給了我們蚊子。

蠅：我想世界上蒼蠅才是最聰明最有為的！

蚊：（自說自話地）蚊子是最偉大最崇高的！

蠅：（也自說自話地）蒼蠅是最高貴最聖明的！

蚊：蚊子萬歲！

蠅：蒼蠅萬歲！

蚊：蚊子萬萬歲!!

蠅：蒼蠅萬萬歲!!

蚊：（忽然聲調由激昂變為憂傷，拍著機械人的頭）可憐的東西！愚蠢的東西！

蠅：（以相同的聲調）下賤的東西！無用的東西！

蚊：（忽然把手伸入頭中）呀！裡面是空的。

蠅：（回聲似地）裡面是空的……

蚊：（把機械人的頭轉來轉去）原來人是沒有腦子的動物！

蠅：（回聲似地）沒有腦子的動物……

蚊：所以……

蠅：所以……

蚊：（把機械人的頭輕輕地放在地上）好啦，現在一切都完了！

蠅：一切都完了！

蚊：這個世界上已經沒有了人類，這個世界是我們蚊子的世界啦！

蠅：這個世界上已經沒有了人類，這個世界是我們蒼蠅的世界啦！

蚊：（傷感地）可是勝利常常是悲哀的……

蠅：勝利是悲哀的……

蚊：我忽然想起了我死去的母親。

蠅：是的，我也一樣，我想起了我死了的父親。

蚊：（抒情地）一個夏天的黃昏，剛剛下過了一點兒雨，天氣正好不冷也不熱。太陽懶懶地掛在天邊，好像個喝飽了血的醉漢，臉燒成火一樣的紅。這回是真的喝醉了喲，就一動不動地賴在那裡，再也不肯落下去。因此把一切全染紅了：天上的雲是紅的，地下的樹木是紅的，房子是紅的，草是紅的，花是紅的，連人也是紅的……啊！多麼漂亮的顏色！你想，世界上還有什麼比血的顏色更美的？美得叫人打抖，美得令人發暈！我永遠忘不了一個這麼美的夏天的黃昏！這時候母親跟我慢慢地飛著，飛過了山林，飛過了原野，飛過了無數的城鎮。飛著，飛著，我們的肚子漸漸空了。母親說我們找一個人吃一頓吧！我說好！平常母親總對我說，人的血雖然好吃，可是得小心他們的手。母親一向總是小心謹慎的。可是那天他剛剛跟爸爸離了婚，心裡非常不痛快。當她剛剛落在一個人的大腿上，一巴掌……啊！可怕極了！可怕極了！可怕極了！我一生再也忘不了這般可怕的景象，紅的太陽，紅的世界，紅的人，紅的血……她就這樣慘烈地犧牲了！（演員不妨稍微誇張，但仍以應用似真的感情為好）嗚嗚嗚嗚……

蠅：你知道我爹是怎麼死的？

蚊：（抬頭止哭）怎麼死的？（又繼續哭泣）

蠅：他是掉在茅坑裡淹死的！

蚊：（抬頭止哭）真的麼？（又繼續哭泣）

蠅：可不是真的？那時候還沒有抽水馬桶，要是擱在現在也不會發生這種事兒了。

蚊：（抬頭止哭）蒼蠅也會掉到茅坑裡淹死？（又繼續哭泣）

蠅：蒼蠅也會掉到茅坑裡淹死！（也開始哭泣）嗚嗚嗚嗚……

蚊：（止哭）現在我是沒媽的孩子了，我應該勇敢，應該面對現實。

蠅：（止哭）我現在是沒爹的孩子，我也應該勇敢，應該面對現實。

蚊：喝血的時候，我應該加倍地小心！

蠅：是的，喝血的時候你應該加倍地小心。可是你喝誰的血呢？

蚊：喝人的血啊！我們蚊子是只喝人的血的！

蠅：你忘了！這個世界上已經沒有人了啊！

蚊：（惶惑地）是嚒？

蠅：當然啦，我們剛剛消滅了最後一個人！

蚊：（迷惑地）最後一個人？

蠅：嗯，最後一個人。現在在這個世界上一個人也沒有了。我們蒼蠅是不怕的，我們有什麼吃什麼，有什麼喝什麼，我們是最能適應環境的種族。「優勝劣敗，適者生存」（得意地）現在我們是最優秀、最文明的種族啦！

蚊：天哪！天哪！萬物之靈的蚊子，難道你就跟人類一起滅亡嗎？不能！不能！絕對不能!!這不是上帝的意思。

蠅：也許上帝創造萬物的時候，根據他自己的形象創造了蒼蠅，而不是蚊子呢！

蚊：（無望地）我要生存！我要生存！我要活下去!!

蠅：（譏嘲地）哈哈哈哈……「優勝劣敗，適者生存！」再見了，蚊兄！

蒼蠅繞場飛舞，蚊子沮喪地一步一步地下場。
此處伴以擴大了的蠅蚊飛翔的嗡嗡聲。

幕落

一碗涼粥

景：一間簡陋的臥房，四壁顏色暗淡，無窗，有一門通外邊。房中有一床、一桌。床前舞臺正中有一長凳，凳上有物，以黑布覆蓋，屋角有一爐、一鍋。

時：晚上。

人物：夫妻二人，著黑或藍等暗色衣服。年紀均在六十歲上下。

幕開時妻坐在床上，呆視著凳上用黑布覆蓋的東西。夫立桌旁。桌上有兩個空碗及兩雙筷子，還有一盞煤油燈。

夫：好了，好了，別再愁啦！愁死也沒用的！快來喝碗粥吧！

妻：（不語也不動。）

夫：你看，粥都涼啦！喝了涼粥是會拉肚子的！

妻：（仍不動。）

夫：你要是不來，我可要自個兒喝啦！（端起碗來）你看，可不是涼了，涼得透透的。我可不能喝涼粥，拉肚子可不是個滋味兒！這把子年紀兒……拉肚子……涼粥……涼粥……拉肚子……可不是玩兒的……可不是玩兒的呀！（端起碗來，走到屋角的爐旁，把粥倒在鍋裡。其實碗中並無粥，只是做做手勢而已。又去端另一隻空碗，同樣做倒粥狀。）等會兒熱了再喝吧！（回身，注視其妻，憐憫地）別再愁啦，孩子他媽！愁又有什麼用？孩子已經死了三年啦！（自語地）可不是三年了？是臘八死的呢！今兒個又過了臘八，已經過了三個臘八。每回都下一整夜的雪。（走到門口，打開門，外面漆黑一片。吃驚地）可不是又下起雪來啦，孩子他媽！快來，快來，快來呀！又下起雪來啦！

妻：（神經質地像彈簧似地跳起來，顫巍巍地衝向門口）雪！雪！天哪！雪!!（又顫巍巍地回到床，呆坐如前。）

夫：（沮喪地）又下雪啦，每回臘八都下雪。孩子死的那一回也下雪。我說，孩子他媽，別這樣直瞪瞪地看著他。你就是再這麼看他十年，也不會把他看活啦！

妻：（抬頭）雪！雪！你說每回臘八都下雪？他死的那回也下雪？

夫：（走近爐旁，朝鍋裡看一眼，向妻）來喝碗熱粥，別再愁啦！這把子年紀，得喝碗熱粥，熱熱的！三年啦，孩子他媽，你沒喝過一碗熱粥！

妻：雪？雪？你說每回臘八都下雪？他死的那回也下雪？

夫：（把想像的粥盛到碗裡，放回桌上。）孩子他媽，來喝碗熱粥。咱們這把年紀，能不喝碗熱粥？

妻：你說他死的那回也下雪？他打雪地裡回來，他說：「媽，我要結婚啦。」我說：「好吧！是個好人家的閨女嗎？」他說：「還用說？是個商會的同事，當管帳員的，能寫能算。」「噢，」我說：「咱家那裡用得著能寫能算，能孝順公婆，能養孩子，繼承香煙的就好！」

夫：（惱怒地）過來喝你的熱粥！這些個你早已數道了千百遍啦！

妻：雪！雪！你不說又下雪啦？（又神經質地跳起來，顫巍巍地衝向門口。打開門，外面漆黑。歇斯底里地）雪！好大的雪！看啊，好大的雪！他打雪地裡回來，（學他兒子的模樣與聲調）媽，我要結婚啦！（回身用她自己的聲調）好吧！是個好人家的閨女啊？（用她兒子的聲調）還用說？是個商會的同事，當管賬員的，能寫能算。（用她自己的聲調）噢，咱家那裡用得著能寫能算？能孝順公婆，能養孩子，繼承香煙的就好！

夫：（本來憂慮地望著妻，突然衝過去，用他兒子的聲調）媽，你這是那裡話？媳婦又不是給父母娶的！

妻：（慍怒地）不是給父母娶的，還是給你娶的？咱家裡不興這個！

夫：（仍用兒子的聲調）媽，我跟你說過不知多少回，你要是還像三十年前似地給我包辦婚事，我就拍拍屁股跑得遠遠的。

妻：我看你可有這個膽子！我告訴你爹，看你爹不砸折你的腿！（到處搜尋地）孩子他爹！孩子他爹！（最後盯在夫身上）孩子他爹，看你的好兒子！你不是早已給他說好了鄰村鍾大嫂的閨女？現在可好啦，他自個兒找上人啦！

夫：（用自己的聲調）什麼？什麼？你再說說看！

妻：你的好兒子自個兒找到媳婦啦！不要咱們啦！

夫：（盛怒地）反啦！反啦！他在那兒？他在那兒？看我不砸折他的腿！（到處找尋，最後指著妻）好啊！你翅膀硬啦！不管爹媽，自個兒去找野女人……

妻：（用兒子的聲調）噢，爹！你別這麼說！她不是野女人，她是商會裡的管賬員。

夫：（固執地）管張員也罷，管李員也罷，是自個兒找的就是野女人！

妻：爹，你總比媽明白。現在時代不同啦，媳婦都是自個兒找。

夫：咱家裡不作興！

妻：人家都是這麼著！

夫：人家是人家，咱家是咱家。你媽是你爺爺給訂的，我媽是我爺爺給訂的，這是咱家的規矩。水大漫不了金山寺，可不能到你手裡就翻了船！

妻：爹，你真不明白，媳婦是一輩子的事兒。你給訂的，我可不情願。

夫：情願不情願，依你啦？快給我收收心，趕明兒個早早地把鄰村鍾大嫂的閨女給你娶過來。

妻：你要是真這麼辦，我就要拍拍屁股跑得遠遠的！

夫：看我不砸折你的腿！別看我只有這麼一個兒，你要是不按照祖宗的規矩辦事，我寧願不要兒子！

妻：祖宗管不了後代的事！

夫：（盛怒地）這不是造反了嗎？養兒養女還不是為了繼承香煙？你這忤逆的，看我不把你打殺！（舉手要打）

妻：（突然改用自己的聲調）孩子他爹！孩子他爹！這是咱的孩子啊！咱就是這麼一個，（托住夫的手）饒了他吧！饒了他吧！（與夫掙扎）你看他跑到雪地裡去，這麼個冷天……這麼大的雪……他跑到雪地裡去……

夫：他跑了就別回來，回來我還是得打殺！
妻：（憂慮地）你真地把他打殺？
夫：不是你叫我打殺的？（以下二人越說越快、越說越急。）
妻：沒有！沒有！我可沒叫你這麼幹！
夫：是你說有忤逆的兒子不如沒有！
妻：是你叫我這麼說的！
夫：沒有的事兒，我可沒叫你這麼說，兒子跑了就算了！
妻：可是你說兒子跑了對不起祖宗！
夫：是你說祖宗的香煙要緊！
妻：是你說咱們活著是為了祖宗！
夫：是你說兒子是祖宗生的！
妻：是你說兒子是兒子，祖宗是祖宗！
夫：是你說祖宗是祖宗，兒子是兒子！
妻：是你把兒子趕跑的！
夫：是你把兒子打殺的！

妻：是你叫我幹的！
夫：是我叫你幹的！
妻：是你打殺的！
夫：是你叫我幹的！
妻：是我叫你幹的！
夫：兒子可是死了！
妻：死了的可是兒子！
夫妻：（對抱悲泣）我的兒子！孩子！好孩子！
妻：（哭泣地）你去娶那個管賬員吧，我們不再說什麼！
夫：（哭泣地）去找你的野女人吧，我們可以不理祖宗！
妻：（希望地）他還會活過來吧？你看（指凳上的黑布）他不是在動麼！
夫：（驚喜地）真的，他是在動！他會站起來，跟從前一樣兒地叫爹。
妻：（走過去重新坐在床上，瞪視著凳上黑布。）
夫：（也注視著黑布，可是黑布一點兒也沒有動，由喜悅漸漸轉為沮喪）孩子他媽，別再愁啦！愁有什麼用？孩子已經死了三年啦！（走近桌旁）來喝碗熱粥，熱熱的！三年啦，孩子他媽，你沒喝過一碗熱粥！

妻：（不語也不動。）

夫：你看，粥都涼了！喝了涼粥會拉肚子的。

妻：（仍不語不動。）

夫：你要是不來，我可自個兒喝啦！（端起碗來）你看，可不是涼了，涼得透透的。我可不能喝涼粥，拉肚子可不是個滋味兒！這把年紀兒，拉肚子，涼粥……涼粥……拉肚子，可不是玩兒的……可不是玩兒的呀……（端起碗來走到爐旁，把想像的粥倒在鍋裡。）等會熱了再喝吧！（慢慢地走到門口，輕輕地打開門，外面一片白光，驚喜地）雪已經住了！孩子他媽，快來，快來，快來看啊，雪已經不下啦！

妻：（彈簧似地跳起來，顫巍巍地衝到門前，也驚喜地）雪，雪，不下了麼？不下了麼？

夫：（攙著妻）不下了！不下了！我們可以出去走走。我們已經在這間屋子裡蹩了三年啦！

妻：比三十年還要長的三年！不知道現在外面已經變成什麼模樣了？

夫：變化一定夠大的吧，比三十年還要長的三年？

妻：門口那座山不知還在不在呢？

夫：大概是不會在的了吧！

妻：咱們的果樹園子不知道還在不在呢？
夫：大概是不會在的了吧！
妻：咱們養的雞鴨不知還在不在呢？
夫：大概是不會在的了吧！
妻：看家的那隻小黃狗不知還在不在呢？
夫：大概是不會在的了吧！
妻：咱們的村長不知還在不在呢？
夫：大概是不會在的了吧！
妻：唉！你想我們應該出去走走嗎？
夫：你想呢？
妻：我就因為不知道才來問你的。
夫：我就該知道嗎？
妻：咱們已經多久沒出過門了？
夫：咱們在這間屋子裡已經彆了三年啦！
妻：咱們這把年紀還能在雪地裡走的麼？

夫：可是咱們已經在這間屋子裡瞥了三年啦，咱們的孩子也該已經三歲啦！

妻：是嗎？孩子是應該出去透透氣的。（過去揭開凳上黑布的一端，微笑地）你看，孩子睡得多麼香甜！

夫：（走過去俯身注視，親暱地）乖乖！乖乖！

妻：醒醒，醒醒，好孩子！爹媽帶你到雪地裡去玩呢！

夫：你看，他睜開眼啦！

妻：你看，他笑啦！

夫：他搖他的小手呢！

妻：起來吧，乖孩子！（小心地把想像的孩子抱起來，親暱地拍著親著。）

夫：（從妻懷裡接過想像的孩子）好孩子，爹帶你到雪地裡去玩兒。（放下孩子，拉著他的小手走向門前。）

妻：（過去拉起想像的孩子的另一隻手）看，好厚的雪！

（他們並不曾走出去，卻打門口又折了回來。）

夫：乖孩子，慢慢走，別摔了！（做在雪地裡行走狀。）

妻：（指想像的孩子）看他樂得這個樣子！

夫：可真是個聰明的小傢伙！
妻：有這麼個孩子，咱們也算沒有白活！
夫：是呀，祖宗要沾他的光了！
妻：沒有他，真對不起祖宗！
夫：眼看他慢慢地長起來，祖宗該多麼高興！
妻：（用手比著）你看他長得多快？
夫：（比妻比得更高一點）是呀，已經這麼高了。
妻：該進小學了吧？
夫：不是已經進了小學了？
妻：你看他書念得有多好！認得兩百多個字。
夫：還會算算數呢！
妻：也會背小九九。
夫：也會打算盤。
妻：將來可以到商會裡去管帳。
夫：當個會長什麼的也不成問題。

妻：沒有一個老師不誇他。
夫：十一歲就小學畢業！
妻：還要進中學呢！
夫：咱們家有誰進過中學？
妻：一代強似一代啦！
夫：有這樣的孩子，在墳墓裡的祖宗也會笑得合不攏嘴來。
妻：將來娶個媳婦給咱們支使。
夫：是啊，繼承祖宗的香煙要緊！
妻：咱們老了的時候，他還是住咱們這間屋子。
夫：這間屋子是祖宗留下來的，他得好好地保住。
妻：（忽然捽開拉著想像的孩子的手）他跑啦！
夫：（與妻同時鬆手）你看他摔在雪地裡。（大聲呼叫地）小心哪，孩子！雪裡的路是不好走的。
妻：他又爬起來了。他跑得真快！
夫：他的身體真好！

妻：他又跑又跳，好像高興得不得了似的。
夫：他一打這間屋子裡出去就是這個樣子的。
妻：一點兒也不錯，他一離開咱們就樂得又蹦又跳的。
夫：他長大了，已經不需要咱們了。
妻：他要一拍屁股跑得遠遠的。
夫：他要自個兒去找野女人了。
妻：他要娶商會裡的那個管帳的。
夫：他要另過日子了。
妻：他怎麼能不要咱們另過日子呢？
夫：現代的孩子不同了啊！
妻：沒有咱們他的日子會舒服嗎？
夫：當然不會舒服的，那個野女人會生生地吃了他！
妻：是啊，一定會吃了他！
夫：就是那個野女人吃不了他，那個野女人生的野孩子也會生生地吃了他！
妻：是啊，一定會生生地吃了他！

夫：就是那些野孩子吃不了他，沒有咱們他也不會有好日子過的。
妻：就是他有好日子過，沒有咱們好日子也不是好日子啊！
夫：咱爺爺就從不曾離開過他爹。
妻：咱爹也從沒有離開過咱爺爺。
夫：咱爺爺病的時候，咱爹打腿上割塊肉給他吃。
妻：一吃了咱爹腿上的肉，咱爺爺就好啦！
夫：咱爺爺就死啦！
妻：是啊，咱爺爺就死啦！死了也就是好了！
夫：咱爹病的時候，咱也打腿上割塊肉給他吃。
妻：一吃了你腿上的肉，咱爹就死啦！
夫：咱爹就好啦！
妻：好了也就是死了！
夫：（捲起自己的褲腿）你看這塊疤！
妻：一看見這塊疤，祖宗在墳墓裡都笑得合不攏嘴來啦！
夫：（自己笑得合不攏嘴來）咱們活著還不是為了祖宗嗎？

妻：要是沒有祖宗，咱們根本用不著活著。
夫：要是沒有祖宗活著是沒有意思的。
妻：咱們得守著祖宗留給咱們的這間屋子。
夫：兒子也得守著祖宗留下的這間屋子。
妻：兒子也得守著咱們。
夫：我病的時候，也得吃塊兒子腿上的肉。
妻：一吃兒子腿上的肉，你就好啦！
夫：我就死啦！
妻：死了也沒關係，你到底吃過兒子腿上的肉了。
夫：吃了兒子腿上的肉，祖宗都在墳墓裡笑得合不攏嘴來。
妻：（喜悅地）咱們可有個孝順的兒子啊！
夫：（樂呵呵地）他會把褲子捲起來，給每個人看他腿上的疤！
妻：看過的人也都打腿上割塊肉給他老子吃。
夫：他們的祖宗也都笑得合不攏嘴來啦！
妻：咱們多麼有福氣呀，有這麼一個孝順的兒子。

夫：有這麼一個孝順的兒子，死了才有臉去見祖宗啊！

妻：（抱起想像的兒子，親暱地）寶寶，寶寶，媽媽可疼你啊！（孩子要下地。）你看，他要自個兒走啦！

夫：不是已經三歲了嗎？（親熱地抱著一個三歲大的孩子的頭。）

妻：他已經小學畢業啦！

夫：啊！啊！（撫摸著一個想像的十一歲大的孩子的頭。）十一啦，小學都畢業啦！

妻：他唸中學了啊！

夫：（又撫摸一個想像的更高大的孩子）是啊，十七啦，中學畢業啦！

妻：他已經在商會工作啦！

夫：（仰視著一個比自己高大的想像的青年，突然由喜悅轉為疑懼）他是咱們的兒子嗎？

妻：怎麼不是呢！兒子都會長大的呀！

夫：長大了以後還是兒子嗎？

妻：誰知道呢？也許不是了吧？

夫：（突然指著，驚恐地）你看，他不是跑了嗎？

妻：他不要咱們給他訂的鄰村的鍾大嫂的閨女。

夫：他去找野女人啦！
妻：他一拍屁股跑啦！
夫：他翅膀硬了，不要咱們啦！
妻：咱們老了，他就不管了！
夫：他也不要祖宗了，也不管祖宗的香煙了。
妻：他一走連頭也不回了。
夫：就算咱們沒有兒子吧！
妻：咱們的兒子已經死了。
夫：死了！死了，不是已經死了三年了麼？
妻：不是你親手打殺的麼？
夫：這樣的兒子能不打殺嗎？
妻：可是兒子總是兒子啊！
夫：不要祖宗的兒子也是兒子麼？
妻：（自問地）不要祖宗的兒子也是兒子麼？
夫：還是打殺的好啊！

妻：不打殺不行嗎？
夫：不是你叫我幹的嗎？
妻：是因為你說要祖宗，不要兒子。
夫：你也是說祖宗的香煙要緊哪！
妻：祖宗的香煙怎麼能不要緊呢？可是沒有兒子還有祖宗的香煙麼？
夫：有兒子才有祖宗的香煙。
妻：沒兒子連香煙也沒了。
夫：祖宗在墳墓裡要發火了。
妻：還是不打殺的好！
夫：那他可得住在這間屋子裡！
妻：這間屋子是祖宗留下的。
夫：將來把這間屋子再傳給他的兒子。
妻：他的兒子再傳給他的兒子的兒子。
夫：他的兒子的兒子再傳給他兒子的兒子的兒子……永遠永遠傳著祖宗留下的這間屋子。
妻：可是你已經把他跟他的兒子，跟他的兒子的兒子的兒子都打殺了！

夫：（惶惑地）我沒有！我沒有！我可沒有打殺這麼多兒子！

妻：兒子死了，兒子的兒子也死了，兒子的兒子的兒子也死了，現在就剩下咱們倆守著這間屋子。

夫：祖宗的香煙要緊哪！

妻：可是要是咱們死了呢？

夫：咱們也要死啊？

妻：誰知道呢？也許不必死的吧？像咱們的兒子一樣，一到臘八，一下雪，他就又在雪地裡跑了。

夫：可是雪一不下了，他就又躺在那裡（指蓋黑布的長凳）。

妻：一動也不動，像真個兒死了一樣。

夫：我是算他死了的。

妻：你們男人那裡懂得一個母親的心哪！我的寶貝兒子，我的可愛的兒子並沒有死，他只是裝作死了來安慰咱們，叫咱們不要流那麼多的淚，不要再到雪地裡去追趕他。他呢，他還在雪地裡跑著，飛快地跑著，高興地跑著。我們太老了，我們再也追不上他。你看，你看哪！（用手指著遠方。這時這間屋子的四壁向上捲起，露出一片白茫茫的遠景，但不像是雪地，倒像是沙漠。沙漠裡並不見一個人影兒。）那不是他麼？你看，他越跑越遠，越跑越遠，越跑越遠啦！（無力地坐在床上，又直瞪瞪地注視著覆黑布的長凳。）夫：（關切地）別愁啦，孩子他媽！愁死也沒用的（來到鍋前，舀一碗想像的粥放在桌上）快來喝碗粥吧！

幕徐落

獅子

景：一間臥房，有床、椅、書桌、書架，一邊是通向外面的房門，一邊是方格櫺式的大窗。

時：黃昏，窗紙上映著夕陽的光彩。

人物：甲——三十多歲，瘦削，教書匠。

乙——甲之早年同學，好友，年齡與甲相若，身體較粗壯，是在政界服務的。

幕開時二人已經談了相當的時間，桌上煙灰缸裡積滿了煙蒂。另有茶杯、熱水瓶等物雜亂地放著。二人很隨便地時坐時站時繼續談話。

甲：要是你的茶涼了，你自個兒再對點熱水。

乙：（端起茶杯試了試，過去拿熱水瓶，一面微笑著品味著老友重逢的那點欣喜的情緒）真想不到在這兒遇到你，剛才，要不是你叫我，我還不就走過去了！我們總有八九年沒見了吧？

甲：十年，整整十年！

乙：十年？啊，可不是十年嘛，你的記性一直比我好。

甲：我出大學門的那一年是二十四，現在是三十四。你比我大一歲，你三十五了，是吧？你是七月初七生的。

乙：可不是！你的記性真好。

甲：一想起牛郎織女，我就想起你。

乙：我可不是牛郎啊！

甲：我們不是有個牛郎嗎？

乙：是啊，是啊，你是說小屠？還有織女呢，標準的一對兒，下課後手拉手兒在校園裡逛的。

甲：畢業後他們不是結婚了麼？以後可沒再聽到他們的消息。

乙：消息我倒知道些。牛郎織女跟我同一個時期出的國。到了國外，牛郎一直在飯館裡洗盤子、做跑堂，兩三年也沒混出個名堂來。不知怎麼後來織女跟牛郎離了婚。也許並沒離婚，就跟個外國人走了。

甲：真有這樣的事兒？織女也興離婚的？

乙：那得看是什麼世界，如今的玉皇大帝是財神爺當的。

甲：你還是老樣子！還有誰呢……油葫蘆呢？你有他的消息麼？

乙：聽說在香港教書。我也是一出校門就沒再見過。你有大和尚的消息麼？

甲：在一個市政府做事。三個孩子了，人是越來越胖。已經不是大和尚了，在他做事的那個市政府裡，人家都管他叫彌陀佛。

乙：長三呢？還是那股牛勁兒嘛？

甲：甭說了，長三剛離開這兒不到兩個月。他本來在家中學教書，不知為什麼牛勁兒上來揍了他們校長幾個嘴巴，自然呆不住了。據他自己告訴我，是他看不慣他們校長那付官僚氣。

乙：你還記得他揍狗頭教授的狗腿的那回事兒？

甲：怎麼不記得？不是一拳頭就把狗腿的鼻子打流了血？

乙：狗腿是專門給狗頭搜集情報的。

甲：要不然大木瓜不會發生思想問題。

乙：狗頭真可恨！

甲：可恨的還不只狗頭一個！

乙：你不是還在狗頭的椅子上偷擺了好幾個大圖釘？

甲：你不是弄了一盒臭蟲丟到狗頭的床上？

乙：你不是想叫長三摸黑兒痛揍他一頓？

甲：你不是還想造個定時炸彈轟他嘛？

乙：哈！

甲：哈哈！真絕！

乙：哈哈哈！不知道現在狗頭怎樣了？

甲：也許是死了吧？誰去管他！還有我們的詩人呢？他好像也是跟你前後出的國。

乙：你不知道他的消息？

甲：怎麼，你知道我在這個小地方一蹲就是十年，信也懶得寫一封。

乙：你們本來不是挺不錯的？我還以為他跟你通過消息呢。

甲：啊，啊，你知道我的脾氣，還有他的。在一塊兒我們很可以天南地北地窮扯一陣，可是一分手也就算了。

乙：真想不到你竟會不知道他的消息。

甲：（神情略現緊張）他怎麼了？他還在外國嗎？

乙：詩人已經死了！

甲：（吃驚地）死了。

乙：死了好幾年了！我本來想你是知道的。怎麼你會真的不知道他死的消息？

甲：（神色突現不安地）幾點了？

乙：還不到六點。你有約會？你有事麼？

甲：沒什麼，沒什麼！你說詩人已經死了？是怎麼死的呢？噢，也許我們還是談點別的吧！

乙：我知道你們本來是挺不錯的。你看，可不是，你有點受不了這個消息！

甲：我不是受不了，不是！人還能老活著嘛？不是這個……是……也許，我們最好還是談點別的。老王，你知道老王？現在在非洲做買賣。我接到過他一封信，真想不到的事。

乙：你接到過老王的信？

甲：一封很奇怪的信……（自語地）詩人已經死了。（抬頭）你說詩人已經死了？

乙：已經好幾年了。

甲：就是，我知道已經好幾年了。

乙：你知道？你不是剛剛說不知道他的消息麼？

甲：我是說……我知道……我怎麼會知道呢？我們從來沒通過信。
乙：我也是聽見別人說的。
甲：老王是個怪人，是不是？你知道的。聽說他在非洲生意做的很不錯。
乙：（沒注意甲的話，自說自話地）我也是聽別人說的，已經好幾年了。幾年了？我的記性真不好，三年還是四年？三年還是四年？
甲：（也沒注意乙的話，自說自話地）老王真是個怪人，為什麼遠遠地跑到非洲去做生意？
乙：我真不相信，就這麼死了。好好的一個人，還一直在寫詩呢！
甲：（突然地）詩人死了已經三年半了，是不是？在八月十五那陣子？
乙：（驚訝地）可不是嗎！你這一提，我可想起來了。我也是聽說他死在中秋左右。你看，你原來也是知道的，剛剛你為什麼裝做不知道呢？
甲：我知道什麼？我們從來沒有通過消息。我只覺得奇怪，老王為什麼會寫一封那樣的信？詩人又真的死了！
乙：到底老王寫給你一封什麼信？你已說了好幾遍奇怪的信！
甲：你知道詩人是怎麼死的吧？
乙：死得挺慘的……。

甲：（急切地）別說了，別說了！我知道他死得一定很慘！你信不信鬼？

乙：（摸不著頭腦地）信鬼？誰知道呢！我從來沒有仔細想過這個問題……我想我是不信的。

甲：現在幾點了？六點了吧？

乙：（看手錶）嗯，差不多六點了。真的，你有約會嚒？

甲：不是！我要告訴你一件奇事。太奇怪了，我本來以為是一個夢，可是現在我才知道不是。大概是三年半以前，八月十五那一陣子。秋天裡天漸漸短了，可是平常六點還不到天黑的時候。有一天，隔壁的鐘剛剛打了六點鐘（鐘聲響了六下），天突然黑了下來。（原來染有夕照的方格大窗忽然黑下來，舞臺上只略現綽綽的人影。）我正要開燈，忽然聽見外面有人叫門。（一個深沉的聲音叫：「開開門……開開門……開開門……」聲音由微而重。）你聽，就是這個聲音，這不是詩人的聲音嚒？門忽然開了！（門忽地大開，風嘯嘯然。）開始門外是一片黑，可是在極遠極遠的地方顯出一點白光。（通過敞開的門觀眾可以看見遠處出現一點白光。）這白光越來越大，越來越亮。（白光越來越大，越來越亮。忽然一個人影出現在白光中。因為光來自人的後方，人影像一個黑色的剪影。）忽然我看見詩人站在這一團白光裡向我招手。（白光中的人影做招手狀，隨即隱去。白光亦漸漸微弱以至全黑。舞臺上的燈光漸亮，惟窗外仍是一片漆黑。乙呆呆地注視著甲。）我就跟他走出去。他走得很慢，可是始終跟我保持著一段距離。我喊他，他也不回頭，我就跟他這麼一直往前走。我也沒有注意我們走的是什麼路。忽然眼前顯出一片霧，詩人不見了，我完全迷了路。我大喊詩人，可是我只聽見我自己的回聲。我拚命繼續大喊。就在這時候霧漸漸散了，我忽然發現我站在無數人中間。這些人全是赤身露體的，沒有一個人穿著衣裳；而且全都是男人。我低頭一看，我自己也是一樣。我正在不知所措的時候，忽然聽見遠處傳來一種吼聲，一種野獸的吼聲。（一種野獸的吼聲由微漸顯。）這聲音有一種說不出來的叫人害怕，於是那些赤身的人開始奔跑。我也夾在他們中間一塊兒奔跑。但是那種野獸的吼聲越來越近越來越大（吼聲漸近漸大），真怕煞人。我於是跑得更快。突然我發現跑著的只有我一個人，別的人都不知到哪兒去了。我面前是一片沙灘，沙灘中間蹲著一隻獅子。那吼著的就是牠！獅子不但蹲在那裡吼著，而且牠的前爪正在撕著一個人的身體。（以上這一段，如果條件許可的話，也可以以電影插入。）你猜那是誰？（注目於甲，二人怔怔地互視良久。）是詩人！（痙攣地癱在椅子上，喘息著，略停而又遲緩地）我醒過來，我坐在這裡，像現在這樣似地坐著。這時我又聽見隔壁的鐘正在打六點（鐘聲六下），天原來也並沒有全黑（窗上復現夕照）。所以我想，我是做了一個夢。可真是一個奇怪的夢。你知道過了不久，我就接到老王那封奇怪的信。
乙：什麼奇怪的信？
甲：老王的信裡說，他在非洲親眼看見一隻獅子把一個人生生地撕了，吞了！
乙：也許是你弄錯了，是你先接到了這樣的一封信，才做了那麼一個惡夢。
甲：不會的，我記得清清楚楚，那封信是好幾個月以後的事。
乙：巧合！巧合！
甲：現在我才知道這並不是一個夢！
乙：那是什麼？
甲：是真的！你告訴我詩人死了，死得很慘，詩人叫獅子吞了！
乙：可是詩人並沒有叫獅子吞了！詩人是死在地下車道裡的！
甲：死在地下車道裡的？
乙：我是這樣聽別人說的。至於是自殺，是意外，沒有一個人知道。他又是一個人在外國，死了也就死了，朋友們嘆口氣，掉上兩滴眼淚，過了兩年也就把他忘了！
甲：可是我親眼看見他叫獅子吞了的，好像老王在非洲親眼看見獅子吞人一樣！
乙：是幻想，是幻想，你還是老愛那麼胡思亂想的。你為什麼不結婚呢？你看你比以前更瘦了。你的心情一定也不好。要是結了婚，心情總會好點的。
甲：結婚？跟誰？
乙：跟女人，當然跟個女人，這還用說嗎？
甲：在我的世界裡沒有女人！
乙：你還是那麼孤癖，我明白，老脾氣是一下子改不了的。
甲：那也未必，我還不是跟別人一樣地在這個世界上鬼混？只是我沒法忍受女人。女人總使我聯想起獅子，可以生生地把人撕了的獅子！
乙：（同情地）這又是怪論！噢，你太孤獨了！打我們畢業以後，老朋友都一個個地東零西散。你真是太孤獨了！你知道，這樣下去，對一個人是很危險的。
甲：（矜持地）可是我活得也並不比別人差！
乙：我勸你還是結婚好。哪怕娶一隻獅子呢，也比打一輩子光棍兒強！
甲：我也常這麼想：人為什麼不可以跟獅子結婚？一個男人為什麼偏要娶一個女人？這是不合理的，非常不合理的！真的，你信不信鬼？
乙：你怎麼老問這個問題？我已經告訴過你，我不信！

甲：可是老王的那封信太奇怪了！

乙：有什麼奇怪的！在非洲獅子吃人還不是常事嚒？

甲：不！他一定是遇到了一件比普通獅子吃人更奇怪的事；要不然他不會突然地寫那麼一封信來。也許……也許……你想……也許他跟我看見了一樣的東西……

乙：你是說詩人？

甲：詩人也許並沒有死在地下車道裡！

乙：你老愛這麼胡思亂想的。這是幻想！我早告訴過你，我們談點別的好不好？

甲：（默然地）

乙：我想你在這個地方呆得太久了。你說長三兩三個月前離開了這裡，你這裡還有別的朋友嗎？

甲：沒有，一個也沒有，有本事的誰肯老呆在這個小地方？

乙：我的意思是說，一個人老把自己關在一個地方是很不好的。久了容易產生幻想，也容易流於孤癖。我自己這十年來總是東流西蕩的，這裡呆上兩年，那裡呆上兩年，所以連發愁的時間也沒有了。

甲：誰又願意老呆在一個地方？我要是有你那兩下子，又怎能幹一輩子教書匠？

乙：其實幹教書匠也不錯，錢雖然賺的不多，可是落個心安理得。
甲：心安理得？試試看，等你幹上兩年，準保你不再說這個話！
乙：可是你們清高啊！
甲：算了吧，誰要是再說這個話，我真想揍他一頓！
乙：就不說清高，你們總都是些君子人，不像幹我們這一行的狗屁倒灶。我說狗屁倒灶，是真的狗屁倒灶！
甲：你沒看前天報上小學教員姦殺女生？君子！中學校長侵吞全校教職員的福利金？君子！有好有壞還不都是一樣，不管幹哪一行，還不都是些沒毛的畜牲！
乙：罵得好，罵得好！真有你的！我就說，要憤世嫉俗嘛，得像你，憤嫉得徹底！
甲：憤世疾俗嘛？也許以前有過，現在我才沒那個勁兒了呢！看來看去，我算得到了個結論，這個世界是不值得憤的！
乙：這個世界雖說不值得憤，活著還總得活著，你說是吧？
甲：問題就在這裡。所以說詩人是個榜樣！
乙：是什麼榜樣？叫地下車軋死？還是叫獅子吞了？
甲：我是說叫獅子吞了！你沒看見過獅子吞人，這個你不會懂的！

乙：噢，雖然我沒看見過，可是我還想多活兩天！
甲：那是一樣的。到了沒有別的路，你不做詩人，就做獅子！
乙：啊，要是叫我非挑選不可的話，我寧願做獅子！
甲：你也去撕人嚒？你也去吞人嚒？
乙：為什麼不去？要是這樣可以免得給人吃了？
甲：自然，自然，這一點我們是不同的。你知道打十年前我就一直佩服你！你真行！還記得大木瓜是怎麼死的？
乙：（失色地）誰說大木瓜死了？
甲：大木瓜的思想有問題，狗頭沒有放過了他。
乙：你是說他死在獄裡？
甲：不是，是獅子撕了他！
乙：（緊張而不耐地）又是獅子！又是獅子！我勸你還是少做這些惡夢吧！
甲：這不是惡夢，是事實！跟大木瓜在一塊兒的不是你嚒？不是我嚒？為什麼你跟我都還好好地活著？
乙：（惱怒地）好了，好了，別再提這些過去的事吧！

甲：（冷笑地）別提！為什麼不能提呢？又傷了你的自尊心了？

乙：（鬆一口氣）提吧！提吧！都說出來！都說清楚了也好，我早已沒有什麼自尊心了！

甲：算了！何苦呢！我們畢竟是老朋友了！說實在的，在這個世界上我只有你這麼一個朋友！

乙：那是因為詩人死了，是不是？

甲：不！詩人只是一個可以談談的朋友，打他那兒我學不到什麼。

乙：打我這兒恐怕你能學到的更少。

甲：那要看是什麼學問！

乙：你倒說說看，我還從來沒有想到我還有幾分長處。

甲：誰都有幾分長處，不過有的人長在恰當的地方，有的人就長在些婆婆媽媽的瑣事上。

乙：照你說，我倒是長在恰當的地方了？

甲：可以這麼說。不過……

乙：不過什麼？

甲：不過你那長處不是人人可以學得了的！

乙：學不了，你還是拿我當個朋友？

甲：雖然我拿你當個朋友，可是說實話，我並不多麼瞧得起你……

乙：啊？

甲：是，我並不多麼瞧得起你！不過問題是我更瞧不起我自己，所以到了我不得不佩服你！

乙：你這種轉彎抹角的口才，也不能不令人佩服。

甲：（繼續自己的話）其實你並不比別人壞，你反倒有一種人們所沒有的長處：誠實！

乙：算了！算了！誠實這個字是很難說的，頂虛偽的人有時候也會有幾分誠意，頂誠實的人也保不準全不做假。說老實話，剛才你叫我的時候，我還在想你是不是真的願意見我。

甲：為什麼不？

乙：我不知道你是不是原諒了我。

甲：為什麼要我原諒？死的是大木瓜，又不是我！我不過挨了一頓揍而已。再說，不是我們一塊兒把他賣了的嗎？

乙：謝謝你。（喘一口氣）我倒用不著你來分擔這種責任！我一點也不願意騙你，要是需要的話，我會把你一起賣了的。

甲：你想難道說我還不明白這一點嚒？也就因為如此，我才對你佩服得五體投地。只有像你這樣的人才配活在這個世界上，也只有像你這樣的人才是這個世界的真正的主人！

乙：算了吧！何苦說這些個！我們總算是多年的老朋友，誰也清楚誰肚子裡有些什麼。（猶豫地）說句老實話，只有跟你，只有跟你，我才會說出心底的話來。我自己也不知道為什麼，當我往前走的時候，我是不顧一切的。一切擋著我的路的，不管他是誰，我都要把他們毀掉。十年來，我已經離過兩次婚，都是為了些狗屁倒灶的原因。我打真心裡看不起這些個，可是我不能不這樣做，我要往上爬！搞政治，你說，不往上爬行嗎？前年有個傢伙站在我上頭，還裝模做樣地跟我套交情。我心裡暗笑，誰還不明白誰肚子裡招的是什麼蛆！你甭神氣，咱們走著瞧！結果不到幾個月，就給我不聲不響地幹了。現在還在獄裡哩！這個傻瓜，是他自己把把柄送到我手裡，不然我怎會幹得了他？他總是我的上司！他的位子呢，自然早已叫我給抓過來了，可是再往上看，不知道還有多少層呢！你能停手嗎？不能！你的手上一沾了血就算完了，你這一輩子就注定了浸在血裡！往上爬呀！搞政治能不往上爬嗎？你不爬，你馬上就得給別人翻下來。爬嚒，就免不了來個一狠二毒！到你爬到最高頂的時候，有誰還敢來說你一個不字！

甲：所以我佩服你，雖說有的時候也免不了可憐你！

乙：是呀，有時候我也想這都是些蠢事。人活著為什麼不乾乾淨淨快快活活地活著呢？為什麼專幹些髒事？可是不行，那股勁兒是打骨頭裡出來的，要不怎麼說人跟畜牲差不了多少嘛！

甲：人不過是沒毛的畜牲！

乙：我也從來沒把人看成神聖不可侵犯的。人麼，飲食男女，就是這麼檔子事兒！有時候我真覺得我們不過是活在一片茫茫的黑暗中，沒有方向，也沒有點亮光。我們就這麼摸索前進。可是我們又不能停下來。為什麼？真是天知道！大概我們天生的就是這樣兒！我們能抓到什麼就是什麼，能撕的就撕，能毀的就毀！我們的血是得用血來養的。我們真是跟野獸差不了多少！

甲：所以我佩服你！服你那股子勁兒啊！天生來的那股子勁兒！我呢，不行！這一股子勁兒叫人又羨又怕。我看著它有時候離我很近，有時候又離我很遠，有時候像個朋友，有時候又像個敵人。我不知到底怎麼樣才可以心安理得地活在這個世界上。你是不同的，你沒有這些矛盾，也就沒有這些痛苦。

乙：痛苦？什麼叫痛苦是很難說的。有時候甚至於跟快樂也難以分得清楚，至少對我是這樣。越是得意的時候，心裡越是難堪。我不是剛剛告訴過你，不管他是誰，只要他擋著我的去路，我毫不猶豫地把他撕了嗎？這樣的事我不知道已經幹過多少次，到現在還沒有失敗過。經驗告訴我，只要你肯狠狠地幹、毫不猶豫地幹，你就絕不會失敗的。可是勝利了，本該是得意的、快活的，是不是？不！事實上並不是這麼回事！你一沾了別人的血，你就有些瘋魔了。你感覺你不再像一個人，你成了一隻野獸，也許是比野獸更野的什麼東西，被一種連你自己都莫名其妙的力量支使著，去咬！去啃！去撕！這時候你是無法停手的，（咬牙切齒、憤怒地、疾恨地像一隻正在撲食的獅子。）你得繼續不斷地撕！撕！撕！連你自個兒也算在裡頭！（喘息地）天哪！有時候我想我真有點瘋了！瘋了！

鐘又噹噹地響了六下，二人寂然，窗上又突然黑下來。

甲：六點！

乙：六點？奇怪，又是六點！

觀眾又聽到叫門的聲音

甲：你聽，是詩人的聲音！

門突然洞開，又有嘯嘯的風聲。外面先是一片黑暗，漸漸在極遠極遠的地方透露一點白光，又逐漸越來越大，越來越亮，一個人影跟上次一般地站在白光中。

甲：你看，詩人來叫我們。你去不去？

乙：你呢？

甲猶豫著，但慢慢向門口走去。乙隨著。

幕徐落。觀眾又聽到獅子的吼聲。

弱者

這個短劇演一個現代人的故事。劇中的人物可以是中國人、日本人、英國人、法國人，還是美國人。因為不管是哪國人，處在今天這個時代，都有些共同的感受跟共同的煩惱。不過作者既然是中國人，他還是願意讓他劇中人物說說中國話。而且呢，今天的中國人，不是也已經現代化了麼？這就更沒有理由剝奪中國人代表現代人的權利。好吧，劇中的人物就算是中國人吧！

第一場

景：一個小客廳，是小職員所住的公寓中的那種。

時與地：任何時間。

人物：夫——小職員，脾氣迂緩，說話慢條斯理。

妻——神情緊張，說話迅捷。

幕開時，丈夫正把一架新買的電視機安放在客廳的一角，太太在一旁喜笑顏開地看著，指揮著，顯得幸福異常。

夫：你看放在這兒好不好？

妻：這兒？嗯，不好！這兒遮了我那相框子，我看還是在那邊好。

夫：是，太太！（把電視機放在太太指定的地方）行了吧？

妻：（端詳著）嗯，那兒也不好！你看你這個人，你就看不見那隻花瓶？往那兒一放，把那花瓶擠到哪兒去？

夫：是，太太！（又移到另一處）這裡好不好？

妻：那裡怎行！一開門，不碰了才怪！

夫：（抱著電視機不知所措地團團轉）你說，到底放到那兒好？

妻：說你笨嘛，你還不服氣，連個電視機也放不好！

夫：是，太太！我看還是放在窗台上。（剛想往窗台上放）

妻：不成！不成！窗台上給人偷了怎麼辦？（向四周巡視地）這裡有相框，那邊花瓶，這邊呢是門，那邊又是窗戶，我看都不行，還是放在屋子當中吧！

夫：（不放心，他仍然緊抱著電視機）放在屋子當中？礙手礙腳的。

妻：這有什麼！走過的時候不會小心點嗎？你看，我坐在這張沙發上，不遠不近看得正好。再說呢，來個人什麼的，一眼就看見咱們的電視。

夫：看見又怎麼樣？

妻：你看你這個人真是死腦筋，現代的人，像樣的人家，誰家沒個電視？所以我早就說，就是自個兒不看，也得買一架擺擺樣子！

夫：（把電視機放在屋當中）好吧，就擱在這兒擺樣子吧！可是你看，這根電線這麼拉著，不把人絆個跟頭才怪！

妻：說你笨，你又不服氣！你不會打桌子底下拉過去？再說，走路小心點兒就是，偶爾絆個跟頭，有電視看著，又算得了什麼呢！

夫：（裝好電視，喘口氣）好啦！總算裝好啦，我的好太太！

妻：（過去親熱地拉起丈夫的手，坐在沙發上）好，你也過來憩會兒吧！你看，咱們的小日子，不是越過越好了？

夫：（應聲蟲似地）可不是！

妻：咱們越來越幸福啦！

夫：可不是！

妻：買了電視，咱們以後也用不著往電影院跑了。想看什麼，只要把電視一開，什麼電影片子啦、社會新聞啦、時裝表演啦都有啦！又省工夫，又省錢，你說這有多好？

夫：可不是！以後咱們就整天在家裡看電視！

妻：誰說整天？我只是說消遣的時候不用往外跑啦！現在有了寶寶，出一趟門有多麻煩。有了電視呢，不是可以在自個兒家裡消遣麼？人又不是牲口，不時常地消遣消遣行嗎？

夫：人不是牲口，是得時常消遣消遣！消遣不花錢吧？

妻：你這個財迷鬼！消遣哪有不花錢的？

夫：花錢？那還是不消遣的好。

妻：放心！現在在家裡看電視，一個子兒也用不著花你的！

夫：（喜出望外地）真的？

妻：那還會是假的？你看咱們省了電影票錢，省了看電影來回的車錢，省了……

夫：我的好太太，你真會過日子！

妻：買電視的時候，你還肉痛得什麼似的。你看，還不都是為了給你省錢！

夫：能省錢就好！

妻：省了錢，咱們再買汽車！

夫：（吃驚地跳起來）你說什麼？

妻：我說省了錢好買汽車！

夫：那得多少錢呀？

妻：又肉痛了是不是？

夫：（囁嚅地）嗯！嗯！不是肉痛，我是想，要汽車做什麼，咱們又不常出門！

妻：人家都到了月球啦，你還整天價憋在屋子裡！

夫：你不是說有了電視就不用往外跑了麼？

妻：我是說不用往電影院跑了。現代人，誰家整天整日地呆在一個地方？比方說吧，週末啦！假期啦，誰不到海邊山裡的去換換空氣？就是咱們不需要，寶寶也是需要的。你不記得上回出門，趕火車，兩隻大皮箱，你又捨不得叫紅帽子，不是差一點兒把你壓死？要是咱們自個兒有部汽車，嘟地一下就到了，要多方便有多方便。

夫：有了汽車，誰開呀？

妻：自然是你開呀！

夫：我？我可會？

妻：不會，不會學嗎？人家十幾歲的孩子都開得滿街跑，你這麼大的個人好意思說不會？

夫：是要學，是要學，不過……但是……然而……嗯嗯……要是出了車禍呢？

妻：出了車禍又有什麼關係！

夫：你沒看報上的統計，一個週末，大國好幾百，小國好幾十，統共加起來比打個大仗死的還要多！

妻：人早晚還不是死！病死、老死、窩囊人！給頭子們拚命打仗死了，更可恥！反不如死在車禍上來得乾淨、光榮。至少是開過汽車了，也不枉做一番現代人！

夫：是！是！有理！有理！那麼，好吧，咱們就去死在車禍上吧！

妻：你連車都還沒有買，怎麼就死在車禍上？

夫：沒有車就不能死在車禍上？

妻：說你笨麼，你還不服氣！沒原子彈，能一下子殺死幾十萬人嚒？

夫：噢，我明白這個道理了。你的意思是說，種瓜得瓜，種豆得豆；有了原子彈，才會一下子殺死幾十萬人；有了汽車，才會有車禍。

妻：就是這個道理！你想咱們的生活不是夠幸福的了嗎？

夫：是啊！怎麼能說還不幸福呢？咱們是現代人啊！廚房裡有電爐、冰箱，洗衣服有電動洗衣機，打掃房間有吸塵器，現在又有了電視，將來麼，也許……可能……

妻：也許、可能什麼？

夫：你不是說也許、可能買部汽車嗎？

妻：不是也許、可能，是非買不可！

夫：非買不可？

妻：嗯，非買不可！咱們的生活好是夠好的了，就是還有一項缺陷。

夫：還有缺陷？還有什麼缺陷？

妻：就是不死在車禍上！

夫：不死在車禍上，也能算是缺陷嗎？

妻：不算缺陷算什麼？傻瓜，不然，你去老死吧！去病死吧！去給人槍斃吧！去給人活埋吧！去上電椅吧！去給原子彈炸死吧！去給鬥爭鬥死吧！我寧願死在車禍上！我唯一幸福的死法就是死在車禍上。噢，親愛的車禍，可愛的車禍！你只要閉上眼睛想一想，你只要還有一分理智，還有一分聰明，你就知道，在這個世界上，再也沒有比死在車禍上更好的死法啦！坐在汽車上，嗚嗚嗚嗚，一個鐘頭六十公里、七十公里、八十公里、九十公里、一百公里！想想看啊，一百公里是個小數目嗎？這還不止呢，一百一十公里、一百二十公里、一百五十公里、兩百公里！你見過一個鐘頭兩百公里的汽車嗎？有！一定有的！咱們要買就買這種。嗚嗚嗚嗚，一個鐘頭兩百公里！這時候你不是走，是跑；不是跑，是飛！像一隻鳥！不，鳥也沒有這麼快！像一陣風，是的，像一陣風！你已經沒有了身體，沒有了血肉，沒有了骨頭，也沒有了腦子，你只是一陣透明的風！你已經不知道自己是生還是死，你想汽車爆了有什麼關係？炸了有什麼關係？

夫：（目瞪口呆地）是……是……是，一陣風，有什麼關係……

妻：你想還有比這更好的死法嗎？

夫：沒有，沒有，真的沒有！

妻：所以得買汽車！

夫：（應聲蟲似地）買汽車！

妻：去買呀！

夫：去買呀！

妻：我是說你去買呀！

夫：我去買？錢呢？

妻：你不是在銀行裡還有存款嗎？

夫：那是留著買地的錢啊！

妻：又是地，又是地，你怎麼老忘不了你那地呢！

夫：種田的人怎會忘得了地！

妻：你又不是種田的人！

夫：我不是，我爸爸可是！他一輩子的夢就是買地。有了自個兒的地，才可以站得穩。自是個喘氣兒的，誰不想有點自己的東西！

妻：什麼才叫自己的東西呀？

夫：自己的東西是自己要怎麼著就怎麼著，別人是不能插手的。

妻：那麼說，咱們自己的東西還少嗎？電冰箱不是咱們自己的嗎？電爐子不是咱們自己的嗎？洗衣機不是咱們自己的嗎？電視機不是咱們自己的嗎？要是你願意，你全把它們砸了，有誰來管你？

夫：可是這些東西是不同的，這些都不是地！

妻：地又有什麼特別的？

夫：地是特別！這些東西不過會替你做點事兒，地可是會給你生長東西！種麥就有麥，種穀就有穀，種老玉米就有老玉米！種子打你的手裡種下去，你就有了一個希望。種子冒芽啦，你的希望更大啦！種子長葉啦，你的希望更更大啦！種子開花啦，你的希望更更更大啦！種子又結成種子啦，新的種子又給你帶來了新的希望。這希望是無窮無盡的。

妻：希望有什麼用？希望只是種沒出息的幻想！

夫：人沒個希望，還有什麼活頭呢？

妻：活著就是活著，幹嗎要為了希望？譬如說，你吃飯，你活著，活著就不得不吃飯！

夫：活著，吃飯；吃飯，活著？

妻：這就是活著的意義！

夫：等一天不吃飯了，就死了；死了，也就自然不吃飯了。

妻：你總算是明白過來啦！人生不過就是這麼一回兒事兒，所以活著的時候不能沒有冰箱、電爐、吸塵器、洗衣機、電視機，死的時候不能不死在車禍上。

夫：你是認定非死在車禍上不可了？

妻：認定了，早就認定了！要是再能死在車禍上，咱們的生活可說十全十美了。

夫：十全十美了！

妻：所以我們應該高興呀！

夫：是應該高興呀！

妻：應該快樂呀！

夫：是應該快樂呀！

忽然嬰兒大哭。

妻：你聽，寶寶也樂得大笑起來啦！

夫：可不是嗎，寶寶也笑起來啦！

嬰兒的哭聲忽發忽止，與對話相間。

妻：我們真是一個快樂的家庭！

夫：一個快樂的現代家庭。要是再能買點地……

妻：不買地買汽車！現代的家庭誰去買地？

夫：買汽車……

妻：一買了汽車，咱們的生活就十全十美啦！
夫：（有點不寒而慄地）一死在車禍上就十全十美了？
妻：怕什麼？人早晚還不是一死？
夫：可不是！早死、晚死是一樣的。
妻：問題是死得值得！死得乾淨！死得光榮！
夫：要死得光榮，就得死在車禍上？
妻：這還用說嗎？你聽寶寶笑得多厲害呀！
父：他高興死了！
妻：跟我們一樣的高興，不是嗎？你不高興嗎？
夫：高興！高興！高興得要死！
妻：所以得買汽車呀！
夫：（忽然軟下來）可是我的地呢！一大片麥田，黃得像金子，大得像海洋，風吹來，麥子就蕩呀蕩地像滾滾的海浪。（漸漸地又興奮起來）打這一邊一天一夜也走不到那一邊。這是一片金黃的海，金黃的珍珠，金黃的財寶，金黃的生命，啊啊啊啊，這地呀這地，都是我的……

妻：（惱怒地）可是非得買汽車不可！

夫：（囈語地）我只要看一眼我的地，我的麥地，我的金黃麥地，我的像海洋似的金黃的麥地，死了也甘心了。

妻：（氣憤地）死也不能這個死法，得先買汽車！

夫：（繼續囈語地）我一買了地我就全種上麥子。麥子就是希望，希望就是生命。這地是我的！這麥子是我的！這希望是我的！這生命是我的！是我的，都是我的，只有我自己是絕對的主人！

妻：（氣勢洶洶地）什麼希望！什麼生命！什麼主人！這全是胡說！

夫：（頑固地）無論如何我不能不買地，就是死也得買地！

妻：（盛怒地）你真要死？

夫：（堅持地）死也得買地！

妻：（忽然從沙發後拿出一把鎚頭，猛擊其夫頭）好！死吧！死吧！

夫：（倒地死）

燈光漸暗。

第二場

景：同前

人物：夫屍——以紗布裹頭，觀衆看不見其臉面。

嬰兒——由第一場飾丈夫之演員飾演。

妻

燈光轉亮時，妻坐在沙發上搖一孩車，嬰兒時斷時續地哭泣，電視機前置一靈床，其夫之屍體陳列其上。

妻：（搖孩車，嬰兒停止哭泣，站起來過去推夫屍）醒醒，醒醒，你真死透了嘛？（又用力搖）就是死透了，也該哼一聲呀！（繼續用力搖）死了也犯不著裝腔作勢的。你可說話呀！（失望地住手）唉，你也夠福氣的了，你看不是死在車禍上了嚒？第一次開車出遠門，就出了事。這有多巧！這有多好！這有多幸福！要不是有寶寶贅著，我早跟你一塊兒死了，也幸幸福福地死在車禍上！（又過去推夫屍）現在你一定知道我對了吧？要是你把錢買了地，你怎麼會有錢買汽車？要是不買汽車，怎麼能死在車禍上呢？你說是吧？你倒是說話呀！

屍：死了也興說話嗎？

妻：要是你願意，死了為什麼就不可以說話呢？

屍：我是想，現在我既然成了個死屍，就該安份守己地閉住嘴，不然又惹那些衛道的先生們大驚小怪了。

妻：現在那裡還有什麼衛道的先生呀？說你笨麼，你還不服氣，現在咱們是什麼時代呀？在咱們這個時代，什麼事兒不會發生？一個死屍說說話又算得了什麼呢？

屍：既是這麼說，我老閉著嘴倒真像有點裝腔作勢，怪不好意思的了。（奮力坐起，頭裹紗布，只露兩目。）

妻：（急忙拿一個墊子墊在夫屍背後）這樣舒服一點兒，是吧？

屍：謝謝你！

妻：你要是老不說話，我一個人寂寞也寂寞死了。

屍：噢，你要我說話，原來不過是怕寂寞！

妻：是呀！你活著的時候是個好丈夫，死了也一定還是個好丈夫。我知道，我叫你做什麼，你還是會做什麼的。

屍：那可不一定！你別忘了，死人是沒有感情的。

妻：你說什麼？死人沒有感情？那麼說你就一點兒也不再愛我了嗎？（悲從中來，幾聲低低的啜泣）。

屍：愛？那是你們活人的把戲呀！我們死人是不懂什麼叫愛的！

妻：（生氣地）好啊！你一死就變得這樣無情無義的！（過去一手把夫屍身後的墊子抽掉，夫屍又倒下）你還是閉住你那嘴的好！

屍：（死寂地一動不動）。

嬰兒又哭起來，妻過去搖動孩車，嬰兒止哭。

妻：（神情緊張地來回踱著，終於又按捺不住，過去推夫屍）醒醒，醒醒！你真死透了嗎？（又用力搖）就是死透了，也該哼一聲呀！（繼續用力搖）死了也犯不著裝腔作勢的，你可說句話呀！

屍：你不是不要我說話了嗎？

妻：我是說的賭氣話呀！你還不明白嗎？誰叫你說不再愛我了呢！（又過去把夫屍扶起）。

屍：我不是說不再愛你，你知道，死人是根本沒有愛情的呀！

妻：（妥協地）好吧，愛情不愛情也算不了什麼重要的事！只要有個人說說話就好；不然這個世界寂寞得怕人。你看，除了你以外，就是寶寶，我還有個什麼別人呢？要不是你死在車禍上，我可一定不准你死的。就是你死了，我也得把你再拉回來。

屍：死了能再拉回來嗎？

妻：怎麼不能？這幾年不是常常有人把死了的人再拉回來嗎？要是死了不能再拉回來，這還成個什麼世界呢？

屍：我求求你，千萬別再把我拉回來呀！

妻：是啊，你既然是死在車禍上，我自然不願意再把你拉回來，免得以後不得好死！

屍：你弄錯了！我求你別拉我回來，只是因為我死的是甘心情願的。

妻：我也是這麼說，不是嗎？有誰不甘心情願地死在車禍上呢？

屍：唉，你知道我是在車禍以前就死了的？

妻：（大驚地）你說什麼？你是在車禍以前就死了的？

屍：可不是麼！你去看看抽屜裡那把裁紙刀還有沒有？

妻：（緊張地急急過去拉開一個抽屜）沒有了！沒有了！

屍：（指自己的心）在這裡呢！

妻：（吃驚地）怎麼？你是自殺的呀？

屍：一點也不錯，是自殺的呀！

妻：（又悲又氣地）好呀！你是自殺的！你真把我的臉丟光了！你真把我們寶寶的臉也丟光了！買了車，你不是不可以死在車禍上，但你偏偏地去自殺！懦夫——弱者！你去死吧！去死你的吧！（過去猛力把夫屍推倒）我的命好苦啊！嫁給這樣一個懦夫！有了車，不死在車禍上，卻偏偏去自殺，醜死人了！真醜死人了！啊啊啊，我的命好苦啊！（抽泣）

嬰兒大哭起來，妻過去搖動孩車，嬰兒止哭。

妻：（輕輕啜泣地）我的命好苦啊！好苦啊！可是你為什麼自殺呢？（猶豫地向夫屍走去）——我不要再跟你說什麼！你個懦夫！你個弱者！（猶豫地）可是你為什麼自殺呢？（終於又決然地走到夫屍前）你醒醒！你醒醒！（夫屍不應，威脅地）我叫你醒醒你就醒醒，不然我就把你再拉回來。

屍：（彈簧似地坐起來）別拉！別拉！我自個來！死人是需要休息的，你還有什麼囉嗦事，快點說吧！看把死人也快要累活了！

妻：你別以為一死就一了百了，我得要你告訴我，你得給我說明白，為什麼……到底為什麼你自殺的呢？

屍：為了什麼？難道你還不知道為了什麼？

妻：我又不是你肚裡的蛔蟲，我怎麼會知道！

屍：還不是為了那部汽車！

妻：真笑殺人！只聽說死在車禍上的，還沒聽說為了汽車自殺的呢！

屍：別人不是也以為我死在車禍上的麼？

妻：所以親戚朋友都來道賀過了。

屍：你又怎樣知道那些死在車禍上的，不是先自殺以後又裝作死在車禍上的呢？

妻：是呀！是呀！你這麼辦了，別人不是也會這麼辦的嗎？這麼說，天下竟有這麼多的懦夫、弱者！

屍：我倒覺得我是個強者呢！

妻：哼，強者怎會有了汽車還去自殺的！

屍：那只是我不要做汽車的奴隸罷了！
妻：做汽車的奴隸？你這說的是什麼話呀？
屍：我說的是鬼話——在現在，只有鬼才肯說老實話的。你想想看，自從買了汽車，我花了好幾個星期，每天累得滿頭大汗地去學開車。學會了開車，不是又跑了好幾天去給汽車登記呀，領車牌子呀，保險呀！剛幹完了這一套，好了，一上街撞了，又是警察局，又是保險公司，又是汽車修理廠，跑了個不亦樂乎！你想想，自從買了汽車，哪天不是兩手機油？哪天不是為了它老人家奔命？你想，自從買了汽車，我可有一天好日子、安靜的日子過過嗎？我不是成了汽車的奴隸是什麼呢？
妻：這只是開始呀！以後你就知道汽車的好處了。汽車可以帶你打這個城跑到那個城，從這個國跑到那個國，可以帶你看到你從未見過的新鮮事兒，漂亮的風景，最後汽車還可以讓你幸幸福福地死在車禍上。
屍：是啊！這開始的奴隸生活我已經夠了！我知道，我再也沒法買一片麥田了，就是有錢，又哪兒去買呢？所有的田地現在不是都改建成汽車工廠了嗎？我們已經有多少年沒吃過一口麵粉了呀！我們整日價肚子裡裝的，除了水草就是海藻，哪裡還有一點陸地上生長的東西呢？

妻：可是我們有汽車呀！有電視機呀！有電冰箱呀！有電動洗衣機呀！有電動吸塵器呀！有……

屍：有！有！有！什麼都有了！就是沒了人！

妻：沒了人？我們不是人嗎？

屍：我們還是什麼人？我們不過是這些東西的奴隸罷了！我們活著為了什麼？還不就是為了得到這些東西嗎？

妻：是啊！

屍：得到了以後呢？

妻：得到以後就幸幸福福地活著。然後……

屍：然後再幸幸福福地死在車禍上！

妻：當然啦！你想咱們的祖先哪裡過過今日咱們這麼幸福的日子？

屍：可是我就忘不了我那金黃色的麥地，黃得像金子，大得像海洋，風吹來麥子就蕩呀蕩地像滾滾的海浪。打這一邊一天一夜也走不到那一邊。這是一片金黃的海，金黃的珍珠，金黃的財寶，金黃的生命！啊啊啊啊，這地呀這地，都是我的！

妻：你在做夢呀！

屍：是，我在做夢，做死人的夢。活著的已經沒有這種夢可做了，所以我才把那把裁紙刀插在我的心裡。你看，現在我又可以做這種夢了。我的靈魂已經高高地飛起、飛起，飛在這一片金黃的麥的海洋上。看啊！這無邊無際的金黃的浪！看啊！這金黃的珍珠，金黃的財寶！金黃的生命！這都是我的……我的……我的……。

妻：（在上面夫屍自話之時，妻的氣一點一點上升，現在已忍無可忍）懦夫！懦夫！你是不配做一個現代人的！你還是去死吧！去死得透透的，再也不要醒過來！（過去猛力推倒夫屍，低低啜泣）我的命好苦啊！……

嬰兒大哭，妻過去搖動孩車。忽然，嬰兒慢慢地從車中坐起，觀眾發現車中嬰兒就是其夫。

妻：（喜悅地但繼續啜泣著）好孩子，你醒了，醒了。好孩子，你不會像你的父親的，你要好好地做一個現代人！你要買你的汽車、你的電視機、你的電冰箱、你的電動洗衣機、你的電動吸塵器……你的……你要幸幸福福地活著，然後再幸幸福福地死在車禍上！你是個好孩子！勇敢的孩子！

幕徐落

野鵓鴿

景：一間茅屋。門前打穀場。周圍為土岡環繞，岡上樹木昌茂。打穀場上有時有野鵓鴿掠過。

時：黃昏，天空、樹木均被夕陽染成一片燦爛的顏色。

人物：父——農夫，六十來歲。

母——農婦，五十多歲。

野鵓鴿

幕開時，父在打穀場的一角支起一個籮筐，把支柱上的繩子牽到茅屋門前，然後在籮筐下撒一把黃豆。母從茅屋裡慢吞吞地踱出來。遠處有野鵓鴿的叫聲，父、母均仰面朝遠處張望。

母：你看那邊樹上是什麼呀？
父：好像是野鵜鴿。
母：野鵜鴿？
父：野鵜鴿！
母：真的是野鵜鴿？
父：真的還是假的，誰又知道，這個年頭！

又有咕咕咕咕的叫聲

母：可不是野鵜鴿，聽這叫聲！
父：叫得倒是挺像野鵜鴿。
母：會不會是他呢？
父：別再提他！提起來就是一肚子氣。
母：提不提還不都是一樣！飛了的孩子，反正回不來啦！
父：就是回來，也不是咱那孩子啦！

母：好好的一個孩子，都十好幾歲啦，誰會想到猛孤丁地成了野鶉鴿！

父：這都是他不學好，整天價鑽在樹林裡學野鶉鴿叫喚。我早就說：「看你整天這麼叫喚，早晚有一天變成野鶉鴿！」

母：別再咒他啦！你看，還不是叫你咒的，好好的一個兒子，真的變成了野鶉鴿。

父：這哪能怪我！咱爹活著的時候，不是整天罵我像隻笨驢？我可也沒變成一隻驢呀！

母：你是你，他是他！

父：說的是呀，要是好孩子，就不會變成野鶉鴿！

母：好孩子怎麼就不能變成野鶉鴿？豬不是還養象嗎？狐狸精不是也變人嗎？

父：可是從沒聽說過一個孩子變成野鶉鴿！咱爺爺那輩子沒有過，咱爹那輩子沒有過，咱這一輩子也沒有過，偏偏到了下一輩子，就幹出這種事兒來！

母：這能怪得了他嗎？

父：不怪他怪誰？莫不成還怪咱們？咱們又不是野鶉鴿！

母：我看都怪咱們住的地方不好，到處都是野鶉鴿。

父：到處都是野鶉鴿，就該變成野鶉鴿嗎？

母：要不就是你整天打野鶉鴿打的。

父：不打野鵓鴿，咱們吃什麼？就靠那二畝地黃豆、二畝地地瓜，夠你吃的，夠我吃的？

母：可是你今天打，明天打，打來打去，可不連自己的兒子也打成野鵓鴿啦！

父：這是他自個兒情願變的，跟我打野鵓鴿有什麼相干！

母：還說沒相干！要不是你整天價打野鵓鴿，他就是要變，也想不到要變野鵓鴿呀！

一隻野鵓鴿穿場飛過，二人嚇一跳。

母：看！一隻野鵓鴿！

父：（眼光隨野鵓鴿飛遠）

母：這隻會不會是他呀？

父：我怎麼會知道，野鵓鴿長得都是一個樣兒！

母：他飛的那天，你沒看仔細呀？

父：你自個兒幹嗎不看仔細呀？

母：看他打被窩裡爬出來，還是個好好的孩子，一下地就成了隻野鵓鴿，把我的腿都嚇軟了，還看仔細呢！

父：你幹嗎不抓住他呀？

母：我不是叫你抓住他嗎？

父：我還當你說夢話呢！

母：好好地醒著，怎麼說夢話？後來你不是也看見了嗎？

父：我就看見隻野鵓鴿，我可沒見他怎麼變的。

母：你不見那隻野鵓鴿咕咕地叫了一陣，歪著頭瞧了咱們半天，跟咱那小子的眼神一模一樣？不是你吼了一聲，他才一翅膀飛了的？後來咱們把屋子都找遍了，連灶火洞也掏過了，就是沒了咱那孩子。飛了的那隻野鵓鴿不是他又是誰呢？

父：算了，算了，別提了！就是孩子，不是早晚也要飛了的嗎？

母：早晚飛了，可是總還是個孩子呀！

父：是孩子，飛了又有什麼好處？野鵓鴿，還可以吃一口呢！

母：你就是知道吃呀！

父：人不吃又做什麼啊？

母：種黃豆呀，種地瓜呀！

父：種了黃豆，種了地瓜，還不是為了吃嗎？咱爺爺這麼著，咱爹這麼著，咱也這麼著，你能說這有錯嗎？

母：誰說你有錯來著。可是除了吃以外，也可以做點別的呀！

父：做別的還不都是為了吃嗎？

母：照你說，養兒子也是為了吃的嗎？

父：養兒子不是為了吃又為了什麼？兒子不應該養活老子的嗎？咱爹不是養活過咱爺爺嗎？咱不是又養活過咱爹嗎？可是到了咱那孩子，快輪到他養活咱的時候，他，他飛了！

母：飛了！

父：飛了！

母：（悲悽地）我的孩子呀！

父：噓！（輕輕過去拉動牽在籮筐支柱上的繩子，籮筐倒地，籮筐內有撲翼的聲音傳出來。）

母：（驚喜地）是一隻野鵓鴿？

父：（過去伸手在籮筐下掏摸了半天，掏出一隻野鵓鴿來，高興地）看，真肥！足有半斤多！

母：（憂慮地）你不會宰了他吧？

父：不宰了他，留著做什麼？

母：可是他要是咱那孩子呢？

父：要是咱那孩子，更得宰了他！
母：我這就不懂啦！
父：兒子不養活咱們，咱們還不能吃他一口嗎？
母：你真忍心地吃自己的兒子麼？
父：有什麼不忍心？肚子餓要緊啊！
母：你的心真狠哪！
父：你天天就是這麼瞎嘮叨，到了不是也吃一口嗎？
母：今兒個我可再也不吃啦！（仔細端詳父手中的野鵓鴣）你看這神氣，不是有點兒像咱那孩子嗎？
父：（仔細看野鵓鴣，拉起野鵓鴣的腿嗅了嗅）好香的野鵓鴣肉！
母：我看，還是放了他吧！
父：放了他？那今兒個晚飯咱們吃什麼呀？
母：不是還有半斤地瓜嗎？我去給你煮。
父：地瓜，地瓜，整天價就是地瓜！有了野鵓鴣，我可不吃地瓜啦！
母：這不是野鵓鴣，是咱那孩子呀！

父：那就更該吃啦！自個兒養的，還不興吃嗎？

母：可是我吃起來心痛呢！

父：你天天都說一樣的話！吃了以後，你還不是也好好的。（把野鵓鴿遞給母）去！快去給我宰了他！

母：（畏縮地）不，今兒個我不幹啦！你看這神氣，我越看越像咱那孩子！

父：（堅持地）你就會瞎嘮叨！去！快去給我宰了！

母：（畏縮地後退著）今兒個我幹不了，我的手軟啦！

父：（專橫地）我說去就去，沒有什麼好說的！

母：（軟弱地）不能等等嗎？

父：（不耐地）等什麼？

母：等等看，我是說……唉，要是他再變成咱那孩子……

父：做夢！

母：誰敢說呢，這年頭！

父：那就更得快點兒去宰呀！等他變成咱那孩子，你就更下不得手啦！

母：看你說的是什麼話！

父：什麼話？真心話！野鵓鴿肉不是比孩子肉更好吃嗎？
母：別說啦！別說啦！（哽咽地）我早知道，我早知道……
父：你早知道什麼呀？
母：（繼續哽咽地）我早知道是你咒他變成野鵓鴿的。
父：我幹嗎要咒他呀？
母：你不是說過嗎？兒子有什麼用？野鵓鴿還可以吃一口肉呢！
父：那不過這麼說說的呀！
母：你別裝假，我早知道你心裡真這麼想的。
父：我心裡的事，你怎麼會知道啊？
母：我不是你的老婆嗎？我還不知道你是吃幾碗飯的？想想看，一天不吃野鵓鴿，你能過得了一天嗎？
父：我這把年紀，幹了一輩子的苦活，還不應該吃一口嗎？
母：我沒說你不該吃一口呀，可是上了年紀，就該連兒子也吃了嗎？
父：不吃兒子吃啥？
母：東西多著呢！有黃豆，有地瓜。凶年災日的，也有樹上的葉子、地下的草。

父：呸！誰放著兒子，去吃樹上的葉子、地下的草！
母：好狠的心！早知道你是這種人，當初說啥也不嫁給你！
父：你做得了主嗎？
母：做不了主，還有黃河、褲帶、一把刀，大不了去見閻王爺！
父：要是你覺得我這麼糟，現在去見也不遲啊！
母：現在嚒，算了吧！你只要不再吃野鵓鴿，什麼苦我都願意跟你吃。
父：跟我吃野鵓鴿不比吃苦好得多？
母：我不吃！我不吃！要吃你自個兒去吃吧！我是再也不吃野鵓鴿的啦！
父：你天天都說這種話，也沒誤了你天天吃野鵓鴿！
母：今天可是不同啦！
父：有什麼不同？
母：昨兒個夜裡，我做了一個夢。
父：夢見什麼啦？
母：我夢見我好像坐在灶前燒火。剛燒開了一鍋水，忽然聽見野鵓鴿咕咕的叫聲。抬頭一看，原來有一隻野鵓鴿正落在鍋臺上。

父：有這種事兒？

母：就說呢！我忽地想：「莫不是咱那小子回來啦？」就這麼一轉念間，那隻野鵓鴿噗嗒一聲掉下地來，變成了一個孩子。

父：咱那孩子？

母：可不是咱那孩子是誰？可把我喜殺啦！老天爺畢竟有眼，咱那孩子到底回來啦！我正要撲過去，誰知他叫了一聲媽，開口說：「你不是愛吃野鵓鴿嗎？」說著就打懷裡掏出一隻，撲通一聲就丟在開水鍋裡。

父：真是個孝順的孩子！

母：接著又掏了好幾隻出來，撲通撲通地都丟進開水鍋裡。

父：真是個孝順的孩子！

母：我心裡想，這下子他爹可該樂了。平日裡每天最多不過打個一隻半隻的，他爹從來就沒吃夠過。這可好，兒子變了野鵓鴿到底是沒有白變的，一來就送四五隻。我心裡剛一樂，兒子忽然不見了。鍋裡骨突骨突地冒著熱氣，灶裡又冒著煙，看也看不清。莫非兒子又變成野鵓鴿飛啦？這時候我無意中往鍋裡瞅了一眼，這一看不打緊，立時嚇出一身冷汗，把我的心都看涼啦！

父：你看見什麼啦？
母：（雙手掩面）鍋裡煮的原來就是咱那孩子呀！
父：（沉默而無表情地望著母。）
母：（雙手慢慢地打臉上滑下，兩眼充滿了淚光，怔怔地望著父。）
父：（半晌）夢話！
母：夢話？
父：夢話！
母：（喃喃地）管他夢話不夢話，我再也不吃野鵓鴿啦！
父：不吃野鵓鴿？去喝你的西北風吧！
母：就是喝西北風，也比吃野鵓鴿強！
父：別說了，你就知道瞎嘮叨！（把野鵓鴿遞過去）快去給我宰了他！
母：（後退地）我不去！
父：（嚴厲地）你說什麼？
母：（畏縮地）我不去，今天就不去！
父：（兇暴地）快去！

母：（不甘願地）不去！不去！

父：（厲聲地）你敢!!

母：（畏縮而無助地望著父，半晌才慢慢地接過野鵓鴿），好，我去。（打了個寒噤）我去就是了，何苦生這麼大氣！

父：（鬆一口氣）我早就說，你就只會瞎嘮叨！

母：（猶豫地）你真地要吃他？

父：那還是假的！

母：你是想吃烤的，還是想吃煮的？

父：昨兒個不是剛剛吃了煮的，今兒個咱們就吃烤的吧！

母：（悲切地）我再說一句，這可是咱那孩子呀！

父：（焦躁地）夠了！夠了！快去！快去，你不看天已經黑下來了！

舞臺漸暗，只隱約看見父、母的人影趖向茅屋。觀眾可以聽見磨刀的聲音，然後是野鵓鴿撲翅的聲音。母由茅屋中走出，兩手緊緊地捧一炭爐。爐中火光甚熾，染紅母的臉，像塗了血似的。母把炭爐置於舞臺中央，父也趖過去，爐中的炭火也照紅了父的臉。母默默地翻動爐中的野鵓鴿。

父：（迫不及待地）熟了吧？

母：（繼續默默地翻動）

父：（焦灼地）熟了吧？

母：（繼續默默地翻動）

父：（有些動氣）我問你倒是熟了吧？

母：（慢吞吞地把烤著的野鵓鴿提起來撕一片給父。）

父：（接過來，三口兩口地吞下去，又伸手向母。）

綃：（無表情地又撕一片給父。）

父：（又三口兩口地吞下肚，又伸手向母。）

母：（仍然無表情地撕一塊給父。）

父：（這回慢慢地細品著滋味，吃下去，往胸前抹抹手上的油）剩下的骨頭是你的了！

母：（舉起剩下的殘骸，慢慢地送入口中。臉，由無表情而漸漸悲切，而終至啜泣起來；但仍然不停地吮著野鵓鴿的殘骸。）

父：你哭什麼？

母：這是咱們的孩子呀！

父：吃都吃啦還哭個屁！

母：（仍然不停地啃著）可是這是咱的孩子呀！

父：你天天都說這樣的話，吃飽了肚子，你還不是照樣睡得呼呼地！

母：（繼續啃著，繼續啜泣著）我受不了！我受不了！我過不了這種日子！

父：過不了也得過呀！誰叫咱們老子娘生下咱們來呢！

母：咱們不能做點別的嗎？

父：做什麼別的？我就只會種黃豆，種地瓜，打野鵓鴿！

母：譬如說去做個小生意……

父：那是生意人幹的！

母：譬如說去拉車……

父：那是車夫幹的！

母：那咱們就注定了打一輩子的野鵓鴿？

父：咱們打慣了野鵓鴿，就只好打一輩子的野鵓鴿！

母：天天打野鵓鴿，天天吃野鵓鴿？

父：天天打野鵓鴿，天天吃野鵓鴿！
母：咱們還是搬搬家吧！
父：搬到哪兒去？
母：搬到一個沒有野鵓鴿的地方去。
父：那咱們吃什麼呀！
母：咱們什麼也不吃！
父：什麼也不吃，不會餓死嗎？
母：餓死也比這麼活著好！
父：這麼活著有什麼不好？野鵓鴿的肉不是挺香的？
母：（放下手中吃剩的骨頭）我吃不下去，我吃不下去，我再也吃不下去啦！
父：你看，你把骨頭都嚼啦，還說吃不下去！
母：（吃驚地檢起地下的骨頭看看）我把骨頭都嚼啦？
父：可不是你把骨頭都嚼啦！
母：（忽然嚎啕大哭起來）天哪！天哪！我吃的是咱們那孩子的肉啊！
父：吃都吃光啦，哭有什麼用！

母：（戛然止哭）真的吃光啦？

父：可不是吃光啦！你看就剩下這幾根嚼爛的骨頭。

母：這樣的日子真難過呀！

父：有什麼難過？吃飽，兩腿一伸，不是又一天嗎？

母：可是我不能不想咱那孩子。

父：還想他做什麼？他早就變成野鵓鴿飛啦！

母：咱們不是又逮住他吃了嚒？

父：吃了不比叫他白白飛了好嚒？

母：好是好，可是咱們成了絕戶頭了。

父：天天有野鵓鴿吃著，絕戶頭又有什麼關係？

母：你真狠心哪！我恨不得自個兒也變成野鵓鴿叫你吃了算了！

父：你聽！

遠處有咕咕的叫聲，舞臺漸漸被月光照亮。

父：月亮也上來啦！

母：野鶉鴿的叫聲！
父：奇怪！
母：這時候還有野鶉鴿的叫聲！
父：奇怪！
母：該不是他吧？
父：誰？
母：還有誰？咱那孩子呀！
父：你不是說，咱那孩子，咱已經吃了嗎？
母：不！咱們吃的只是隻普通的野鶉鴿，咱那孩子是不會讓你打到的。你聽這叫聲越來越近了。

這時並沒有什麼叫聲

父：什麼叫聲？
母：野鶉鴿的叫聲。
父：哪裡還有什麼叫聲？你不是做夢吧！

母：你聽！野鵓鴿的叫聲！
父：我什麼也沒有聽見！
母：我聽得清清楚楚，他叫著咕咕咕咕。這是咱那孩子的聲音，真的是他的聲音！
父：你說夢話！
母：是他的聲音！是他的聲音！叫得多麼好聽！他是不會讓你打到的！
父：為什麼不會？
母：因為他不是一隻普通的野鵓鴿！
父：不管普通不普通，只要他是一隻野鵓鴿，早晚有一天我會打到他。
母：不會！不會！永遠不會！
父：你等著瞧吧！

這時又真有咕咕聲音傳來。

母：你聽！這不是他在叫嗎？他要回來了！（喜悅地趨向父）他要回來了！
父：（冷冷地毫無表情）

母：（停步，注視父，忽然轉身，向遠方，聲嘶地）不要回來！不要回來！飛吧！飛吧！飛得越遠越好！

咕咕咕咕，帶點悲悽的聲音，漸去漸遠。

幕落

朝聖者

景：沙漠
時：日中
人物：老和尚
乞丐

幕開時烈日照著一望無際的沙漠。老和尚慢慢地拄拐杖打舞臺右邊上。

和尚：（走了幾步，抬頭望望當頭的烈日，把背在身後的水葫蘆打開喝了一口，又趕緊珍惜地塞起來）唉！不知道西天還有多遠哪！什麼時候才可以走到？看，太陽晒得這麼毒，四周圍又沒有人煙，也許到不了西天，這條命就不保了。阿彌陀佛，（彎下腰看自己的腿）這兩條腿已經跋涉了幾千里，也不知道還能撐多少時候？（又查看腳下的草鞋）

這草鞋也已經穿壞了十幾雙，可是還沒有走到西天！別說西天啦，連西天的影兒邊兒也還沒有摸到。本來聽說一過沙漠就是西天的，如今過了一片沙漠又是一片沙漠，總不見西天的影兒。（極目遠眺）也許這個沙漠之後就是西天了吧？但願如此，阿彌陀佛！（一步一步打舞臺左邊蹭下）

乞丐：（艱難地拖著腳步打舞臺右邊上）好苦啊！好苦啊！你看眼前又是一片沙漠！原來是沙漠連著沙漠，哪裡有什麼西天？本來想到西天去享福的，誰知還沒有見到福的影兒，先吃了這麼多的苦頭。早知這樣，還不如在人間要飯的好！（用手打著涼篷往前望）你看這個老和尚，就只管一個勁兒地往前趕，好像西天就在他眼前似的。（大聲喊）大師傅！大師傅！你等等我！（往前急趕兩步，失望地）全聽不見！還不是故意地裝聾作啞！想不到連出家人也是這麼自私自利的。想必是看到了西天的影子，就只顧一個人拚命地往前趕；全不管別人的死活。說不定到了西天，還要囑咐那把守關口的，趕緊把城門關上，別放後頭那叫化子過去。這可不行！咱無論如何得趕上前去。（又朝前大喊）大師傅！大師傅！你等等呀！（一跛一拐地打舞臺左邊下）

和尚：（打舞臺右上）真討厭，好像那叫化子又在後頭麻煩。他看我帶了不少乾糧，又心軟手軟，就吃定我了。這一路要不是跟他囉嗦，恐怕西天早也到了！（抬頭望望天）天上沒有一片雲彩，太陽越來越毒啦！這沙漠又看不到頭，看不見邊，真不知道哪一天哪一日才可以走到西天？你看，我走得兩腳磨成水泡，破了皮又結成老繭，又磨成水泡，又破了皮又結成老繭……可是我從沒有氣餒過。我總是告訴自己說：「西天就在前頭，過了這一片沙漠就到啦！」不想過了這一片沙漠，又是另一片沙漠，過了一片又是一片，還不見西天的影兒。西天到底在哪兒呢？阿彌陀佛，我苦修了這些年月，還不為的是有一天脫離人世的苦海，到那極樂的淨土去享受永生？可是受盡了種種辛苦，走來走去總不見西天的影兒，莫非世間並沒有西天？不！不！那是不可能的！要是沒個西天，人世還有什麼意義？要是到了一個人不能到西天去，還有個什麼活頭？那西天是非有不可的！沒有不行的！一定有的！一定有的！也許過了這片沙漠，就是西天了。阿彌陀佛！（又抬頭望望當頭的太陽）哎呀！這太陽越來越厲害，晒得我頭也昏，舌也焦，嗓子裡簡直像火燒！（舉起水葫蘆）你看，水不過只剩了小半葫蘆，這可如何是好？（打開葫蘆喝了一小口，又趕緊蓋起來）不能多喝！不能多喝！在這無邊無際的沙漠裡，沒有水可是不行的！千萬不能多喝！不能多喝！（可是又忍不住打開葫蘆喝了一小口，又急忙蓋起來）好的，夠了，忍耐一會兒就好了。只要一到西天，就什麼都好了！忍耐一會兒吧，只要能到西天，這點罪算得了什麼？也許一過這片沙漠，就是西天。阿彌陀佛！（極目遠眺，忽然驚喜地）啊！那邊不是一棵樹嗎？可好了！可好了！可見神佛是有靈的，沙漠裡也會長出樹來！你就說，這不是奇蹟是什麼？這不是神佛的指點是什麼？每回在沙漠裡，不是遇見一股甘泉，就是一片綠洲，不然這把老骨頭還不早就埋在黃沙裡了！你看，西天還是有望的。阿彌陀佛！（趕緊三步兩步地打舞臺左下）

乞丐：（一瘸一拐地自右上，有氣無力地喊著）大師傅！大師傅！你等等我呀！可憐可憐呀！給點水喝！我要渴死了呀（抬頭望望天空）這太陽，晒得這麼厲害！我嘴裡簡直像著了火一樣。（左顧右盼地）在這麼一大片沙漠裡，到哪裡去找水呀！這可惡的老和尚，就只顧一個勁兒地往前跑，不管別人喊破了嗓子，他就只是裝聾作啞！唉，全是我不好，為什麼傻里傻氣地跟他到這種地方來？哪裡有什麼鬼西天？有的只是沙漠連沙漠，跟這晒死人的毒太陽！西天？西天？全是他媽的鬼話！可是我他媽的就著了迷拚著命地跟他往西跑！要不怎麼說叫化子骨頭呢？唉，要不是在人間受夠了罪，誰他媽的想起來要到西天去？要是咱也生在那富貴人家裡，穿的是綾羅綢緞！吃的是山珍海味，左擁右抱著嬌妻美妾，就是給我一百個西天，也提不起我的勁兒來。不幸，一生下來就沒爹少娘，又趕上荒旱水澇！跟那官家的橫征暴斂，連那些有錢的人家，十家也有九家不能自保，何況咱們窮人，不去要飯又能幹啥？一年到頭，十天倒有九天餓腸餓肚，一把乾草，幾張破紙，又哪裡抵得了那冬天的嚴寒？更不用說這個罵你聲叫化子，那個打鼻裡哼一聲要飯的，你在別人的眼裡簡直跟豬狗差不了多少。就因為受夠了人間的痛苦，遭盡了世間的白眼，才想起來上那西天。要是西天也有個佛爺，要是那佛爺真是大慈大悲佛法無邊，不管你是不是要飯的叫化子，不管你有多麼下賤，他都會笑嘻嘻地把大門大開：「請進來！請進來！先請吃一頓紅燒豬肉，再換上這一套絲綢的又輕又暖的衣服。這一張鑲金裝銀的象牙大牀也給你睡，另外還配給你個王母娘娘座前的仙女！」啊！這才像西天！這才像西天！所以西天是不能不去的呀！（欣喜地）大師傅，你等等我！你等等我呀！我要跟你一塊兒去西天呀！（急步打左下）

和尚：（搖搖晃晃地打舞臺右邊上）剛剛明明看見遠處有一棵樹，怎麼走了這些時候還不見樹的影子？莫非是看花了眼？不可能的！不可能的！我分明清清楚楚地看見那棵樹的。（又用手打起涼篷望遠處看）你看，不是在那裡嚒？那不是真真正正的一棵樹嗎？只要再努力走一段路就到了。可是，（抬頭望望天）這太陽，這太陽，曬得我頭昏舌焦，這兩條腿也走得抖抖索索，這兩腳磨成泡，流出血來又乾了。我還能不能走到那棵樹？唉！只要走到那棵樹，就離西天不遠了。

乞丐：（在場外）大師傅！大師傅！你等等！

和尚：（回頭看）這叫化子又追上來了，真討厭！

乞丐：（打舞臺右一瘸一拐地急上，喘息著）大師傅，大師傅，可追上你了。你等等！你等等！渴死我了……渴死我了……

和尚：（怔怔地望著乞丐）

乞丐：大師傅，渴死我了！可憐可憐，給點水喝！

和尚：（不悅地）你又趕上來做什麼？

乞丐：上西天哪！你不是說上西天嗎？

和尚：這倒新鮮啦！從前你跟定了我，不過是圖點吃喝，沒想到你也打起上西天的主意來啦！

乞丐：給點水喝吧！渴死我了！你看，我嘴裡不是直冒火？

和尚：你看，你不是要吃，就是要喝，哪裡真是想上西天呢？

乞丐：西天，我是真心想去的；不然，誰會跟你吃這種苦頭？到這種鬼地方來？可是我可不情願還沒有摸到西天的邊兒，就先把這條小命丟了。你看，這大太陽曬得這麼厲害，渴得冒火生煙。求求你，先給點水喝喝再說！

和尚：你冒火也好，生煙也好，我現在是再也不管了！你不看我帶的糧都叫你吃光了，我帶的水也讓你喝了一大半，現在西天還不知道什麼時候才可以到！（拍拍水葫蘆）水，就剩了這小半葫蘆，我自個兒是泥菩薩過江，自身都難保，哪裡還顧得了你呢？

乞丐：你就眼看著我渴死在這裡？

和尚：你渴死也罷，不死也罷，我是不管的了。我還要趕我的路呢！（欲行）

乞丐：（一把拉住和尚的僧袍）不行，不行，你不能走！你一走，我就非死在這裡不可了！

和尚：你不死，我也得死呀！

乞丐：（指著自己的鼻子）這是一條人命啊！你們出家人是大慈大悲的，你就眼看著一條人命不管麼？

和尚：哎呀，阿彌陀佛！你這個話，我不知道聽了多少遍啦！打頭一天碰見你，就是這種話！我現在總算明白過來，你就是靠著這種話來騙吃騙喝的。現在我不要再聽這種話啦！（一把扯出給乞丐拉著的僧袍）我還是趕路要緊！

乞丐：（又一把拉住）大師傅，求你救救命吧！我也要上西天哪！真的，王八蛋才騙你！

和尚：西天是我們佛家的，你又不唸佛，你上西天去幹什麼？

乞丐：你不是說西天是極樂的淨土嗎？

和尚：不錯，西天是極樂的淨土！

乞丐：要是真是極樂的淨土，為什麼只許你們和尚去極樂，不許我們叫化子去極樂？

和尚：西天本是人人可以去的。要去，你就自個兒去吧。別淨來麻煩我！

乞丐：自個兒去？自個兒去？自個兒我怎麼知道怎麼走哇！

和尚：誰又知道一定怎麼走來？還不都是瞎摸嗎？西天嘛，一直往西準沒錯的！我看，咱們還是各人走各人的好！

乞丐：那不成！我又沒吃的，又沒喝的，各人走各人的，那還不是死路一條？我看，咱們還是搭伴兒一塊走的好，彼此也有個照顧。

和尚：呸！你真不害臊！還說彼此有個照顧，你就會照顧我的吃、我的喝來著！

乞丐：（無可奈何地）那你還想叫我照顧什麼呀？叫化子嘛，不向人要一口，怎麼活？

和尚：好了！好了！我不再跟你囉嗦！因為你，不知耽誤了我多少時光；不然，這時候恐怕我早就到西天啦！

乞丐：先給點水喝再說，大師傅！渴死我啦！

和尚：現在不渴死你，以後也得渴死我呀！

乞丐：（又指著自己的鼻子）這是一條人命哪！

和尚：（指著乞丐的鼻子）這是一條人命，（指著自己的鼻子）這就不是一條人命嗎？（一把扯開僧袍）讓我走！

乞丐：（追上去）大師傅！可憐可憐哪！我求你，我求你！我不能死啊！我死不得啊！我也要上西天哪！

和尚：（不顧地往前搖搖晃晃地走去）

乞丐：（無力地倒下來，怨咒地）你……你……你見死不救，你永遠到不了西天！

和尚：（停下來，回頭）阿彌陀佛！你說什麼？

乞丐：我說你見死不救，你永遠到不了西天！

和尚：（自語地）見死不救，永遠到不了西天？（忽然抖抖索索地把葫蘆從背上拿下來，一把擲到乞丐面前）喝！喝！

乞丐：（拔去塞子，咕噔咕噔就是兩大口。）

和尚：（一把奪回葫蘆，惡狠狠地盯著乞丐）夠了！夠了！（搖一搖葫蘆）你看，就剩下這麼一點兒了，你現在可滿意了吧！

乞丐：好多了！好多了！

和尚：（站起身來）好多了。就趕快打回頭吧！你看，剩下的這點水，一個人都不夠，怎麼可以支持兩個人呢？要是你一定再跟我麻煩，恐怕你、我，誰也到不了西天，就先死在這沙漠裡！

乞丐：可是我也要上西天哪！我受了一輩子罪，還不該上西天去享幾天福嗎？

和尚：那也得看你有沒有造過罪啦！

乞丐：我造過什麼罪？又沒有殺過人，又沒有放過火！

和尚：不一定殺人放火才是造罪。就說我，我吃齋唸佛苦修了這些個年頭，也不敢說準一定上得了西天呢！

乞丐：上西天這麼難嗎？

和尚：要是容易的話，不是人人都要去了？

乞丐：（狡猾地）我明白了，你騙我，為的是把我丟開，你好自個兒一個人去。

和尚：阿彌陀佛！我不過不願看你白白地丟一條性命！等你吃盡了苦頭，還是進不了西天，那時候你就該後悔啦！

乞丐：照你說，怎麼樣的人才可以進得了西天？

和尚：那放下屠刀的人！

乞丐：我就是放下屠刀的人呵！

和尚：你現在還在騙吃騙喝，哪裡算是放下屠刀呢！

乞丐：大師傅，我不再騙你，我現在是真心真意地想上西天啦！你不信，就操我八代的祖宗！我可以對西天的老佛爺發誓，龜孫子、王八羔子才再騙你！
和尚：阿彌陀佛！
乞丐：我一輩子，別看是叫化子骨頭，可也沒造過什麼大罪，就不過偷過人家幾回乾糧……
和尚：阿彌陀佛！偷盜罪！
乞丐：那是因為餓極啦！
和尚：阿彌陀佛！還有什麼？都說了吧！
乞丐：還強姦過一個野丫頭……。
和尚：阿彌陀佛！姦淫罪！
乞丐：那是因為咱窮得沒個老婆……你看，像我這種人，老佛爺要不要呢？
和尚：你要是真正決心剷除了那淫心、盜心，老佛爺是不咎既往的。
乞丐：（高興地）你說，我可以上西天了？
和尚：我看，你還是打回頭的好！
乞丐：我為什麼要打回頭？你不是剛說老佛爺是不咎既往的嗎？
和尚：你沒看，乾糧是一點也沒有了，水也不過只剩下這麼丁點兒，到西天還不知道有多少路程，你能吃得了這個苦嗎？

乞丐：龜孫子才在乎這點苦！只要到西天可以享福，現在受點罪又算得了什麼！

和尚：你不同咱們出家人，咱們是苦修過來的，這點苦算不了什麼。你是個俗家人，我就怕你禁不得累，禁不得餓。

乞丐：你不說西天就快要到了嗎？餓幾天也不要緊，只要一到西天，咱們就求老佛爺先給弄一碗紅燒肉吃！

和尚：阿彌陀佛！佛家是不殺生的！

乞丐：管他什麼殺生不殺生，啃了一輩子的剩窩窩頭，到了西天，還不興吃點油水嗎？

和尚：西天是沒有紅燒肉吃的！

乞丐：沒有紅燒肉，總該有件好衣服穿穿，嗯？

和尚：也沒有好衣服穿！

乞丐：那總該有張象牙大床，可以跟王母娘娘座前的仙女睡他一覺？

和尚：阿彌陀佛！淫心不滅！

乞丐：（一下子跳起來）什麼淫心不淫心，要是沒有紅燒肉吃，沒有好衣服穿，沒有仙女陪你睡覺，那哪裡算是西天？還不如在人間當叫化子好呢！他媽的！什麼鬼西天！你自個兒去吧！

和尚：我早就說叫你打回頭打回頭，你總不肯聽。你看，現在不用我攆你，是你自個兒不肯去了！好了，我還是趕我的路吧！（從左下）

乞丐：（怔了一下，忽有所悟地）好刁和尚，上了他的當了！他一定是怕我分他的吃喝，才這麼胡說八道的。要是西天真沒有紅燒肉，真沒有綢緞衣，真沒有象牙床跟漂亮的仙女，他巴巴地去那兒做什麼？不錯！不錯！是上了他的當了！咱受了一輩子的罪，吃了一輩子的氣，不上西天享他幾天清福，豈不是白活一輩子！他媽的！那西天是一定要去的！非去不可的！（大喊）大師傅等等！等等！我說你等等我呀！我還是要上西天的呀！（急急一瘸一拐地從左下）。

和尚：（慢慢地有氣無力地搖晃著打舞臺右邊上）西天啊，還是沒有一點兒影子，我走得兩腿顫抖，兩腳血流，還不該走到西天歇他一歇嗎？為什麼走過一片沙漠，又是一片沙漠，總不見西天的影子呢？難道說西天是根本不存在的？不會的！不會的！不然怎會每部佛經上都明明地寫著「西天淨土」這幾個大字？我拋棄了父母妻子，我放棄了金錢權勢，我不顧人間的任何享樂，苦苦地修行了這許多年，還不是為的是到頭來踏上這西天淨土，求一個和平快樂的永生？要是一旦這西天不過是一種幻想，一個安慰人心的騙局，那些個苦行苦修都成了些毫無價值的蠢事！唉！我為什麼忽然間對這個重大的問題懷疑起來？這不是自尋煩惱嗎？莫非是這毒花花的太陽曬得我昏了頭腦？噢，噢，你是不能懷疑的！不應該懷疑的！你已經到了這把年紀，你已經跋涉了好幾千里，就是果真那西天並不存在，你又怎能再從頭做起？無論如何我得繼續走下去，就是上天入地，也勢必得達到目的！（望望天空）可是這毒花花的太陽，曬得我口乾舌焦，（搖搖水葫蘆）這一點水，是不能再喝了，得留著它等到那重要的關頭。啊！那一棵樹……那一棵樹……那邊……那邊……好像已經不遠了。我只要稍一加勁兒，就可以到了那裡，只要到了那裡，有一片樹葉遮了蔭，讓我歇息歇息就不要緊了。我這把年紀，已經不是那血氣方剛的小伙子。你看我腿也抖來腰也痠……只要走到那一棵樹就好了，就離西天不遠了……（一手拄杖，一手用力地把腿拔起來，一步一步艱辛地從舞臺左邊下。）

乞丐：（也極艱辛地一瘸一拐地打右上）累死我了，累死我了！想不到這個老和尚能撐這麼久！我追也追不上，喊也喊不應，看樣子他是獨個兒上西天上定了！想不到連出家人也是這麼自私自利的！西天這麼大，難道說連一個叫化子也容不下嘛！（往前頭望）走的人影兒也沒有了，叫我一個人怎麼辦呢？在這種沒有人烟的大沙漠裡？（軟癱下去）唉唉，撇得我好苦啊（嗚嗚咽咽地啜泣起來）你看，在這種地方，前不著村，後不著店，進也不是退也不行，叫我怎麼辦才好哪，嗚嗚嗚嗚……我又不知道西天到底在哪兒？早知道弄到這步田地，還是在人間忍饑受凍的好！就是遭人白眼，挨罵挨揍，也比死在這沙漠裡餵了野狼好些呀，嗚嗚嗚嗚……西天在哪兒呀？（忽有所悟，止哭），你這個傻瓜！西天不是在西邊嗎，那個老和尚不是也說過只要一個勁兒地朝西走，就管保沒錯嗎？（費力地站起來）走吧！你這個傻瓜也許在天黑以前，就可以走到西天。前頭的老和尚，也許已經到了那裡，正在大吃紅燒肉呢！（一步一拐地打左下）

和尚：（一步一顛，一顛又一拖，打右上，滿頭大汗，頭搖擺個不停）咦，好像不遠了，那棵樹好像就在眼前。阿彌陀佛，多虧了神佛保佑，不然這條老命早就丟了！你看，不是到了？（走到舞台中央，驚喜地）啊，這棵樹雖說不大，總可以遮遮蔭涼。（無限珍惜地摸著想像的樹幹）我實在累得一步也走不了了，我得坐下歇歇。（慢吞吞地依著想像的樹幹坐下）得先喘一口氣，好再去趕路。這裡離西天一定不遠了。（抬頭看）這麼多的樹葉，把太陽全遮去了，遮得我眼前都成了一片黑。好涼快呀！好涼快啊！好像一股清泉在我的背上流。（又抬頭看）這是一棵什麼樹呢？唉唉，什麼樹呢？這裡離西天不遠，那一定是一棵菩提樹了。對了，菩提樹！菩提樹！就是那老佛爺在下邊悟道的菩提樹！不想我今天也坐在了菩提樹下……好大的菩提樹啊！好濃的枝葉啊

……我……我……我眼前什麼也看不到了……清泉……清泉……在……我的……背上……流……（突然住口）

乞丐：（拖拖拉拉地打右上，忽然發現和尚）咦！這不是那個老和尚嗎？我本想他已經到了西天，原來是在這裡打盹呢！（過去細看）睡得好香！大師傅！（和尚不應）大師傅！（和尚仍不應）大師傅你醒醒！（過去推動和尚，和尚應手而倒，吃驚地）嗚啊！你這是怎麼啦？打個盹還不夠，你真要在這兒睡起大覺來啦！這是什麼地方啊！毒花花的大太陽，是玩兒的呢！大師傅，你醒醒！我是真心真意地往西天哪！咱們還是打個伴兒的好，我可不知道怎麼走哇！大師傅，你醒醒！你倒是說話呀！唉，簡直睡得跟死人一樣！（抬頭看看太陽）你看這毒花花的太陽，誰受得了？大師傅，叫你不醒，我只好獨個兒上西天啦！（走了兩步又回來）大師傅，你可別怪我沒良心哪！一路上吃你的，喝你的，現在一撅屁股就走了，你知道，把你一個人丟在這裡，我心裡也不好受哇！只是你看這麼毒的大太陽，我不走行嗎？我可不是沒良心哪！等到了西天，一定囑咐那把守關口的給留著門。你就是三更半夜地到了那裡，也不要緊！好吧！我只好先走一步啦！（一步一拐地下。但隨即又上，取了和尚的水葫蘆，無力地拖著步子下去。剛下去，又回來，取了和尚的拐杖，這次更慢地一步一停地拖下去。）

幕徐落

在大蟒的肚裡

景：一間無定的空間，四壁漆黑。最好以吸光的黑天鵝絨幕為之。

時：無時間。

人物：女：沒有年紀。著肉色緊身衣（如跳巴蕾舞的那種）。長髮。

男：沒有年紀。著兩色緊身衣，前肉色，背黑色，故男向壁而立的時候，觀衆不會發現其存在。髮較女為短。

幕開時，女低頭佇立在舞臺中央，如舞女謝幕之姿勢。

女：（慢慢地抬起頭來）噢，這是什麼地方？（環顧四周）我這是在哪兒？我到底到了哪兒啦？周圍都是黑乎乎的一片，沒有天，沒有地，什麼都沒有啦！可是我還活著。這裡，

（以手撫胸）我的心，仍然通通地跳著。我沒有死。噢，我明白了，我只是讓一條大蟒生生地吞了。現在我是在牠的肚子裡。（慢慢地站起身來往四面查看）真是奇怪，原來大蟒的肚子裡竟是這麼空洞洞的，好像也是一個天地，一個世界。不過這個天地跟我以前的那個完全不同的，我以前的世界什麼都有；這裡呢，什麼也沒有，光是空洞洞的一片黑，一片空虛！（忽然一個黑衣的男人慢慢地離開了牆壁，朝女轉過身來。轉過身來，才看出其所著緊身衣的前面原來是與女所著一般的肉紅色。）

女：（吃驚地）啊！你是誰？

男：（默默地，但一步一步緩慢地向女走近。）

女：（後退地）你是誰？

男：我是一個人。

女：你也是一個人？

男：嗯，一個人，一個男人。

女：你也是叫大蟒吞了的？

男：嗯，也是叫大蟒吞了的。

女：你還活著？

男：為什麼不活著？所有的人不是都好好地活在大蟒的肚裡嗎？
女：你說的話我不明白。
男：我說所有的人都活在大蟒的肚裡。
女：你是說所有的人都給大蟒吞到肚裡？
男：可以這麼說。
女：不只是你和我？
男：你要是願意只有你和我，也就會只有你和我。
女：我還是不明白你的話！
男：這沒有什麼關係，本來話就是說不明白的。
女：你已經在這裡住了很久了吧？
男：什麼叫很久？
女：很久就是很長的一段時間。譬如說，好幾個月，或是好幾年。
男：在這裡是沒有時間的。你不看這裡除了一片空虛之外，沒有別的東西？怎麼會有時間呢？
女：那麼我們會老活在這裡？
男：誰知道呢？要是你願意老活著，你就老活著。

女：我也沒有什麼願意不願意。來到這裡，好像一切都不同了。我自個兒還能做得了主嗎？
男：為什麼不能自個兒做主？
女：我怎麼能知道為什麼？我只是這麼感覺。以前的時候……
男：以前的時候，你是自個兒做主的嗎？
女：（沉思地）有的時候是，有的時候好像也不……
男：那跟現在沒有什麼不同。
女：你是說現在我仍然可以有的時候自個兒做主？
男：要是你願意的話。
女：我有什麼不願意的？誰不願意做自個兒的主人呢？只是有的時候身不由己罷了。
男：（突然出其不意地過去擁抱女。）
女：（激烈地推開男）你這是做什麼？
男：（冷笑地）我只是試試你，是不是自己做主的。
女：什麼話，當然是我自己做主的！
男：真的？要是你自己做主的，你真地不希望我這麼溫柔地抱著你？
女：（向四面張望）什麼話！

男：（嘲譏地）這裡沒有別人，你不用為了這個害臊！我問你，你是一個女人不是？

女：當然是一個女人，你看得出來的。這還用說嗎？

男：我呢？

女：你是一個男人，我也看得出來。

男：一個女人不喜歡一個男人的擁抱嗎？

女：啊！（遲疑地）我想……我想一般說來是喜歡的。可是，也得看是什麼情形……

男：你是說一個女人喜歡一個男人是有條件的？

女：當然是有條件的。

男：這麼說，你的條件是什麼？

女：我？（掩飾地）我還沒有想過這個問題。

男：瞎話！你沒有想過這個問題？女人真是慣會說謊的。現在你問問你自己的心，你真的從沒有想過這個問題？

女：（猶豫地）想是想過的，為什麼我一定要告訴你？

男：告訴不告訴是你的自由，可是也犯不著扯謊騙人，在這種地方！

女：在這種地方就一定要說心裡的話嗎？

男：也並不一定。不過，你看這裡是個除了空虛以外什麼都沒有的地方，扯謊還有什麼意義呢？

女：你是想叫我把心裡的話都告訴你？

男：我也不一定這麼想。你不是說一個女人喜歡一個男人是有條件的嗎？我只不過想知道你的條件是什麼？

女：我也沒有什麼特別的條件，我的條件跟別的女人沒有什麼兩樣。

男：說來說去，你還是沒說出你的條件是什麼。

女：（考慮地）我的條件嘛，第一，那得是一個男人。

男：那還用說！以後呢？

女：以後……讓我想想看……那得是一個熟識的男人。

男：還有沒有別的條件？

女：那得是一個漂亮的男人。

男：還有呢？

女：他也得溫柔。

男：還有呢？

女：也得忠實。

男：還有沒有別的？

女：也許還有別的，可是一時我也想不起這麼多來，我想這些個也就夠了。

男：現在讓我來問你，在你心中想著一個男人的時候，你是不是同時想著這是一個熟識的、漂亮的、溫柔的、忠實的男人呢？

女：（受窘而略顯厭煩地）你為什麼一定要打聽別人心裡的事？

男：我早就告訴過你，我並不一定要知道，我想你會情願說出來的。

女：為什麼我要情願告訴你？

男：因為我們都在大蟒的肚裡，這裡除了空虛以外，一無所有。這裡沒有叫你撒謊的對象，也沒有叫你撒謊的理由，你要是喜歡一個男人，你要是真地希望得到一個男人的擁抱，你就得把你心裡的話都告訴我，因為我是這裡唯一的男人。

女：（懷疑地）你是這裡唯一的男人？你不是說還有別的人也在大蟒的肚裡嗎？

男：是有別的人在這裡。但因為大蟒的肚裡是個奇怪的地方，這裡沒有時間，也沒有一定的地點。其空間之大無法想像，你要想碰到另一個人還真不容易！

女：這裡總不會比我們原來的世界還大吧？

男：哎！我們原來的世界怎麼可以跟這裡相比？這裡的空間不知比地球大幾千億萬倍，稱它作無限也不足為奇！

女：（吃驚地）哎呀！這是一條什麼大蟒？

男：你給吞食的時候，你總該記得，你並沒有看見大蟒的全體吧？

女：當然沒有。要是看見牠的全體，我也不會這麼輕易地給吞掉了。

男：這就是了。咱們都是無意中走進大蟒的嘴裡，等到意會到發生了什麼事情的時候，已經再也尋不到外出的出路。

女：不錯！的確是這樣的。

男：你可知道，大蟒的身體一直迤邐到宇宙的深處。你一掉進來，就如掉進一個無底的黑洞，再也沒有時間，也沒有地點，你可以永遠地沉落下去，你也可以停留在任何一個地方。如果你有機運，你會忽然碰到無數的人；但你並不一定願意跟這些人發生任何關係。如果你無機運，一生一世你連鬼影子也不會遇到一個！

女：你是說我們是有緣相逢了？你是說我不可能再有機會遇到別的人？

男：可以這麼說。

女：所以等於說你是這裡唯一的人，也是唯一的男人？

男：一點也不錯！要是不信，你就試試看，看你還能不能找出第二個來。

女：（四顧茫然，收回了眼光）我不用找，我相信你的話。你要我告訴你什麼呢？

男：你知道，我們一進到大蟒的肚裡，我們就變成完全不同的一種人。因為這裡沒有時空，也就沒有生死；因為這裡沒有人事關係，也就沒有利害衝突。我們可以有絕對的自由，也可以不問自由為何物。你要是願意做自個兒的主人，固無不可，不做自個兒的主人，也無人干涉。在這樣的一種情況下，我要你告訴我，在你心裡想一個男人的時候，你是不是把剛才所開的條件一塊兒放上去？

女：（躊躇地）這……這是很難說的。

男：那麼，讓我們來試試看吧！我叫你看仔細。我不漂亮，也不難看；我不溫柔，也不粗暴；我不忠實，也不虛偽。我是一個沒有特性的人；可是我是一個男人，一個男人！你會不會喜歡這樣的一個男人呢？（向女走過去。）

女：（不知所措地後退著）我不知道！我不知道！

男：（進逼地）你為什麼不知道？這是你自個兒做主的時候。

女：（繼續後退地）女人一定要喜歡上一個男人嗎？

男：（一步步跟進地）問你自己！

女：你不要這麼看著我，不要這麼看著我？（尷尬地）天啊！我為什麼一定要一個男人？
男：因為你是一個女人！
女：我為什麼一定要喜歡你？
男：因為我是這裡唯一的男人，你沒有選擇的餘地！
女：不！不！我們不是一類的！
男：就因為我們不是一類的，你才非要我不可！
女：（逃避地）不！不！我求你，別這麼逼著我。我要好好地想一想，我到底是不是需要一個男人。
男：（仍然進逼地）想是沒有用的。你的身體，你的靈魂，你的一舉一動、一言一笑，都表示你需要一個男人。
女：（掙扎地自問地）我需要一個男人？我真地需要一個男人？（自承地肯定地）是，我需要一個男人！你說得對，打我還是個小女孩的時候，我就想著男人。我想鑽進他的懷抱裡，讓他溫柔地擁抱著、撫摸著。我是一個女人，我不該想得到一個男人嗎？
男：當然該！這是千該萬該，誰也改變不了的真理。（向女逼進）
女：（哀求地）可是我求你，別這麼逼著我。這樣太可怕了！（摔倒在地）

男：（住腳）男人是可怕的？
女：不！不是！讓我遠遠地望著你。
男：你要我走遠一些？（走遠）
女：是！這樣好多了！這樣我才可以自做主兒地想著你是一個漂亮的男人。
男：不管我多麼醜？
女：想著你是一個溫柔的男人。
男：不管我多麼粗暴？
女：想著你是一個忠實的男人。
男：不管我多麼虛偽？
女：（興奮地）啊！你正是我所想要的男人，（向男伸出雙臂）我會自動地投進你的懷抱裡。
男：那麼說，你是愛我的？
女：是，我愛你！
男：為什麼？
女：因為你是個漂亮的、溫柔的、忠實的男人。你是個這麼好的男人。
男：可是我已經告訴過你，我既不漂亮，也不溫柔，又不忠實，我只是一個沒有什麼特性的人。

女：那不是真的，我只相信我心裡想的。

男：你把想像當作了真實。

女：沒有想像，真實也是不存在的。

男：好吧！你說你愛我？

女：是，我愛你！

男：（忽然狂笑地）哈哈哈哈……

女：你為什麼笑？

男：我笑，因為愛情原來是這麼一種東西！

女：是什麼東西？

男：是一種想像的東西。其中只有一件是真實的。

女：那是什麼？

男：那就是我是一個男人，你是一個女人。

女：（沮喪地）你是說，我們之間並沒有愛情？

男：沒有！沒有！我們之間什麼也沒有！要說有，那只是這看不清抓不住的空虛！

女：你太殘酷！

男：真實都是殘酷的。

女：可是我寧願相信我愛著你。

男：那不是你愛著我，而是你需要我愛著你。

女：真的嗎？我愛你，只是為了需要你愛我的嗎？

男：我也是一樣，因為我需要你愛著我，所以我才來愛你。

女：不對！不對！就是你不愛我，我仍然愛著你。

男：鬼話！

女：是真的！這是我身不由自主的。我想，到了這兒我還不是自己的主人。你看（深情地），就是你來唾我、打我，我依然愛著你。

男：這可是真的？

女：真的！

男：你有沒有想一想，你愛的真是我？

女：我愛的是一個男人。你不是一個男人嚒？你不是唯一的一個男人嚒？你說過的，我沒有選擇的餘地。

男：（慢慢地走過去扶起女，緊緊地擁抱女）看！我也愛上了你。

女：（喜不自勝地）真的？

男：可不是真的！因為你是一個女人，你是這裡唯一的女人，我也沒有選擇的餘地。（突然用力推開女，急速後退。停下，注視女，輕輕地搖頭）不！不！你說的不對！我們各人仍是各人的主人。你看，隔在我們中間的仍是那看不見抓不住的空虛。

女：（伸出兩臂，一步步走向男。在女前進的時候，男圍繞舞台後退。兩人中間始終保持一樣的距離。）要是我們穿過這空虛，我們就會化為一體。

男：可是空虛是無法穿過的。

女：只要你往前走上一步，我們就可以穿過這空虛。

男：可是我不能往前，只能後退。

女：為什麼？為什麼？

男：因為你愛我，你才往前。要是我也愛你，我就只能後退。

女：我不懂你的話！

男：話本來就是說不懂的。

女：愛會使我們穿過空虛。

男：愛只能讓我們走向同一個方向。要是你要我往前，你就只好自個兒後退。

女：（失望地停下來）我們真正永遠只有保持這種距離？

男：要是我們不曾相愛，我們都是自由的，我們可以隨我們的意思想到哪裡就到哪裡。

女：現在？

男：現在你說你愛我，我說我愛你，但是我們仍要做各人的主人，我們就沒法再你走近我、我走近你。

女：可是你說愛情不過是想像的東西。

男：你不是說，沒有想像，真實也是不存在的？

女：那可能也是我想像的。

男：可是你看，想像不是改變了真實？現在就是我們的證據。

女：（忽然不能自制地抽泣起來）嗚……我不要這樣的愛情！這樣的愛情在我們之間只有空虛。

男：要是愛情只是想像的東西，除了空虛以外，你還要得到什麼？

女：（啜泣地）我要得到你的身體，我要得到你的身體！我不要愛情，我只要你的身體！

男：我的身體，並不是我的。

女：（不解地）不是你的？

男：是男人的，是所有男人的！

這時，慢慢地打四面漆黑的牆壁前鬼影似的划過無數的男女。數目以填滿舞臺為限。所有男女背部與牆壁同色，故面牆而立時，並不為觀眾所見。現在轉身面向觀眾，所著緊身衣——與男女二人同式之貼身連衫連襪衣褲——前面為肉紅色，故肉林似地矗立於觀眾面前。每人之間相隔約一公尺左右。男左女右。

女：（迷惑地望著這人身的林。所有男女都兩臂下垂，樹似地株立著。憐愛地撫摸著一個男人的軀體，然後又去撫摸另一個；然後又是另一個……另一個）這就是我所要的嗎？這裡一個男人，那邊一個女人，這裡一個男人，那邊一個女人，永遠就只是一個男人、一個女人。這裡沒有我，也沒有你，有的只是男人跟女人。這是一個什麼世界！（啜泣）

男：（本來為其他男女所掩蔽，這時悄悄地從右邊轉出）你看，（指男人群）這裡不都是你想要的？

女：（抬頭，淚汪汪地望著男）我想要的什麼？

男：男人，男人的身體！
女：（搖頭）我想要的不是這些！
男：你說過你想要的只是男人的身體。
女：可不是這些個身體！我想要的只有一個身體，那是這個世界上唯一的。
男：唯一的？
女：嗯，唯一的，唯一的，那就是你！
男：可是我跟這些個並沒有什麼兩樣。
女：不！你是完全不同的。你是我愛的男人，你就已經不再是一個普通的男人。
男：你說的可是真的？
女：真的，千真萬確，誰也無法改變的！
男：不再只是想像的？
女：就是想像的，到了你確信的時候，也就成了真實。比真實更真實！
男：（狂喜地）啊！我已經不是一個普通的男人！
女：是！你不是一個普通的男人！
男：我愛你！（走向女，可是為其面前的眾女伸臂所阻。）

女：我愛你！（走向男，也為其面前的眾男伸臂所阻。）

男、女：（同時地）我要到你那裡去！（轉一個地方，但又為另兩個男女引臂所阻。）

男、女：（同時地）我一定要到你那裡去！（又轉一個方向，再為另一對男女伸臂所阻。）

男：（失望地）我沒法走到你那裡。

女：（失望地）我也沒法走到你那裡。

男：我們命定了只在這些個男女間轉圈子。

女：你想這是命定的？

男：不是命定是什麼？

女：你不是說我們是自個兒的主人？

男：我本來是這麼想的，可是你看！（又嘗試從人叢中穿過去，但仍為另一女人所阻。）

女：我就只能這麼遠遠地望著你，像傳說裡的牛郎織女！

男：牛郎織女還有一年一度的鵲橋會！

女：我們呢？

男：我們什麼也沒有。我們只活在彼此的想像中。

女：你想像中有我，我想像中有你，這樣我已經不會再寂寞。

男：你要是願意不寂寞，你自然就不會寂寞。

女：我願意，我什麼都願意。我頂願意的還是只有你跟我，活在這大蟒的肚裡。

忽然，除了男女二人外，其他的男女又各自撤回到黑色的壁前，如前消逝。

女：你看，這裡不是只有你跟我？

男：要是你願意只有你跟我，也就會只有你跟我。

女：（走向男）要是我們穿過這空虛，我們就會化為一體。

男：（後退地）可是這空虛怎麼能穿過去？

女：只要你往前走上一步，我們就會穿過這空虛。

男：可是我不能往前，只能後退。

女：為什麼？為什麼？

男：因為你愛我，你才往前，要是我也愛你，我就只能後退。

女：我不懂你的話。

男：話本來就是說不懂的！（以上在二人對話時，女進男退，始終保持著相同的距離。）

幕徐落

進城

景：車站。舞台中央只有一張長凳，剛好容兩人坐下。假想的鐵路在觀衆這一邊。

人物：兄——年輕的農民。

弟——年輕的農民。

燈亮時，兄弟二人並坐在長凳上每人膝頭都放著一個小包袱。二人正在等候火車進城去。

遠處有火車鳴聲。

兄：你聽！這不是火車嗎？

弟：（側耳）哪裡？

（遠處火車鳴聲）

兄：你聽！你聽！
弟：（欣喜地）不錯，是火車叫！
兄：火車就要到啦！
弟：火車就要到啦！
兄：這就是進城的火車！
弟：咱們就坐這班車進城，阿哥？
兄：是！咱們就坐這班車進城！
弟：走啊！
兄：阿弟，再看看東西都帶齊了嗎？
弟：（解開包袱翻看）這是你不要的破襯衫，這是你穿不下的一條舊褲子。你說你給我了，是不是？
兄：當然都是給你的，我穿不下的都給你。
弟：還有一雙破膠鞋，也是你不要了的。就是這些了。阿哥，你呢？
兄：（也打開包袱）這是父親的舊襯衫，這是父親不穿了的一條舊褲子，還有父親的一雙破皮鞋。

弟：父親都給你了，是不是？
兄：當然！當然！父親不要了的都給我。
弟：你不要了的都給我。（把包袱包起）
兄：那還用說嗎？父親不要了的給我，我不要了的就給你。（把包袱包好）
弟：車票呢，阿哥？
兄：（從口袋中掏出兩張車票來示弟）你看，不是在這裡！火車一到，咱們就上車。
弟：上車以後，咱們就進城去。
兄：城裡可不同啦！
弟：跟咱們鄉下可不同啦！
兄：城裡可好啦！
弟：可好啦！要什麼有什麼，是不是？
兄：可不是！要什麼有什麼。也用不著再耙地。
弟：也用不著再灌水。
兄：也用不著再插秧。
弟：也用不著再拔草。

兄：也用不著再挑糞桶。
弟：也用不著再舂米。
兄：城裡人吃的米都是白的。
弟：一點兒糠皮也沒有的白米！
兄：城裡人還吃肉。
弟：吃咱們養的豬的肉！
兄：咱們種稻。
弟：他們吃米。
兄：咱們養豬。
弟：他們吃肉。
兄：城裡的人可享受啦！
弟：所以咱們也要進城去。
兄：誰願意光種稻給別人吃米？
弟：誰不願意光吃別人種的米？
兄：誰願意光養豬給別人吃肉？

弟：誰不願意光吃別人養的豬肉？
兄：火車一到，咱們就上車進城去。
弟：咱們一上火車，火車就（作火車聲）去去去去去去去去……

同時火車鳴聲、進站的去去聲、煞車聲、乘客的嘈雜聲、火車開動聲、開動後漸行漸遠的去去聲。

在其間兄與弟圓睜雙目注視火車進站，兄與弟彼此相望。兄示意弟起身、弟示意兄起身，結果二人均未起身。又圓睜雙目，眼光機械地追隨火車逐漸遠去。

兄：（失望地）火車開了！
弟：（失望地）火車開了！
兄：（安慰地）不要緊！這一班開了，還有下一班車！
弟：（寬解地）是！咱們坐下一班車進城！
兄：只要下了決心進城去，總可以去得了的。
弟：要緊的就是決心，還不是去不去的問題。
兄：因為只要下了決心，就一定去得了的。
弟：就是去不了，下了決心，也就等於去了。

兄：因為下了決心，就一定去得了，所以去不了也就等於去得了。

弟：就是真去不了，咱們也可以回家呀！

兄：你回家，我可不回家！

弟：你不回家，我也不回家！

兄：一回家，就不要想再出得來了。

弟：這回父親恐怕就要弄把大鎖把我們鎖起來。

兄：這回父親恐怕要弄兩把鎖，一把鎖你，一把鎖我。

弟：是，不錯！這回父親一定會弄兩把鎖，一把鎖你，一把鎖我。咱們無論如何也打不開了。

兄：咱們就得替他幹一輩子活！

弟：替他耙地！

兄：替他灌田！

弟：替他插秧！

兄：替他除草！

弟：替他挑糞桶！

兄：替他割稻！

弟：替他舂米！
兄：替他做飯！
弟：替他娶老婆！
兄：替他生孩子！
弟：生了孩子又要替他耙地！
兄：又要替他灌田！
弟：又要替他插秧！
兄：又要替他除草！
弟：又要替他挑糞桶！
兄：又要替他割稻！
弟：又要替他舂米！
兄：又要替他做飯！
弟：又要替他娶老婆！
兄：又要替他生孩子！
弟：生了孩子又要……又要……阿哥，咱們還有出頭的日子嗎？

兄：所以呀，阿弟！咱們得下決心！

弟：下決心進城去！

兄：咱們不能一輩子在鄉下淨替別人耙地灌田！

弟：替別人舂米養豬！

兄：誰不願意吃別人種的米？

弟：誰不願意吃別人養的豬？

兄：所以咱們得進城去！

弟：咱們把父親一個人丟在家裡！

兄：不是咱們把他一個人丟在家裡，是父親太老了，哪裡都不能去！

弟：不是不能去，是他不想去！

兄：不是不想去，是他不要去！

弟：他不但自己不要去，也不要咱們去！

兄：他把咱們鎖在家裡，好替他幹活！

弟：好替他娶老婆養孩子！

兄：養了孩子，好再替他幹活、替他種稻養豬！

弟：咱們可不都是這麼傻呀，是不是阿哥？

兄：所以咱們得下決心進城去。他要耙地，讓他自己耙吧！

弟：他要灌田，讓他自己灌吧！

兄：他要插秧，讓他自己插吧！

弟：他要除草，讓他自己除吧！

兄：他要挑糞桶，讓他自己挑吧！

弟：他要娶老婆，讓他自己娶吧！

兄：他已經娶了老婆了。

弟：他已經娶了老婆了？

兄：媽媽不就是他的老婆嗎？

弟：不錯，媽媽就是他的老婆呀！可是媽媽已經死了！

兄：媽媽養孩子養死了！

弟：媽媽養了太多的孩子。孩子也死了！媽媽也死了！

兄：就剩了咱們兄弟兩個！

弟：兩個兄弟替咱們父親幹活！

兄：幹完活就把咱們鎖起來。
弟：就怕咱們跑到城裡去。
兄：所以他總是對咱們說城裡有多麼多麼可怕！
弟：城裡有多麼多麼糟糕！
兄：他說城裡的人都是小偷強盜。
弟：專門偷人搶人的東西。
兄：他說城裡的女人都是母夜叉。
弟：都有一張吃人的血盆大口。一不小心，就給這樣的母夜叉生生地吞下肚裡去。
兄：你相信咱們父親的話？
弟：你呢，阿哥？
兄：我可不信啦！沒吃過豬肉，還沒見過豬跑嗎？你沒見打城裡回來的金旺嗎？
弟：是啊，金旺就是打城裡回來的。
兄：你看金旺穿的洋服有多鮮哪！
弟：頭上還搽著油呢！
兄：（看看自己的赤腳）也不像咱們打著赤腳呀！

弟：皮鞋可以當鏡子照！

兄：金旺在汽車工廠造汽車哪！自己不也開上汽車啦！聽說從這個城嘟嘟嘟一會兒工夫就到那個城啦！你就說！咱們從這個村到那個村，得靠著兩條腿，不知要走多久哪！

弟：還有阿嬌啦！

兄：是啦！阿嬌也是進過城的啦，在電子工廠做工的。你看人家長得多麼嬌嫩哪！

弟：就是嘛！皮膚白得像美國人哪！

兄：頭髮長得也跟美國人一樣的黃一樣的彎啦！

弟：就是啦，還說人家是母夜叉呢！要叫我呀……

兄：叫你怎麼樣？

弟：要叫我娶老婆，就娶阿嬌這樣的母夜叉！

兄：所以城裡的母夜叉也是可愛的母夜叉啦！

弟：城裡的小偷強盜也是可愛的小偷強盜。

兄：城裡什麼都是可愛的！

弟：咱們進城以後就到汽車工廠去做工。賺了錢以後，阿哥，你就娶一個在電子工廠做工的母夜叉。

兄：那還用說嗎？咱們賺了錢以後，你也可以娶一個母夜叉呀！像阿嬌那麼嬌嫩的母夜叉！

弟：我們也可以買一部汽車，嘟嘟嘟嘟嘟嘟嘟，一下子從這個城就開到那個城去。

兄：說不定咱們還可以到美國去逛逛哪！

弟：就是啦！聽說美國可闊啦，樓蓋得像山一樣高，錢多得像水一樣流。人家只有城裡，沒有鄉下，所以美國的女人都是像阿嬌那樣可愛的母夜叉啦！

兄：所以咱們還是趕快進城去吧！

弟：一進城就什麼都有啦！

兄：不進城就什麼也沒有，只有一輩子種稻養豬！

弟：白米豬肉都是城裡人吃的！

兄：咱父親還說城裡人都是小偷強盜呢！

弟：就是小偷強盜也是吃白米和豬肉的小偷強盜，比咱們也強的多啦！

兄：所以啦，我可不再信咱父親說的話啦！

弟：不信！不信！我也不信！

兄：我絕對地絕對地不信！

弟：我也絕對地絕對地不信！

兄：要不是因為他是咱們的父親，我就當面告訴他，他在撒謊！

弟：是呀！只因為他是父親，只好讓他撒謊吧！

兄：要不是有這麼個父親，我早就早就進城去啦！

弟：我還不是一樣？我也早就進城去啦！

兄：就因為他是咱們的父親，一看見他掉下眼淚來，我就……我就……

弟：你就心裡不忍啦！

兄：可不是！一看見他流眼淚，我也就……也就……（飲泣地）流淚啦！

弟：一看見你們都流了眼淚，我也就……也就……（也飲泣地）不想進城去啦！

兄：（抽泣地）我們還是不要進城吧！父親已經老了，沒有我們，他怎麼耙得了地呢？

弟：（也抽泣地）沒有我們，他怎麼灌得了田呢？

兄：他怎麼插得了秧呢？

弟：他怎麼除得了草呢？

兄：他怎麼挑得了糞桶呢？

弟：他怎麼割得了稻呢？

兄：他怎麼舂得了米呢？

弟：（解開包袱的一角，給兄拭淚）擦擦你的眼淚，咱們回家吧！

兄：（也解開包袱的一角，給弟拭淚）擦擦你的眼淚，咱們回家吧！

遠處火車鳴聲。

兄：阿弟！你聽，這不是火車嗎？

弟：（側耳）哪裡？

遠處火車鳴聲。

兄：你聽！你聽！

弟：（欣喜地）不錯，是火車呀！

兄：（也欣喜地）火車就要到啦，咱們不能回家！一回家，父親就會把咱們鎖起來。這回他一定用兩把鎖，一把鎖你，一把鎖我，咱們就永遠進不了城啦！

弟：進不了城，就什麼也別想有啦！

兄：咱們也不能進汽車廠做工啦！

弟：也娶不上可愛的母夜叉啦！

兄：得永遠地永遠地在鄉下，替城裡的城裡的什麼啦？

弟：小偷強盜啦！

兄：替城裡的小偷強盜種稻養豬！

弟：誰願意光種稻給別人吃米？

兄：誰不願意光吃別人種的米？

弟：誰願意光養豬給別人吃肉？

兄：誰不願意光吃別人養的豬肉？

弟：阿哥，我們還是進城去吧！

兄：是！我們得進城去！

弟：走啊！

兄：走啊！

弟：我說，你是哥，你先走啊！

兄：我先走？（猶豫地）阿弟，再看看東西都帶齊了嗎？

弟：（解開包袱翻看）這是你不要的破襯衫，這是你穿不下的一條舊褲子。你說過你給我了，是不是？

兄：當然給你了，我不穿的都給你。

弟：還有一雙破膠鞋，也是你不要了的。就是這些了，阿哥，你呢？

兄：（也打開包袱）這是父親的破襯衫，這是父親不穿了的一條舊褲子，還有父親的一雙破皮鞋。

弟：父親都給你了，是不是，阿哥？

兄：當然！當然！父親不要了的都給我。

弟：你不要了的都給我。（把包袱包起）

兄：那還用說嗎？父親不要了的給我，我不要了的就給你。（也把包袱包起）

弟：車票呢，阿哥？

兄：（從口袋裡掏出兩張車票來示弟）你看，不是在這裡？火車一到，咱們就上車。

弟：咱們一上車，火車就去去去去去去去……

火車鳴聲和進站的去去聲、煞車聲、乘客的嘈雜聲。

兄：（望弟）走啊！
弟：（望兄）你是阿哥，你先走啊！

兩人均未起身。
火車開動聲，開動後漸行漸遠的去去聲。

兄：
弟：（機械地呆望著火車逐漸遠去）
兄：（失望地）火車開了！
弟：（失望地）火車開了！
兄：（安慰地）不要緊！這一班開了，還有下一班！
弟：（寬解地）是，咱們坐下班火車進城。
兄：只要下了決心進城，總是可以去得了的。
弟：要緊的就是決心，還不是去不去的問題。
兄：因為只要下了決心，就一定去得了的。

弟：就是去不了，下了決心也就等於去了。

兄：因為下了決心就一定去得了，所以去不了也就等於去得了。

以下的對話愈來愈低微，直到燈光慢慢暗下去。

弟：就是去不了，也可以再回家。

兄：你回家，我可不回家！

弟：你不回家，我也不回家！

註：此劇因兩個演員始終未離座位，導演時須特別注意演員的面部表情、聲音表情和四肢的動作。手、臂和腳並不是要常常動，但是要動到節骨眼兒上。對話應以自然速度進行，不要故意放慢。（此劇可做電視劇或舞台劇演出）

附錄

馬森戲劇著作與發表檔案

《西冷橋》（電影劇本），寫於一九五七年，未拍製。

《飛去的蝴蝶》（獨幕劇），寫於一九五八年，未發表。

《父親》（三幕），寫於一九五九年，未發表。

《人生的禮物》（電影劇本），寫於一九六二年，一九六三年於巴黎拍製。

《蒼蠅與蚊子》（獨幕劇），寫於一九六七年，發表於一九六八年冬《歐洲雜誌》第九期；收入一九七八《馬森獨幕劇集》，台北：聯經出版社；一九八七《腳色》，台北：聯經出版社；一九九六《腳色》，台北：書林出版公司；二〇一一《腳色》，台北：秀威資訊公司。

《一碗涼粥》（獨幕劇），寫於一九六七年，發表於一九七七年七月《現代文學》復刊第一期；收入一九七八《馬森獨幕劇集》，台北：聯經出版社；一九八七《腳色》，台北：

聯經出版社；一九九六《腳色》，台北：書林出版公司；二〇一一《腳色》，台北：秀威資訊公司。

《獅子》（獨幕劇），寫於一九六八年，發表於一九六九年十二月五日《大眾日報》「戲劇專刊」；收入一九七八《馬森獨幕劇集》，台北：聯經出版社；一九八七《腳色》，台北：聯經出版社；一九九六《腳色》，台北：書林出版公司；二〇一一《腳色》，台北：秀威資訊公司。

《弱者》（一幕二場劇），寫於一九六八年，發表於一九七〇年一月七日《大眾日報》「戲劇專刊」；收入一九七八《馬森獨幕劇集》，台北：聯經出版社；刊於一九八五年三月號北京《劇本》雜誌；收入一九八七《腳色》，台北：聯經出版社；一九九六《腳色》，台北：書林出版公司；二〇一一《腳色》，台北：秀威資訊公司。

《蛙戲》（獨幕劇），寫於一九六九年，發表於一九七〇年二月十四日《大眾日報》「戲劇專刊」；收入一九七八《馬森獨幕劇集》，台北：聯經出版社；一九八七《腳色》，台北：聯經出版社；一九九六《腳色》，台北：書林出版公司；二〇一〇《馬森戲劇精選集》，台北：新地出版社；二〇一一《蛙戲》，台北：秀威資訊公司。

《野鵓鴿》（獨幕劇），寫於一九七〇年，發表於一九七〇年三月四日《大眾日報》「戲劇專刊」；收入一九七八《馬森獨幕劇集》，台北：聯經出版社；一九八七《腳色》，台北：聯經出版社；一九九六《腳色》，台北：書林出版公司；二〇一一《腳色》，台北：秀威資訊公司。

《朝聖者》（獨幕劇），寫於一九七〇年，發表於一九七〇年四月八日《大眾日報》「戲劇專刊」；收入一九七八《馬森獨幕劇集》，台北：聯經出版社；一九八七《腳色》，台北：聯經出版社；一九九六《腳色》，台北：書林出版公司；二〇一一《腳色》，台北：秀威資訊公司。

《在大蟒的肚裡》（獨幕劇），寫於一九七二年，發表於一九七六年十二月三至四日《中國時報》「人間副刊」；收入一九七八《馬森獨幕劇集》，台北：聯經出版社；一九八七《腳色》，台北：聯經出版社；一九九六《腳色》，台北：書林出版公司；二〇〇三王友輝、郭強生主編《戲劇讀本》，台北二魚文化，頁三六六至三七九；二〇〇六田本相主編《中國話劇百年圖史》，山西教育出版社；二〇〇七劉平著《中國話劇百年圖文志》，武漢出版社；二〇一一《腳色》，台北：秀威資訊公司。

《花與劍》（二場劇），寫於一九七六年，未發表；收入一九七八《馬森獨幕劇集》，台北：聯經出版社；一九八七《腳色》，台北：聯經出版社；並選入一九八七林克歡編《台灣劇作選》，北京：中國戲劇出版社；一九八九黃美序編《中華現代文學大系》（戲劇卷壹），台北九歌出版社，頁一〇七至一三五；一九九三年十一月北京《新劇本》第六期（總第六十期）「九三中國小劇場戲劇展暨國際研討會作品專號」轉載，頁十九至二六；一九九六《腳色》，台北：書林出版公司；一九九七年英譯本收入*Contemporary Chinese Drama*, translated by Prof. David Pollard, Hong Kong, Oxford university Press, pp. 253-374；二〇〇六田本相主編《中國話劇百年圖史》，山西教育出版社；二〇〇七年劉厚生等主編《中國話劇百年劇作選》，北京中國對外翻譯出版社；二〇〇七劉平著《中國話劇百年圖文志》，武漢出版社。

《馬森獨幕劇集》，台北：聯經出版社，一九七八年二月（收進《一碗涼粥》、《獅子》、《蒼蠅與蚊子》、《弱者》、《蛙戲》、《野鵓鴿》、《朝聖者》、《在大蟒的肚裡》、《花與劍》等九劇）。

《腳色》（獨幕劇），寫於一九八〇年，發表於一九八〇年十一月《幼獅文藝》三二三期「戲劇專號」；收入一九八七年十月《腳色》（《馬森獨幕劇集》增補版），台北：聯經出版社；一九九六《腳色》，台北：書林出版公司；二〇〇六田本相主編《中國話劇百年圖史》，山西教育出版社；二〇〇七劉平著《中國話劇百年圖文志》，武漢出版社。

《進城》（獨幕劇），寫於一九八二年，發表於一九八二年七月二十二日《聯合報》副刊；收入一九八七年十月《腳色》（《馬森獨幕劇集》增補版），聯經出版社；一九九六《腳色》，台北：書林出版公司；二〇一一《腳色》，台北：秀威資訊公司。

《腳色》（《馬森獨幕劇集》增補版，增收進《腳色》、《進城》兩劇，共十一劇），台北：聯經出版社，一九八七年十月。

《腳色——馬森獨幕劇集》（所收劇作同聯經出版社），台北：書林出版社，一九九六年三月。

《美麗華酒女救風塵》（十二場歌劇），寫於一九九〇年，發表於一九九〇年十月《聯合文學》七十二期，游昌發譜曲；收入一九九七《我們都是金光黨／美麗華酒女救風塵》，台北：書林出版社。

《我們都是金光黨》（十場劇），寫於一九九五年，發表於一九九六年六月《聯合文學》一四〇期；收入一九九七《我們都是金光黨／美麗華酒女救風塵》，台北：書林出版社；二〇一〇《馬森戲劇精選集》，台北：新地出版社。

《我們都是金光黨／美麗華酒女救風塵》，台北：書林出版社，一九九七年五月。

《陽台》（二場劇），寫於二〇〇一年，發表於二〇〇一年六月《中外文學》三十卷第一期；收入二〇一〇《馬森戲劇精選集》，台北：新地出版社。

《窗外風景》（四圖景），寫於二〇〇一年五月，發表於二〇〇一年七月《聯合文學》二〇一期；收入二〇一〇《馬森戲劇精選集》，台北：新地出版社。

《蛙戲》（十場歌舞劇），寫於二〇〇二年初，台南人劇團於二〇〇二年五月及七月在台南市、台南縣和高雄市演出六場；收入二〇一〇《馬森戲劇精選集》，台北：新地出版社；二〇〇六田本相主編《中國話劇百年圖史》，山西教育出版社；二〇〇七劉平著《中國話劇百年圖文志》，武漢出版社；二〇一一《蛙戲》，台北：秀威資訊科技出版公司。

《雞腳與鴨掌》（一齣與政治無關的政治喜劇），寫於二〇〇七年末，二〇〇九年三月發表於《印刻文學生活誌》；收入二〇一〇《馬森戲劇精選集》，台北：新地出版社。

《馬森戲劇精選集》（收《窗外風景》、《陽台》、《我們都是金光黨》、《雞腳與鴨掌》、歌舞劇《蛙戲》與話劇《蛙戲》），台北：新地出版社，二〇一〇年四月。

《花與劍》（二場劇，中英對照版，劇照、評論等），台北：秀威資訊科技出版公司。二〇一一年九月。

《蛙戲》（話劇＋歌舞劇新版，劇照、評論等），台北：秀威資訊科技出版公司。二〇一一年十月。

《腳色》（新版，收《腳色》、《一碗涼粥》、《獅子》、《蒼蠅與蚊子》、《弱者》、《野鵓鴿》、《朝聖者》、《在大蟒的肚裡》、《進城》等九劇），台北：秀威資訊科技出版公司。二〇一一年十一月。

看《馬森獨幕劇集》

亮軒

前言

儘管肯讀書，從書中找到樂趣、找到方向的人很多，但是常讀劇本的人非常之少，有許多人讀了一輩子的書，古今中外文史理哲無不涉獵，竟然自始至終沒有讀過一本劇本。或許其中有人覺得，戲是演出來讓人看的，還在白紙黑字的階段時，應該說是「未完成」，幹嘛要去讀「未完成」的東西？其實任何一件作品，不管是詩歌、小說、繪畫、音樂……假如沒有遇到欣賞者，那件作品都是「未完成」，因為作者意欲與人溝通心靈的事實根本還沒展開。對於戲劇，我們可以用另外一種方法來解釋：劇本，是第一個創作完成階段。舞臺，是第二個創作完成階段。也就是說，一齣戲劇的劇本完成之後，已經具備了一定程度的文學與藝術價值，倘若就此為止，沒有什麼人把劇本搬到舞臺上去，也不能表示這個劇本已經夭折，相反的，這個劇本的存在已經是不容否定的事實。我們一生沒有機會看到一齣演出的元人雜劇。也有很多人從未看過莎士比亞、易卜生的戲劇演出，但是在我們讀過他們的劇本之後，仍然很有收穫，這就已經證明了劇本本身是彌足珍貴的創作方式。由已完成的劇本，到舞臺或是其他方式的演出，是另一條創作的路途。同一個劇本，經過不同的演出者，就表現出不同的詮釋角度。我們看到的演出，很可能與原來劇作者要表達的有很大的出入。如果我們讀過原來的劇本創作，更可能對於演出者的表現十分的不以為然。凡此種種，也都證明了劇本之可讀、可悟、可以分析研究的機能。

由於對讀劇本有興趣的人少，而一本劇本搬上舞臺又相當費事，肯寫劇本的人也少了。在文藝創作的領域中，不為即時演出設想而產生的劇作，真是鳳毛麟角。《馬森獨幕劇集》是很難得的一部。這位去國將近二十年的作者，居留於墨西哥的五年間，寫了十幾個獨幕劇，以當時的背景而言，演出給大家看，簡直是連想都不必想。不過也可能因為不必打算演出，筆觸構思各方面的運用，反而比較不受拘束，劇本經營可以在戲劇的精純程度上做得更好。大體上說來，這真是一本十分經看的獨幕劇集，想來有戲劇工作經驗的人也會同意，馬森的獨幕劇也為演出者預留了幅度很大的表現彈性。

獨幕劇的特性

本集一共收了九個獨幕劇。獨幕劇在演出時，中間並不下幕，通常連換場——也就是以熄燈來表示時間的變遷——也很少。這本集子的九齣獨幕劇中，只有《弱者》一齣是分為兩場，表現了時間的轉換，其他的都是一口氣從頭演到尾。因為基本條件的限制，獨幕劇的情節比諸多幕劇自然要單純得多，但是相對的，作者的意念卻因此而浮現得更為突出，使得戲劇的哲理性強過故事性。獨幕劇的人物也不宜多，否則人物關係還來不及交代清楚，二、三十分鐘已經過去了，觀眾就會不耐煩，讀者也會疲倦。人物少可以少到一個人，多則最好不要超過五個人，擔任群眾之類的「道具人」當然不在此限。獨幕劇的人物，線條常常不太分明，無法讓人事後想起，活龍活現的如在目前，大約只是模糊的輪廓。多幕劇有足夠的機會來勾一個角色的個性，獨幕劇則否。但是獨幕劇在人物的共通性這方面，卻能簡潔的掌握與表現，好像減筆潑墨畫，這與工筆的多幕劇大異其趣。馬森在前言「文學與戲劇」中說：「我的人物沒有什麼個性。雖然有時候有性別、職業與年齡，但並不是多麼重要的。背景也不重要。時間也不重要。……儘管面貌、衣著、個性模糊不清，但對那個人物的感覺可以持久不忘，因為那個人可能是你，可能是我，或者是你加上我，或是你我的一部份。」這一段話很可以作為「人物共通性」的註腳。至於馬森談到「我的人物沒有什麼個性」，其中「我」字可以易為「獨幕劇」。獨幕劇中的人物，並不需要強烈的個性，甚至連名字都不需要，只要具備必要的身份便可，作者的責任是標出他所設計的人物在人世間的「位置」，如丈夫、妻子、兒子、老闆、夥計、乞丐、豪富、老頭、小孩……等等。馬森獨幕劇中的人物是如此，其他獨幕劇中的人物何嘗不是如此，假如一定要給他們姓名、特殊的小動作，以及身世背景等等，不僅觀眾可能察而未覺，在技術上也面臨許多不必要的困擾。

由以上的尺度而言，馬森的作品至少可以說是十分內行的作品，在技巧認識方面比較成熟，也就節省了許多力氣，可以比較專注而精確的表達作者要表達的東西。在文學藝術的創作領域中，這是相當重要的一點。作者要先能表達出來，然後才可能讓人檢驗他表達的東西高下如何，是否能夠同意。如果沒有專業性的訓練與認識，結果可能不知所云，也令人無從說起。就好像一個人連話都講不清楚，便要上臺演述他在人生哲學上的創見或感悟，心裡再有見地，也是枉然。馬森能夠十分清楚的表達其意念，我們就要承認他是一位成熟的劇作家。

一碗涼粥

在這九個戲中，至少《一碗涼粥》與《獅子》兩劇曾經在臺北演出過，是由文化學院戲劇系師生在臺大學生活動中心演出的，完全是贈票，觀眾卻不算多。《一碗涼粥》表現的是很普遍的代間隔閡問題，舞臺上只有夫妻兩人出現，在雪夜裡，他二人懷念在三年前死去的孩子，這個孩子，因為不肯依父母的意思與鄰村的女孩子成親，反而自己找個「野女人」，又被父母「打殺」了的。父母動氣而「打殺」他的理由，是他不肯遵循一貫的「傳統」，對不起「祖宗」。但是到孩子沒有了，他們後悔了，可就太晚了。這齣戲一直圍繞著一個「愛」字推移，有男女之愛、親子之愛、宗族香煙之愛。幾種型式的愛扭絞在一處時，人心便惘然了，便做下他們原本不想做的事了。

雖然是獨幕劇，而且只有從頭到尾那麼一場，但是仍然跨越了時空的限制。透過現代戲劇特有的技巧，「過去」也在「現在」中出現，死去的兒子——或許云之為沒有了的兒子更得當，因為兒子也可能是跑走了的，也可能還是在此卻如不在此一般了的——竟也藉著父母的身形音容隱隱成長。作者充分的遵守簡約的原則，發揮了劇場中可以運用的技巧，達到了多邊的、多重的效果。代間隔閡與衝突，是不分古今中外都不能避免的問題，如今我們可以看到這個問題的「古今中外」，都已凝縮在這不足二十分鐘的短劇中，而仍然不失其深沈與尖銳。詩劇的調子與象徵的鮮明，構成了形式與內容的一體兩面。但同樣的也給了演出者一大考驗，表現得過火，則沖淡了象徵的強度，表現得不足，則因模糊不清而令人感到乏味。所以說這齣戲在讀者想像中演出的話，會比在舞臺上演出更為精確，至於省事或費事，那是另外一種問題。可見這樣的一齣戲對演出者是一大考驗。假如認識與經驗都不成問題，《一碗涼粥》是一則頗能讓人於舞臺再創時放心放手大大發揮的戲，單單那一碗象徵生命的「冷」與「熱」的粥，就足夠擺弄出許多意象來，其餘的更不必說。但是演出者功力太淺，就難以掌握作者方寸之中流露出來的「氣質」，那種飄忽、淒迷，但又確實存在的東西。任何作品，倘若缺乏氣質，自易流入粗糙，乃至於不明不白。

獅子

第二齣戲是《獅子》。在臺大學生活動中心演出時，有些人物與情節的更動。對於獨幕劇而言，一點點輕微的更動，都極可能演變為重大的更動。在此只根據劇本來討論，這是不能不聲明的一點。

人物很簡單，還是甲乙兩個人。他們在十幾年前是同窗同學，現在一個是政海中得意的人物，一個是在國外窮混了許多年的教書匠。他們兩人在教書匠的房中閑話，有點白頭宮女話天寶的味道，話著話著，漸漸揭示了過去，也揭示了內心對生命的疑惑與落寞。

值得玩味的是除了臺上對話的這兩個人之外，還有兩個角色。一個只出現光影而無聲音，他也是他們的老同學，幾年前死於車禍的一位《獅子》。不過作者也有意要表示他是在非洲叢林中被獅子吃掉的。另一個是只出現聲音而無光影的「獅子」。

這齣戲把這許多對立的事物揉合為一體。甲乙兩個角色，一個是「得意型」，在熱鬧場中滾過十幾年的人物。另一個是「失意型」，遠離自己的生長環境，逐漸為人淡忘的人物。有意思的是，他們同時面對一個不可逃避的真實生命，他們同時獲致一個悲劇性的覺悟，無論這個覺悟自覺性的強弱如何。再者，是車輛與獅子的揉合。車輛連帶顯示出都市中工業文明的喧囂與擠迫，獅子則顯示出原始環境中的粗暴與可怖。但是，作者卻把車輛與獅子、都市與沙漠，化為一體兩面，在濃縮與象徵的技巧上，表現得十分聰明。作者又把過去與現在融作一處。「現在」的談話漸漸推向「過去」，「過去」的發展又漸漸推向現在，在傳統的戲劇中，尤其是遵守「三一律」的戲劇中，這已是多少世紀以來，劇作家相當熟悉的手法，如今在一則獨幕劇中加以消化並且運用，又不顯出學步學樣的稜角，很不容易。

其實這齣戲最令人戰慄的，不是已死詩人靈魂的出現，也非車輛或是獅子，而是存身於天地間難以掙脫的命運。獅吼聲與詩人的影子象徵了這種命運，這命運並非個人的，而是互古常存的。無論我們身處何方，在什麼時代，有什麼成就，終也不免跟隨著強烈白光中的詩人，隱入獅口之內。詩人就是這個悲劇命運的先知，而在我們的心裡，多多少少也有一點先知的成份，就如教書匠能夠莫名其妙的預見詩人之死。那位政海翻滾了多年的人物，又隱隱約約的扮演了獅子的角色，最後自己也亦步亦趨的跟著教書匠，向獅吼與白光的方向走去，這真是一個令人心痛的諷嘲。

這齣戲若要搬上舞台，「白光」與「獅吼」的重要性不在兩位演員之下。而政客與綽號「大木瓜」的同學，獅子與綽號「詩人」的同學，都有極重要的平行與互為映照的作用，這是科技設備與文藝認識在戲劇中同等重要的明顯例子，所以，這齣獨幕劇也是不宜窮湊合的。簡單與簡陋畢竟不同。

蒼蠅與蚊子

第三齣，劇名是《蒼蠅與蚊子》。這兩種小昆蟲，是人都見過、都熟悉的。景、時與地也很有趣，作者標出：任何景、任何時間、任何地點。馬森對於全人類之命運具有特殊的好奇與敏感，此劇也就是在這個念頭下醞釀而成的作品。

我們不能，也不必說這是一齣悲劇還是喜劇，生命是無法以悲喜兩字截然劃分的，悲喜常常是渾然一體，或是互相作用。《蒼蠅與蚊子》，是以諧謔的調子，表現人類終極趨向於毀滅的命運。人類是否真的如此，不必在此列入討論範圍，這只是作者動筆寫這齣戲時的一個觀察與推理的立場。

以人類以外的生物，乃至於「非生物」如熱水瓶、桌椅、日月等為戲劇的角色，是遠古傳說、寓言中習見的題材。童話故事中更有尋不盡的例子。這是吃力而不易討好的做法。原因是：要把人性與某種動物、某種事物揉合成一個完整的、獨立的意象很難。卡通大師華德狄斯耐是少數具備如此才氣的藝術家之一，《伊索寓言》的作者伊索亦然。我們若說人性中包含有善有惡、有慷慨有吝嗇、有情與無情，甚而更加的多樣化，然後以一個小說或戲劇的角色來表現這些特徵，都不是太困難的事。但是我們要在角色的造型過程中，尋找小白兔與人的共通性、狐狸與人的共通性、蒼蠅蚊子與人的共通性，就不好辦了。稍一不慎，這個動物其外，人性其中的角色，讓人覺得兩者並不相干，那就可能一則表現不出動物或其他事物的趣味，達不到嘲弄性，二則對人性的探索與揭示又不夠深刻。

《蒼蠅與蚊子》是一齣成功的「動物戲」，比後面要談到的《蛙戲》成功得多。「無所不食」的蒼蠅，與「嗜血如命」的蚊子，確實可以映照出人類歷史中貪婪好戰的醜惡面。我們也能想像得出，一隻蒼蠅打扮與一隻蚊子打扮的兩個角色，在舞台上一忽兒東一忽兒西的飛來飛去，是很有趣味的樣子。而這兩個有趣卻也討厭的小東西，居然閱盡了人世滄桑，這是牠們超然於人世之上的一層。另外，蒼蠅與蚊子也都認為自己是萬物之靈，是上帝的選民，而且從開始便有了種族膚色的成見，又好勝好強，這又展示了人世的層面。他們一邊冷眼旁觀看人類的存亡消長，一邊又扮演著人類本身，這該是作者十分巧妙的融合。作者的智慧與技巧，在這一點上看得格外清楚。

牠們一邊自己相互爭奪較量，一邊從被牠們自己消滅的人類看起，看到秦始皇的焚書坑儒、看到日耳曼人殺猶太人、又看到原子戰爭、看到機械太空人的廝殺。毀滅的人口鉅量的增加，最後只餘下機械人，機械人又為蚊蠅毀滅。看來雖然是荒謬的奇想，然而也能入情入理。蒼蠅與蚊子終於針鋒相對，牠們發覺了自己的孤寂，而蚊子更因無血可飲變成了被淘汰的族類，只留下無所不食的蒼蠅繞場飛舞。

作者藉著蚊蠅的形象與聲口，對人類之愚昧與殘酷，了無忌憚的大肆攻擊，卻不見牽強費力之處。我們不必把這齣戲當作「反戰」來看，已經關注到人類終極命運的問題，反戰與否自然不在話下。僅以一蠅一蚊為主體，要反映如此龐大的題目，作者一定有過極為深沉的思索，而且必須多面性的觀察。《蒼蠅與蚊子》是一齣小型的大戲，小在時間與篇幅，小在舞台與角色，然而大在問題觸及的層面與範疇，大在無邊的關懷。我們不妨謹記：小小的昆蟲與大大的人類，要交換位置倒是輕而易舉的事。

弱者

《弱者》卻是一齣十分生活化的戲，描寫的是現代小人物的無奈與哀愁。只有夫妻二人，但是戲分兩場，以丈夫的生與死為界。對白全是生活中的一些瑣事，馬森摻入諧趣與諷嘲，雖是瑣事，也顯得蹊蹺古怪。任何一個懷舊的讀者，想來都很能體會出作者的深意。

劇中的《弱者》，看來該是丈夫的這一個角色，這是一位事無大小，必須聽命於妻子的男人，在妻子面前的懦弱，是到了生死都不敢違抗的程度，太太要他死，他就不敢活，而太太要他活，他又只得從死裡活過來，固然他確實依戀那個安逸的「死」。那當然他對面的妻子就象徵了強者了。在弱者與強者之間，仍然有一個很嚴重的衝突，那就是對土地與汽車的看法。他們有一筆錢，可以買地，也可以買汽車，但是買了土地就不能買車，買了車就不能買地。地與車，代表了傳統與時髦。地可以讓宗族代代相傳有所依憑，車可以讓人得到光榮，甚至於因車禍而死也是在現代中最風光、最合理的死法。由弱者丈夫的性格發展下去，自然是買了車，不再要地。於是，丈夫順理成章的死了，他的死法有三種：第一、讓為強者的太太一鎚子打死的。他平生只為買地的事跟太太鬧意見，其實也不能怪他，只要他意識清明，他一定同意他太太買車的想法，無奈他的囈語中還有很堅定的買地的念頭，他居然胡里胡塗的說「就是死也得買地」，結果就被太太鎚死了。但是到了第二場戲開頭，又表示出來他是死在車禍上的。那是「幸幸福福的死」。親友都來道過賀的，是每一個現代人追求的理想的死。但是最後又顯示出來，丈夫是受不了現代的折磨，自殺而死的。對於一個懷舊的、渴望土地的人，自殺未嘗不是一個理想的歸宿。

作為一個弱者，被太太打死、被車撞死、自殺而死，全都入情入理。

第二場戲死人與活人對話，不但不讓人覺得可怖，反而令人生出生不如死之感，這正是馬森想要達到的效果。本劇最妙的一點，是提示了弱者的精神不死，他一生在太太的指揮震懾中，卻委實不能不希望有塊地。而最後嬰兒車裡的寶寶坐起來，觀眾看到的，是跟丈夫一模一樣的一個下一代，這也強烈的暗示了人類根性中仍然有一些無法消滅磨蝕的東西。太太一角，雖然一生一世都在追求一個死於車禍的幸福的死，一生一世都在指使他丈夫的生死，然而，她卻要無休止的面對一代又一代企求土地滋養的根性，這個強者，從這個角度來看，竟成為弱者了。馬森之善用反諷，這又是一個例子。

這齣戲給觀眾或讀者的感覺可能不會很好。死亡，無疑的在此有很濃厚的象徵意味存在，這個象徵意味，要從非常生活化的題材中浮昇而出，容易引起觀念上的混淆，讓人由疑幻疑真而真假莫辨，這裡指的是意識上的真假莫辨，而非形象上的真假莫辨。觀眾假如弄不清楚作者意識的重心所在，就很可能誤解劇中的題旨。譬如說，會以為作者主張因車禍而死是好的，接著就會認為這種觀念不近人情而不予接受。固然他殺、意外死亡、自殺三種死法也可能引起部份觀眾或讀者的疑惑，但是這些只是劇情發展中的獨立事件，而非貫穿全劇的主題，所以縱使疑惑存在，可以漸次明瞭，但「追求車禍死去的幸福」畢竟顯得突兀，跟生活化的素材難以作形式上的協調；形式不協調，觀念就容易分歧。

蛙戲

《蛙戲》一劇，是九個獨幕劇中動員演員最多的一齣。馬森不僅時常表現古今中外之一同，也進一步的喜歡表現萬物一同、死生一同等「齊物」的觀念。前面談過的《獅子》、《蒼蠅與蚊子》已經是最直接的例證，《蛙戲》又是一齣動物戲。看一看人物表，也許就能把這齣戲摸索個大概：包括有悲觀的蛙、玩世的蛙、貪財的蛙、強盜蛙、愚笨的蛙、聰明的蛙、嫉妒的蛙、美人蛙、天才的蛙等。這些蛙的特性，一定要在獨幕劇的有限時間內表現出來，就不容易了，補救的方法是用面具，作者的這個提示非常必要，而繪製面具的設計者責任也非常重大，否則這齣戲會弄得令人摸不著頭腦。

人生便如這場蛙戲，從超然的立場來看，生命的意義最後還是一團問號組成的徒然——作者要表達的是這個，又是一個十分嚴肅的大題旨。但是從頭到尾卻以象徵與吵鬧交相揉合的形式推進。在十九世紀的歐洲劇壇上，這是許多戲劇工作者喜歡採用的型式，因為包含了明顯的提示和濃厚的趣味，教育與娛樂並重並行，通俗討巧。談到如何深刻的問題的話，就很難講，文學藝術的創作，時時要顧及教育性或娛樂性，便有礙手礙腳之虞。

作者創作《蛙戲》，有意跳出教育與娛樂的作用之外，只想在表面形式上暈染著象徵與吵鬧的色調，卻盼望能夠浮昇出「人生便如這一場徒然的蛙戲」的意義。

他做到了使讀劇本的人，不可能不明白作者要表達的意念何在。其實見到人物表時，也就能揣度得十不離八九，繼續讀下去，是想看看作者到底透過什麼樣的技巧，把讀者猜得到的這個意念給表達出來。縱使如此，也看得出作者經營之苦，要把悲觀的、玩世的、貪財的、嫉妒的……等等一一安排恰當的事件來顯示，是非常吃力的事。讓這些蛙聽從天才的蛙——一如人世中的「先知」——的指示，為「生活的目的」去捨命奮鬥，這是眾流同歸一水的安排，最後天才的蛙也為他信仰的目的死去，把題旨整個的表白出來。而遠處飄來類乎韓德爾的聖母頌的頌樂，也是一大嘲弄。

然而這恐怕是不很成功的一齣戲。形式與內容可以互相作用，這也是馬森在卷首「文學與戲劇」一文中提出來的看法，從這一齣戲中，多多少少也有了證明，因為以象徵與吵鬧為形式的結果，使得要表達較深刻的內容變成比較困難的事。也許多幕劇會比較好一點，多幕劇有更多的時間可以讓作者從容的經營，但是這一齣戲改成多幕劇也不容易討好，群蛙的面具是無法做出表情的，觀眾對於無表情的面具無法產生多幕劇那樣長時間的連續好奇與耐性。便是獨幕劇也要許多輕快的插科打諢才能維持下去。作者一開始選擇了這一個表達的形式，就不得不踏入很吃力的一條路上來。另一個問題是：「人生不過是一場徒然」的題旨，也並不新奇，這實在也是個很普通的想法，未必是許多人一生一以貫之的人生觀，但在許許多多的人的人生觀中，都難免包含這一句話。所以想要使這齣戲不落俗套也很難。假如作者原本就要這齣戲落俗套，自然另當別論。

在此也可以連帶檢討到「動物戲」的問題。在名著小說中，以動物為人物的，比較明顯的例子是喬治・歐威爾的《動物農莊》。這本書中的豬、狗、馬、雞、鴨等等一般農莊中看得到的動物都有，當然這也是一本很成功的小說，在諸多構成它是一本成功小說的條件中，有一個條件就是在書中的動物一方面表現了動物原本的特性，另一方面也表現了人性的不同層面及角度。馬森的《蒼蠅與蚊子》就掌握得很好，在這一點上與喬治・歐威爾的《動物農莊》同樣成功，但相形之下，《蛙戲》在這一點上就差得太多了。創作動機固然是一個作品成功程度的首要關鍵，然而形式與內容的斟酌也非常重要。

野鵓鴿

第六齣戲《野鵓鴿》，是一個父母吃自己的兒子的故事。乍聞此言，不免膽戰心驚，說不定還有人要以為是荒謬無道之言，主張禁演。其實馬森是要藉父母食子——一個變成了鵓鴿的兒子——來表示現代人普遍存在的問題：為了我們自己的這一代，完全顧不了下一代。用意深遠，而且是站在為人父母的角度來表示意見的。

好端端的孩子居然猛古丁的變成了野鵓鴿，這也真是荒謬得可以了，然而仍舊有它的道理。在這裡，他們的孩子還沒有降生之前，就有野鵓鴿了，夫妻倆就靠打獵野鵓鴿維生。野鵓鴿原本就是生命持續的原動力。到孩子長大了，「飛了」，不是變成了野鵓鴿是什麼？

兒子應該養活老子，這又是曾經存在，在某些環境中依然存在的觀念跟做法。有許多父母怨恨他們的孩子「飛了」，覺得他們不該飛走，而應該在他們身邊，從某個角度來說，未嘗不可解釋為「吃」。

父母之間也有根深柢固的衝突，父親象徵了傳統的觀念，這個傳統是人為造成的。母親則有更多的愛的天性。母親一面啃著「可能」是兒子的那隻烤鵓鴿的骨頭，一面痛哭，這其中隱含了許多明眼的現代人的痛苦。父親卻吃得理直氣壯，剛吃完一隻，聽到又有一隻飛近，馬上又是食指大動。傳統中無情的一面，作者極不容情的挖苦。馬森的作品常有悽涼意味很濃厚的樂觀，那是基於人類原始的根性而產生的力量。最後那一隻野鵓鴿飛近，母親竟把牠趕了開去，寧願自己餓死也不再吃自己的孩子，這就是人類對下一代關懷的代表，只要世界上還有這樣的人與這樣的懷抱，人類的前途就不該絕望。很典型的馬森式的樂觀。

《野鵓鴿》自始至終只有父母二人的對話，幾聲鵓鴿叫喚，顯然這也是一齣在演出方面很吃力的戲。至於閱讀，倒很理想，宛如一篇精彩絕倫的對話錄，討論的形式雖非訴諸哲理性的言詞，然而處處暗藏機鋒，一句緊似一句。由簡單的題材裡，發掘出多重的意義，在西洋古典悲劇中，也有不少依此模式的例子，難得在於不見抄襲之痕跡。這是一齣形式上宜於出之以「荒謬」的戲，如果要以寫實的方式表現，必然耗費許多筆墨，而且會觸及倫常與道統，造成很多困擾。如今馬森運用另外一套系統的表達方式，把他要說的說了，也同時把可能產生的誤解減到最少的程度。

朝聖者

《朝聖者》也只有兩個演員，一個老和尚、一個乞丐。比諸其他幾個戲不同者，是這兩個演員演對手戲的機會也很少，有點像平劇中追逐戲的上下場，你來我往走馬燈似的把這齣戲向前推進。這也是九齣戲中最短的一齣，十五分鐘內可以演完。依仗演員的比率特別大，大段的獨白最是吃力而不討好，景是沙漠、時是日中，缺少變化，倘若演員表現不佳，必然沉悶。

但這是一齣很耐人尋思的戲。劇名《朝聖者》，所朝之聖者何？原來他們都是追求極樂境界的人，在無垠的沙漠中碰在一塊兒，就具有很強烈的反諷作用。

從乞丐到和尚，中間自然包含無數的人世的階層，乞丐身處最卑微的層次，老和尚站在最崇高的層次。兩者之間相去不可以道里計，現在居然同樣的對於生命感到不滿足，同樣的要去追求心目中最最理想的境界，走在同樣的酷日下的沙漠上。舞台上讓我們看到他們是殊途同歸。一個是世俗的、骯髒的、愚昧的、貪婪的。另一個是超然的、清淨的、智慧的、寡慾的。他們在走向西天極樂世界的路上，竟同樣的衰弱與渺小。在至道之前，人類的形象，恐怕正是如此吧？

在內在精神方面，與外在成一相反的對比，那就是，同歸殊途。因為極樂世界予人的解釋、意會，都會因人而異。乞丐認為極樂世界若無醇酒美人是不可思議的事，和尚追求的卻是一片清涼。恍惚中，和尚似乎到達了他一路追求的歸宿，但那只是他心中的境界，在現實世界中，仍然是酷熱中的沙漠。和尚圓寂了，乞丐還是一拐一拐的朝著西方走去，他取走和尚的水壺與拐杖，在生命的過程中，他常常要和尚捨他一口水吃，但和尚自顧不暇，現在他可有水吃了，但又挨得了多少路途呢？看起來他也走不了多遠的。

極樂世界便是他們要去的「西天」，對我們來說，西天與死亡同義，死與極樂放在同一個喚作「西天」的意象上，相斥卻又相融。生命本無貴賤，只有在以極端簡化的時空環境中，我們才能清晰的悟出這一點來。兩個角色的獨白很多，但是並沒有說教的，或為譁眾取寵而離經叛道的說詞，作者之洞明世事，由此可見。技巧上這是一齣全集中最平實的戲，也就是說最容易看得懂。合西天與死亡為一，倒真是合乎情理而又出乎意料。佛門中云，正果存乎一心，明乎一念，恐怕極樂云云，也不過如此平常。但這一點和尚雖然得了卻未悟及，不免還是蹭蹬了多年的人世；至於乞丐，終究跟和尚一般的懵懂。作者對於生命既無否定也無肯定，留下的仍是一片空白。

在大蟒的肚裡

第八齣《在大蟒的肚裡》，以巨蟒的腹腔，表現孤絕於人世時空之外的環境背景。巨蟒頗有成分類似第二齣戲的獅子，象徵著終不可免的，一片漆黑的最後命運。馬森就在如此的時空環境中試煉「愛情」的真意。這齣戲讓人聯想到沙特的獨幕劇「地獄」，那個地獄是一間客廳，與人世間的客廳唯一的差別，是再也走不出去了。大蟒的肚子就是一個再也無法超越掙脫的漆黑的環境。一男一女就是被大蟒吞了的人，他們在這裡相遇、相愛、永生永世的相伴相隨。在劇情推進過程中，還有群眾，一群與男女主角一模一樣，忽隱忽現的群眾。也是男女主角的化身，不外乎「一個男人，一個女人」的關係組合，作者同時藉此說明了在大蟒肚中徹底孤絕的理由。

不可否認的，人生中的無常太多，愛情是少數無常中最最飄忽無常的一種經驗，因此愛情常是人生中最玄奧也是最深刻的經驗。如果我們把愛情放在與至道同等的層次來看，很容易發現愛情也與至道類似，是一件人見各殊的東西——作者所持者，應該是這樣的一個看法。

不過愛情的珍貴也正由其人見各殊而來，由「不過是一男一女」到「不可說」，中間又是遼遠無限，但是這一齣帶著有悲觀色彩的戲，其實在此很強烈的肯定了愛情之可貴。在表面上，愛情固然是飄忽莫測，內在中，卻含有聖潔的情操；這種真相，由於時空的孤絕而自然浮現出來。

「空虛」是男人女人都怕的東西，然而這個空虛卻是男女之間產生愛情、維持愛情的必要條件。馬森以男女二人為叫做空虛的東西所阻，不得互相擁抱，只有在永恆的時空中永遠的迂迴周轉，極具畫龍點睛之妙。這便是獨到的見地，能在平凡的生命中發現一點不平凡的道理，對於一位劇作家而言，是不可缺少的修養。

除了對於空虛，作者有其鮮明而且獨特之見地外，愛情之難容言詮也是很重要的特色。「話本來就是說不懂的」這句話，在戲裡出現了好幾次，那個「話」，就是說愛情的「話」。點染得不及「空虛」來得鮮明，仍然有其必要的作用存在。難得的是，作者以極冷肅的筆觸，勾勒出人世間極熾熱的心腸。這個萬古常新的題目，在此呈現的，是非悲非喜有悲有喜似有似無似弱似強的風神，愛情之於人生，不正是如此嗎？本劇之首尾呼應，理脈交通，都相當成功。一件作品的產生，作者的功力固然要緊，然而掌握方向也非常重要，對於劇作者，更是重要。這是一齣一開始取材設意便對準了角度的戲，所以一路寫下去，未必費力，效果卻很好。料想作者自己也產生過神來之筆之感吧？這與前面那齣十分吃力又不討好的《蛙戲》，倒很值得比較玩味一番。

花與劍

最後一齣《花與劍》，是一齣讀來比較吃力，也許演來比較容易清楚的戲。是發生在兩堆墳墓前面的故事。這兩堆墳，埋葬的是一隻執花的左手，與一隻執劍的右手。千古悠悠，也不過用代表愛的花與代表恨的劍來涵蓋一盡了。

人物表中，只有兩個人，分別是「鬼」與「兒」。鬼是死者的代表，兒當然是生者的代表了。生者飄泊萬里之後，仍不免在冥冥的招喚中，回到墳前，探詢花與劍——愛與恨——生與死……的奧祕。鬼給他的答案，包含揭露生者的淵源，以及未來的命運。

事實上，不只有兩個人物，「鬼」戴了多重面具，一共四層，分別是「母親」、「父親」、「父親的朋友」跟「鬼」，而最裡面的這一層「鬼」，象徵了每一個人的「心」。這樣看人物關係，當然就相當複雜了。更進一步的是，「兒」與「朋友」的角色可男可女。也就是說，「兒」可以是兒子，也同是女兒。「朋友」可以是母親的男朋友，也同時是父親的女朋友，雖然他在形象上還有「黑鬚」。僅僅以兩個人物，要演出這麼多的形象與關係，單從劇本中捕捉，就有點吃力，如果是在舞臺上表現，耳聞目睹中，就不太會在意識中混淆不清。

馬森的這齣戲，予演出者許多表現創造的機會，但是不至於失掉原來劇作的題旨，這跟《一碗涼粥》不同。照馬森在後面的「對《花與劍》導演的幾句話」所說，這是一朵不像花的人工花，這裡就已經充分的提示出來，把有生有死有愛有恨的東西透過藝術的手法加以凝固，就難免人工花的味道。如故宮博物院中的白玉苦瓜，為名匠的傑作，他們創作的是比真實更真實的東西，而那個「人工」，也正是因此而來。如果我們要把愛與恨當作一個永恆的題目來檢討，就勢必會面對著疑幻疑真的境況。

馬森又提到希望飾「鬼」的演員聲域要廣，最好能用不同的聲音代表不同的人物。這一點顧慮，對有些導演也許是不必要的，幾層面具的人物仍可在暗中移換，有經驗的導演可以處理得讓觀眾覺察不出。在此之所以要提出這一點，是要讓有興趣把這齣戲搬上舞臺的演出者，不要因為演員問題可能發生的困擾，而陷於膠著趦趄。

這是馬森在本集中最得力的一齣戲。愛與恨的一體兩面，藉著左手與右手、花與劍等的描述，表現得淋漓盡致。另外一點也是作者獨具慧眼之所見：倘若要逃避愛與恨的苦惱，就會變得「無生無死」而不存在。只要有生命，就必須受到愛與恨的羈絆牽纏。以「鬼」來表現人世的多姿多樣，層層面具象徵我們自己都弄不明白的這顆心。作者濃縮的技巧，充分的在這齣戲裡施展出來。孩子扯下父親穿過的袍子，擲向幽冥的燈影，但自己就餘下赤裸裸一無所有，而且不知何去何從了。愛與恨是亘古以來直至永遠，人類無從逃遁的煩惱源頭，然而，也唯其如此，才能證實生之所以為生、死之所以為死，每一個執著生命的人，都同時是至道的守護者與犧牲者。

這齣戲是既有門道又有熱鬧的戲。森森鬼氣可以使舞台氣氛凝集得十分有力。層層面具剝示出層層關係與各個事件，戲劇性極強，其哲理性又能與戲劇性交纏運行，不見節外生枝或是故作驚人之筆。有興趣演出的人，不妨先選這齣戲試試看。

結論

談過了馬森的九齣戲，再回過頭來看看馬森劇作的共同特色如何。

在技巧上，馬森是很西方的，在現代戲劇這一方面，中國的發展實在比不上西方，融合西方的技巧，來表現自身之所思所感，比較能夠做到精確。他的演員用得極省，場景也極簡單，便於演出。有的戲可以四面坐人圍著看，每齣戲只要能有二三十個觀眾也就可以順利演出。他並不要求有特殊戲劇訓練的人做演員，至少這本獨幕劇集中表現得是如此。比如說常是用面具來表演，對白有強烈聲音表情之需要者也不多。但是馬森的戲需要好一點的導演，否則難以掌握他要表達的氣氛與特殊的趣味，氣氛與趣味是差之毫厘去以千里的。因此導演不僅要有充分的現代戲劇方面的體認，文學與哲學的修養也變得很必要了。馬森的對白雖常有詩劇的韻味，但不至於不近人情，讓人覺得肉麻，很奇怪這位去國將近二十年的遊子居然對於國語還保有嫻熟的駕馭能力。

在思想上，馬森的哲理氣息很濃，他特別關心一些根本的大問題，為生與死、愛與恨、真與偽、現在與過去等等。於是就難免不泛出悲觀的色調，因為這些問題的答案是尋不到的，至少樂觀的答案是尋不到的，只留下一個又一個的疑問。「大同異」真的是馬森思想的一大特色，他的作品，讓人覺得可以在任何地點、任何人群中發生，馬森具有觀照萬物的哀憐與無奈，若有哀憐而無無奈，則只能申述哲理，但他的獨幕劇中還顯示不出成一家體系的哲理。若有無奈而無哀憐，無疑的只能充作一個「流行作品」的作者而已。由此可見他的戲劇作品也恰如其份的顯示了他恰如其份的生命感觸，這些感觸有寂寞的調子，然而是很多人共有的寂寞。他的作品，只要有疏導，我們的社會是可以接受的。

現在看來是個電影與電視的時代，但如果我們沒有經常性的、夠格的舞台劇的演出活動，就難以帶動電影電視戲劇表現的品質。歐美的許多國度能夠保有高水準的電影電視戲劇，與他們極普遍的劇場活動有密不可分的關係。馬森的劇中倒是十分適於小劇場運動的推廣之用，已經有人開始了，不要輕易斷絕了才好。如果能夠藉著這一本浮雲遊子的創作，使我們的小劇場運動開花結果，本著不是另齣悲喜劇的展開。

戲劇文學的建立

——讀《馬森獨幕劇集》

林清玄

多年來，現代文學的發展，發生了一種奇怪的現象，小說、散文、詩歌均急速的成長，同時傳統文學主流的戲劇文學，卻日漸沒落，甚至到了即將消失的地步。

戲劇文學的沒有進展，使現代文學發展的多樣性受到阻礙。搬到舞台演出的戲劇固然絕無僅有，以文字寫成的高水準劇本更加鳳毛麟角。

一方面，是整個社會娛樂品味的問題，工商業的高速進步，減少了人們沉思的時間，大家寧可追求浮面的影視娛樂，不肯看用腦的戲劇文學；一方面涉及到創作人的問題，純粹的戲劇文學沒有發表的機會，有心從事創作的人，不敢全心投入戲劇創作。兩種因素相因相襲，致使戲劇文學創作一日不如一日。

我們從近年來報章雜誌刊登的文章，可以看出戲劇創作式微的情形，即使有少數的創作，也囿限於扭曲古人原味的所謂中國宗教劇，或者是缺乏現代精神的傳統戲劇之再創作。

在舞台上，公演的全是外國的戲劇名著，即連大學的戲劇系，也從未有學生創作的戲劇被拿來公演。這種現象不禁讓我們疑問：難道我們就沒有能代表現代人精神或意識的中國戲劇嗎？

這種疑問的心情，使我們讀到《馬森獨幕劇集》時，心頭不禁燃起一點希望，以及一些欣喜。

馬森在書的序文〈文學與戲劇〉中，對於他戲劇的創作態度有所說明：

「我以為一個文學作者或藝術工作者服務人群的最好方式，還是說自己要說而想說的話。只有別具用心的人才一味把群眾侷限在一個固定的框框中，認定了群眾只配接受某種樣式，而絕不能接受他種樣式。好像說群眾只配喝小米稀粥，絕不懂得清蒸魚翅的滋味。於是大家都該來煮小米稀粥。要是誰膽敢為群眾燒一味清蒸魚翅，就是冒犯了群眾的口味，犯下了脫離群眾的大罪。」

這雖是馬森對戲劇的群眾性與獨特性的一些觀感，多少也反映了他自己獨自走向獨幕劇創作形式的心態。

在他觀賞西方現代戲劇時，發現東方人面對文學、藝術的「感覺」幾乎是窒息的，總缺乏一種放縱自肆的氣息。因此，他訓練自己自由運用感覺，使自己的心態最接近現代劇的精神，他寫道：「經過了五六年的醞釀與消化，才在西方現代劇的基礎上摸索出一些更適合於表現自己感受的方式。」

這本集子便是馬森以他的現代感覺寫的九部獨幕劇，在形式與精神上，都與中國話劇的傳統大異其趣，全是反映現代人在時代變異中所表現出的衝突、徬徨與苦悶，因為形式簡單，篇幅短潔，使這些劇本在情緒的凝鍊性上把握了很好的效果。

《一碗涼粥》裏，馬森藉著丈夫叫妻子喝粥的小事引發，對於現代人父母子女間的隔閡與上下兩代間對愛情看法的不同有深刻的描寫，馬森使用的是意識流的手法，由父親同時扮演兒子，使兩代在衝突性中還有緊密的相連，益發使人感覺到一種現世的悲涼。最後的奇突高潮，充分的運用了「一碗涼粥」的意象，丈夫告訴他的妻子：「別愁啦，孩子他媽！愁死也沒用的，快來喝碗稀粥吧！」

在這幕劇裏，我們感覺到在現代社會的進程中，「祖宗的香煙」還比不上一碗涼粥哩！在《獅子》一劇裏，馬森藉著兩位十年不見的老朋友，講出了他看到的社會，他說：「到了沒有別的路，你不做詩人，就做獅子！」而詩人是要給獅子吃掉的。這裏的獅子指的不只是政治，而是整個社會現象。

他說：「人麼，飲食男女，就是這麼檔子事兒！有時候我真覺得我們不過是活在一片茫茫的黑暗中，沒有方向，也沒有點亮光。……我們能抓到什麼就是什麼，能撕的就撕，能毀的就毀！我們的血是得用血來養的。我們真是跟野獸差不多了。」

馬森的文筆是詼諧中帶著一點悲傷的，他的語言和思想像一條奔湍的河流，把我們引進一種前後空茫的傷感之中，這些，在《蒼蠅與蚊子》一劇中表現得最深刻，他藉著兩隻異想天開的蒼蠅蚊子的對話，把現代人的好高騖遠、殘忍自私、不自量力的特性全用一種節奏明快詼諧戲謔的語言刻畫出來。

《弱者》一劇裏，馬森筆鋒一轉，寫一對夫妻，丈夫是小職員，妻子患了些微的歇斯底里症。丈夫時時刻刻夢想著有了錢要買一片麥田，妻子則認為「人生不過是這麼一回事兒，所以活著的時候不能沒有冰箱、電爐、吸塵器、洗衣機、電視機，死的時候不能不死在車禍上。」

在這裏，丈夫的金黃色麥田代表的是農業社會的生活方式，妻子的機械生活方式是現代工業化的，最後逼使丈夫不得不自殺而死——這幕戲題名為「弱者」，相當有嘲諷的意味，是一種面對工業社會的無可奈何。

《蛙戲》一劇，馬森把蛙擬人化，又把牠們畫分為悲觀的蛙、貪財的蛙、強盜蛙、愚笨的蛙、聰明的蛙、嫉妒的蛙、美人蛙、天才的蛙，他藉著群蛙來描寫現代人生活的百態，牠們都囿限在自己個性所表現出來的生活圈子裏，最後群蛙在天才蛙的領導下要「共同為生活找出一個目的」，群蛙以頭撞樹，直至含笑而死，描寫現代人英雄崇拜的性格真是針針見血。

馬森的現代感覺，有時候不能很明確的捕捉到他想說什麼，但是這種特色益發使他的戲中閃爍著一種神秘的、游移的情愫，在《野鵓鴿》這幕戲中就有這種特色。

父親母親吃著孩子變成的野鵓鴿肉，是對兒子奉養父母的傳統提出一個問號，他很沈痛的問道：「養兒子不是為了吃又是為什麼？兒子不應該養活老子的嗎？咱爹不是養活過咱爺爺嗎？咱不是又養活過咱爹嗎？可是到了咱那孩子，快輪到養活咱的時候，他，他飛了！」

到《朝聖者》一劇，馬森以對立的手法，處理一個老和尚和一個乞丐追求「西方淨土」的極樂世界。大和尚是希望到西天去唸佛，小乞丐到西天是為了「吃紅燒肉，穿好衣服，和王母娘娘座前的仙女睡他一覺」，這是現代人價值觀的兩個極端，而且兩個價值觀都不是很正確的。馬森雖然沒有加以批判，但是他最後使老和尚睡在沙漠裏，小乞丐則取了和尚的水葫蘆和拐杖，一步一拐的走向「西天」，帶著一種嘲諷的懸疑。

現代人在面臨男女愛情觀念轉變時，常常在情感世界中有一種扭曲的面貌，便是：在現代社會裏到底有沒有愛情？

《在大蟒的肚裏》一劇中，馬森對愛情觀念做了深刻的探討，他甚至讓我們看見在大蟒肚中的一對男女，因為扯去了社會與環境的假面具後，是如何的對愛情生出驚恐和懷疑——

男：愛情原來是這麼一種東西！
女：是什麼東西？
男：是種想像的東西。其中只有一件是真實的。
女：那是什麼？
男：那就是我是一個男人，妳是一個女人。
最後，馬森讓這一對在大蟒肚裏的男女繞著舞台，永遠也沒有始終，保持一定距離的旋轉。

最後一劇《花與劍》，形式上的懸疑及內容上的詭異與芥川龍之介的《羅生門》極其相近，他探討了帶著面具的現代人的內心世界，兒子夾在父親、母親與情夫之間，使他認不清真相，整個價值體系也錯亂了，然後他很痛苦的問：我的路在哪兒？

就問題的探討而言，《馬森獨幕劇集》有幾個很明顯的特色：

一是沒有結局，九部戲劇全是以現代手法處理現代人的素材，最後的結論都是懸疑的，讓人有謎樣的感覺，他把問題的空間與舞台析離出來，使我們讀到結尾非但不能得到解脫，反而生出一個（甚至幾個）沉重的問題。

二是富有張力，劇中人物雖是簡單，卻都是對立的、衝突的，不只是形貌上對立，而且是觀念的衝突，益發顯得驚心動魄，在對立中我們見到人一樣的血肉，一樣的欲望，以及一樣的幻想與夢境——一種基本生機的表相。

三是意象豐富，舞台上的人物與擺設永遠是簡單的，他們對話所造成的奇突發展與豐富聯想永遠是複雜而活躍的，因此具有非常引人的素質，它的題目與內容雖不絕對相關，更表現出作者捕捉意象、把握情緒的豐富性。

正如同馬森自己說的，這些戲好像一朵不像花的人造花，雖不像現實中的任何花朵，卻是一朵比真花更真的花，是一種「無中生有」，而所有的藝術創作都是無中生有的。

讀完《馬森獨幕劇集》，固然使我們因久無戲劇作品而見獵心喜，但是從更深一層看，我們的戲劇文學確實相當貧弱，回顧五四年代，戲劇文學曾有過一番輝煌的盛況，胡適、郁達夫、徐志摩、王統照、郭沫若等文壇健將全投入過戲劇文學的創作，不但演出時大受歡迎，作品也流傳甚廣。

讀馬森而瞻望今日臺灣戲劇，我們是不是應該有所警醒，期待現代的戲劇文學的建立呢？

轉載《在暗夜中迎曦》，一九七〇年，時報出版

中國第一位荒謬劇場劇作家

——兩度西潮下六〇年代至八〇年代初期的馬森劇作

林偉瑜

前言

馬森，為文學家、小說家、劇作家、戲劇理論學者、文化評論者。從其劇作家和戲劇理論家身分來看，多年來他所創作的劇本和出版的大量戲劇相關著作，加上長年於大學院校授課，以及身為官方經常諮詢的對象，種種皆顯示出：他在臺灣的現代戲劇發展上的影響已是無庸置疑。本論文主要的重點為確認馬森為中國第一位荒謬劇場劇作家，並以馬森所提出之中國戲劇的兩度西潮觀點，來檢視馬森六〇至八〇年代初期的劇作在兩度西潮中的地位和重要性。

兩度西潮論

由於本文涉及馬森的兩度西潮觀點，因此在探討他的劇作前，有必要對其兩度西潮觀念作一概述。馬森在他許多的文章和著作當中，不斷地提出和重複一個重要觀點：即中國現代戲劇發展上的兩度西潮。簡而言之，他認為中國現代戲劇的發展上受到了兩次西方的影響。第一次是在於二十世紀初話劇第一次進入中國和臺灣，這一次西潮最具影響性的是寫實主義戲劇，然而由於對西方寫實主義戲劇的不完全了解，以及當時的政治需求，因此出現的大多數寫實主義戲劇，多是屬於類似寫實主義戲劇的作品（也就是馬森所指出的擬寫實主義戲劇作品），而並非真正的寫實主義戲劇劇作。

爾後，由於連年經歷國內外戰爭、冷戰時期以及文革，中國大陸本土阻絕了與西方世界的交流，至文革後，才又重新和西方世界進行交流。另一方面由國民政府統治下的臺灣，仍與西方世界保持一定的聯繫，馬森認為中國現代戲劇的第二度西潮，在六〇年代的臺灣開始出現較清楚可被辨認的面貌，並持續至今，這一波西潮在戲劇的特徵，主要是在於跳脫第一度西潮的寫實主義和擬寫實主義的話劇風格。在第二度西潮中，影響臺灣的戲劇最大的，以現代主義以及後現代主義的戲劇美學風格為首要，在此波西潮中處於先驅地位的是幾位六〇至七〇年代的劇作家，他們是姚一葦、馬森、張曉風和黃美序等。至於中國大陸的現代戲劇，則在八〇年後才有較明顯第二度西潮的現象。

馬森的兩度西潮生命歷程

馬森之兩度西潮論的正式提出，始於一九九〇年他撰寫的論文《中國現代戲劇的兩度西潮——從臺灣的舞台發展說起》。不過就其著作年表來看，此觀念的形成時間應該更早；一九八五年他於《新書月刊》發表了〈中國現代小說與戲劇中的「擬寫實主義」〉而擬寫實主義則正是馬森兩度西潮中第一度西潮的主要內涵。

此外，根據筆者在二〇〇二年八月對馬森的訪談中，他提及，雖然兩度西潮觀念實際訴諸文字的時間較晚，但此觀念的形成應是他一生生命歷程下的產物。馬森生於中國大陸山東省的一個小縣城——齊河縣，在進入中學之前，他的生活環境中缺乏明顯代表現代化的事物，沒有自來水和電，生活模式仍停留於農業社會的舊中國，即便一般人家的穿著仍是傳統服飾。直到中學時期，他到了城市地區——濟南，才初次接觸到當時現代化的代表物「燈泡」。由於戰亂，他前後換了好幾個中學校，其中也曾在北京上過一年多中學。馬森中學時期受到五四思想的影響極大，他自承：「在思想上我們是五四一代的新思潮孕育的兒女。」（《馬森作品選集》頁二八三）自小學時期便開始閱讀他父親留在家中的一些五四作家的書籍。

到了臺灣以後，師範大學國文系和研究所的背景，也建立馬森文學和國學方面一定的基礎，演話劇的機會從中學到大學一直都有的，演出的內容，除五四後的大陸劇作，如曹禺的作品同時也演國外的翻譯劇作。當時的演出風格，當然是承襲他所說的擬寫實主義的話劇風格，舞台上說的語言也是盡量以國府遷台前流行的北京腔為主。爾後在一九六〇年考取法國政府獎學金，於一九六一年赴法深造，自此展開近三十年的旅居海外生涯。一九六一至六三年他在巴黎攻讀電影和戲劇，一九六三年起，他成為巴黎大學漢學研究所的博士研究生。一九六七至一九七二年在墨西哥學院任教，一九七二至七九年間在加拿大攻讀社會學博士並於獲得博士學位後在加國執教兩年，一九七九至八七年間於英國倫敦大學任教，當中一九八一至八二年間曾至中國大陸、香港與臺灣講學，一九八三至八四年回台於當時的國立藝術學院客座一年，最後於一九八七年回台定居至今。

馬森生於一尚未進入現代的環境，爾後經歷了中國「現代化」的過程，與現今中生代和新生代的開始生於「現代」時空比較，他更能體驗現代化對一個個體在精神上和物質上的實際意義與感受，也就是說，現代「化」／西「化」對他不只是一個知識理解上的課題，而是生活上的客觀存在。

馬森在六〇年代初期至法國時，正逢荒謬劇場風起雲湧之時，他提及當時的法國劇場界籠罩著相當濃厚的存在主義和荒謬劇場氣氛。雖然五四對他的影響甚鉅，但他認為在法國居留期間所接觸到的存在主義思想，卻更是貼近作為一個人類個體的生命情調，因此他自承是個存在主義者。由於所學的是電影，和劇場與表演也就相當接近。除了經常欣賞法國荒謬劇場，馬森也提及，由於當時他拍攝電影上的需要，經常與法國的舞台劇和電影演員接觸，因此與當時的劇場也就有著直接的互動。不過在居留法國期間他並沒有創作舞台劇作，一直到墨西哥執教時才有機會寫下好幾個荒謬劇劇本。

從上述馬森簡要的生命歷程來看，不難看出，實際上其一生可說是他所提出的兩度西潮的縮版，年少時於中國大陸和臺灣接受濃郁的五四思想。寫實主義被許多五四知識分子奉為圭臬，馬森既浸淫於五四思潮中，當然寫實主義的文學和戲劇對他也產生相當大的影響，若說燈泡、電等現代化產物給予馬森身體上經歷現代化的起點，而伴隨五四而來的寫實主義應是馬森思想與知識上進入現代化的重要基礎。直至六〇年代起的長期旅居海外，置身於一物質上完全現代的西方國家，同時在思想上和美學上，遭遇現代主義與後現代主義之交的時刻，兩度西潮給予他的影響除了是從物質和生理層面，經驗與理解何謂現代人，同時也給予他機會發覺自己屬於現代人的靈魂。從舊中國，到歷經現代化，再至全然現代化的西方國家，馬森的兩度西潮論可以說是源自他生命的深刻體認，而絕非僅僅是從書文典籍中歸納出來的學術論點。

六〇至八〇年代初期馬森劇作在兩度西潮中的地位和重要性

一、中國第一位荒謬劇場劇作家

以時間先後來看，兩度西潮開始至今的臺灣現代劇作家當中，馬森是第一位荒謬劇劇作家，他在一九六七年便寫出第一個荒謬劇《蒼蠅與蚊子》。姚一葦在一九六五年所寫的《孫飛虎搶親》已跳脫出擬寫實主義的框架，寫出具有在當時相當超前的非寫實風格，因此馬森稱他為兩度西潮的寫出「新戲劇」的第一人，但是就劇作風格看來，姚的作品融雜不同的風格於內，寫實與非寫實交雜，但馬所寫作的《蒼》劇，在形式上即是相當純粹的荒謬劇場作品。至於中國大陸，由於兩度西潮的開始遠比臺灣出現得晚，荒謬劇場劇作的出現也是八〇年以後才有的，因此馬森可說是中國的第一位荒謬劇場劇作家。

在《腳色》（《馬森獨幕劇集》增補版）中，收錄了馬森從六〇年代末期、七〇年代以及八〇年代初的劇作，內有《蒼蠅與蚊子》〈一九六七〉、《一碗涼粥》〈一九六七〉、

《獅子》（一九六八）、《弱者》（一九六八）、《蛙戲》（一九六九）、《野鵓鴿》（一九七〇）、《朝聖者》（一九七〇）、《在大蟒的肚裡》（一九七二）、《花與劍》（一九七六）、《腳色》（一九七八）、《進城》（一九八二）。這些劇作多寫於他旅居墨西哥、加拿大和英國期間。這些劇本風格內容基本上都很統一，都是屬於荒謬劇場的劇作。

一般而言，荒謬劇場戲劇的特徵基本上為：

1. 以存在主義為哲學思想基礎。

2. 劇情結構：缺乏邏輯和內容的單一性（singular content，）也就說一般現代戲劇和傳統西方戲劇中，多以因果（cause and effect）邏輯為基礎來推展劇情。荒謬劇多不理會劇情內容的因果性，也就是說，荒謬劇沒有寫實主意戲劇慣有的複雜情節，諸如主情節副情節等。荒謬劇通常只是一個單一的狀況或事件，而且經常是人物的對話和行為在這一狀況內不斷地重複，旨在強調人類世界的單調、重複性和人類處境的可悲，例如貝克特的《等待果陀》，全劇的內容不過是兩個人在一處等待一位叫果陀的人，全劇的內容並不以劇情開展為主軸，人物間的單調、重複性的對話幾乎才是全劇的主體。

3. 人物：缺乏動機（motivation）、無目的性（purposelessness）。

由於劇情缺乏因果性，荒謬劇人物也就沒有一般戲劇中所強調的動機，或者動機的展現相當隱晦，無法辨認，因此劇中角色經常發生無意義的、給予人精神異常或不可思議的對話，如伊歐涅斯科在《禿頭女高音》中，開場第一對夫妻的對話便是一連無意義，甚至是無邏輯關係的對話，而另一對夫妻長年終日的婚姻生活下，竟不認識對方。在荒謬劇場中，人物的作用可以說是「表演」（performance）的功能多過於展現亞里斯多德所說的「動作」（action）（*Modern Drama in Theory and Practice*，頁一二七）。

4. 丑角式人物和喜劇性：荒謬劇中的內容多以一對喜劇性或丑角式人物的對話作為基礎，如貝克特《等待果陀》和《終局》中的兩個流浪漢、Pozzo和Lucky、Hamm和Clov、Nagg和Nell；伊歐涅斯科《禿頭女高音》和《椅子》中的夫妻，相形之下，《犀牛》雖複雜許多，但我們若仔細檢視其幾個重要場景中，表演單位的人物也許多以兩兩一對為表演核心，如劇中的主角柏連傑和哲安為一組，老紳士與邏輯學家為一組，柏連傑又和杜達為一組。人物的對話多以問答和辯論的模式進行，內容一般含有一定的荒謬性和戲劇性效果，兩個人物也經常是在問答、辯論、打鬧間進行對話，對話內容經常來來回回重複已說的話，同時對答的內容也常引人發笑，有點近似中國宋代《參軍戲》中參軍和蒼鶻的一對丑角原型，也與近代中國相聲兩人的問答的對白模式也有異曲同工之妙。由於這樣的喜劇性格，荒謬劇不乏啟用喜劇演員來擔任的例子，如美國第一個《等待果陀》劇演出的其中一位流浪漢，就是由一位專業的雜耍喜劇演員來擔任（*Modeern Drama in Theory and Pactice*，頁一二七）。

由於有丑角式人物，加上對話的荒謬性，因此不少荒謬劇場劇作一般多透出喜劇性，然而這種喜劇性所引起的笑卻並不是為了傳達歡樂，而是為了更顯出其可悲。

從馬森《腳色》一書內的劇作，我們可以完全地比對出馬森是一位荒謬劇場劇作家。首先，馬森本身是一位存在主義者，除了與筆者的對談中，他曾清楚地表達其人生思想上的屬性，此外，在他的文章中，實際上也透露出身為存在主義者的人生態度。他說：

> 我既不相信佛家的輪迴，也不能認同基督教的靈魂不滅，在我的心智可理解的範圍之內，我以為生與死之間是一個人唯一的一次存在的機會。人在偶然的機遇中來到這個世界，並沒有先決的責任，也沒有一定的使命，好歹全靠自己的安排。人既有這種先天的自由，豈不正擁有自我創造、自我完成的良機？是在如此的思辯下，我才不肯輕易放過每一分、每一秒自我完滿的機會。（《東方戲劇、西方戲劇》，《馬森戲劇論集》增訂版，頁一一至一二）

但是在劇作上，荒謬劇場劇作家雖然於思想上服膺於存在主義，但卻與存在主義戲劇作品有著極大差異，如卡繆和沙特等的存在主義劇作，除了展現人存在的荒謬性，同時也意圖展現人類是自由的積極態度，因此仍主張人可在荒謬的世界中尋找出一條屬於自己的道路。但荒謬劇場內容上僅是著重表現生存的荒謬和否定現世的一面，而不在於積極地找尋出路，同時形式上也是有著前述特有的荒謬劇作形式。馬森的劇作，除了和其他荒謬劇劇作家一樣，在形式上有荒謬劇場作品的特色，內容也同其他荒謬劇一樣，著重於表現生存的荒謬和否定現世。

這十一個劇作中，情節內容均呈現出一種單一性，情節都相當地薄弱，甚至說不出一個容易描述的劇情，實際上，最多只是一個狀況；如《一碗涼粥》和《野鵓鴿》劇中，只是兩夫妻的關於失去兒子的對話；《在大蟒的肚裡》的一男一女關於愛情的對話；《弱者》也只是夫妻爭執該不該買車的對話，即便劇中的夫自殺，然而卻還是以鬼魂角色和妻繼續進行同一個話題的對話；而《進城》更是一對兄弟坐在車站討論該不該進城去。這些人物的對話內容，最後並沒有對全劇引導向一個改變或得出一個結論，一切還是與戲劇開始原來的一切並無太大變化，其他的劇本基本上也都沒有太清楚的情節。

在結構和對話方面，馬森大部分劇作也和典型的荒謬劇一般，呈現出重複、螺旋式循環劇情結構和對白、缺乏意義和單調性，人物的對話和爭辯也是在不斷地循環重複下進行。以《一碗涼粥》為例此劇始於一對老夫妻喝粥的對話，全劇並無劇情的開展，我們僅能夠透過人物對話了解老夫妻因反對兒子娶妻之事而失去他們的兒子，兩夫妻進而終日活在不斷回憶和不斷地重複、循環同樣內容的互辯與自問自答，在這種循環式的對白中，話語的邏輯甚至經常造成一種錯亂感，舉當中一段夫妻的對話為例：

夫：看我不砸折你的腿！別看我只有這麼一個兒，你要是不按祖宗的規矩辦事，我寧願不要兒子！

妻：祖宗管不了後代的事！（筆者注：這個地方妻是以兒子的腳色聲調和夫對話，所以這裡的妻是代表兒子）

夫：（盛怒地）這不是造反了嗎？養兒養女還不是為了要繼承香煙？你這忤逆的，看我不把你打殺！（舉手要打）

妻：（突然改用自己的語調）孩子他爹！孩子他爹！這是咱的孩子啊！咱就這麼一個，（托住夫的手）饒了他吧！饒了他吧！（與夫掙扎）你看他跑到雪地裡去，這麼冷的天……這麼大的雪……他跑到雪地裡去。

夫：他跑了就別回來，回來我還是得打殺！

妻：（憂慮地）你真的把他打殺？

夫：不是你叫我打殺的？（以下兩人越說越快、越說越急）

妻：沒有！沒有！我可沒叫你這麼幹！

夫：是你說有忤逆的兒子不如沒有！

妻：是你叫我這麼說的！

夫：沒有的事，我可沒叫你這麼說，兒子跑了就算了！

妻：可是你說兒子跑了對不起祖宗！

夫：是你說祖宗的香煙要緊！

妻：是你說咱們活著是為了祖宗！

夫：是你說兒子是祖宗生的！

妻：是你說兒子是兒子，祖宗祖宗！

夫：是你說祖宗是祖宗，兒子是兒子！

妻：是你把兒子趕跑的！

夫：是你把兒子打殺的！

妻：是你叫我幹的！

夫：是我叫你幹的！

妻：是你打殺的！

夫：是你叫我幹的！

妻：是我叫你幹的！
夫：兒子可是死了！
妻：死了的可是兒子！
（《腳色》頁二八至三〇）

整個劇內容只不過是兩老夫妻的兒子愛上他們反對的女人，因而被他們在大雪天中趕跑，進而造成兒子的死亡。所有的對話，盡是人物反反覆覆的這個事件上的相互爭辯和回憶。

再以《腳色》一劇中的一段對話為例：

乙：（向甲低聲地）別忙打瞌睡！趁孩子們睡了，我們可得弄清楚，我不明白你為什麼不肯做爸爸？
甲：是你不肯做爸爸，還要賴我！（委屈地）我給你做了一輩子的老婆，想不到到頭來還叫你倒打一把！
乙：咦？這可奇怪了！我替你做了一輩子的飯，老婆到被你做了？真是奇事！
甲：真的嗎？飯是你做的嗎？

乙：（忽然懷疑地）哦？難道不是我做的？

甲：我倒記得飯是我做的呢！

乙：你想你沒記錯？剛才你還說從來沒見過我呢！

甲：（恍然地）哦，我可記起來了，飯是我們兩個人做的。

乙：（也恍然地）啊！不錯不錯！飯是我們兩個人做的，一個人一天，對不對？

甲：可不是嘛！不過，衣服可都是我洗的。

乙：你洗的？（不然地）我倒記得都是我洗的。（伸出雙手）你看我的手指頭這麼粗，都是洗衣服洗的。

甲：（也伸出雙手）你看，我的手指頭細嗎？

乙：（湊前端詳）好像也挺粗的。

甲：沒洗過衣服，會有這麼粗的手指頭？

乙：可能你也洗過衣服。

甲：（恍然地）啊！我記起來啦！衣服也是我們兩個人洗的。

乙：（也恍然地）啊！可不是嘛！衣服也是我們兩洗的，一人一天，對不對？

（《腳色》，頁一〇至一一）

甲與乙在《腳色》一劇中的對白，多半為類似上述的模式，爭辯誰是爸爸，互問爸爸在哪裡，會不會回來、什麼時候回來等問題。

另外，在劇中，時間感幾乎是不存在的，這十一個劇作均存在這種無時間感的現象，實際上，缺乏時間感也是荒謬劇典型的特徵之一，在許多的貝克特和伊歐涅斯科的劇作中，多半無法辨認出清楚的時間性，如果有時間感，也是一種循環的時間，例如白天爾後黑夜，黑夜爾後白天。大多數的對白也是循環重複的，多半是兩個角色不斷地重複類似的提問和回答，整個劇中的內容便是在這種螺旋式循環中往前開展，但是諷刺的是，戲劇內開展的結果通常都是導向此劇開始時的狀態，人物並沒有透過內容的發展而產生改變，劇中人也沒有得到一般戲劇慣有的「結局」，例如《進城》中的兩兄弟，從戲開始就在車站等車，但到了劇末他們沒有上車也沒有回家，仍是和一開始一樣繼續等車；又如《一碗涼粥》也是一樣的，劇的一開始：

夫：好了，好了，別再愁啦！愁死也沒有用的！快來喝粥吧！

妻：（不語也不動）

夫：你看，粥都涼啦！喝了涼粥是會拉肚子的！

到了劇末，仍是回到劇初的對話：

夫：（關切地）別愁啦，孩子他媽！愁死也沒有用的（來到鍋前，舀一碗想像的粥放在桌上）快來喝粥吧！

夫與妻以喝粥開始，中途不斷地重複要喝粥的對話，但劇末，那一碗粥始終沒有被喝掉，只不過每次提起喝粥，即重複性地引起關於兒子死亡的對話與爭辯。

此外，馬森劇中人物和荒謬劇的人物一樣也同樣地大多缺乏清楚動機，如《一碗涼粥》、《獅子》、《野鵓鴿》、《在大蟒的肚裡》、《進城》等這些劇中人物多半展現出一種存在的無目的性。這十一個劇本中的人物，除了《蛙戲》，其他幾乎毫無例外，都以兩兩成對的人物對話為表演基礎單位，即使是《腳色》一劇中有五個角色同時在舞台上，但仍可看出其中的甲和乙仍形成主要的對話核心，其他三人比較像是一組合唱隊的唱和功能。而這些成對的腳色人物，也不乏具有丑角式的形象和製造些許喜劇效果，如《蒼蠅與蚊子》的蒼蠅和蚊子、《腳色》中的甲和乙、《弱者》中的夫妻、《朝聖者》中的和尚與乞丐、《進城》的兄弟等等。

關於馬森劇作中的腳色，他在《腳色》一書的序中，相當清楚地說明出這些劇本中，他發展出「腳色」式的人物，而此腳色式的人物創造是馬森認為他唯一有別於法國荒謬主義劇作之處。也就是他強調在人物相對的關係中所扮演的一種特別的身分，換句話說，馬森的人物身分的重點在於劇中人物間的相對關係，他舉例：「同一個人，對父親而言，他是兒子；對兒子而言，他是父親；對老師而言，他是學生；對學生而言，他是老師。事實上一個人在這個世界上沒有固定的腳色，他所扮演的腳色全視特定的時空和相對的關係而定。」（《腳色》，頁八）再者，他又說：「荒謬劇的劇作家企圖通過『符號』式的人物把『人』抽象化了。我的企圖則是把抽象了的人物賦予具體的腳色的特性。所以用腳色來代替寫實劇中的所謂『個性』，正因為個性不過是眾多腳色的總和，捨腳色外，個性也者，只不過是一個空妄的謎語而已！」

由於這種腳色式人物強調的是透過人物相對的關係下來解釋劇中人物的處境，而不像娜拉、凡尼亞、哈姆雷特、李爾王等馬森所指稱的「個性」式人物或「典型」式人物可以在被抽離與其他腳色之關係後，仍能單獨討論此一腳色人物所具之普遍性或特殊性。然而，馬森的腳色式人物在單獨被抽離與劇中其他腳色的情形下將是無法被討論，也無法被辨認，因為劇中腳色之存在狀態與可被辨識性，以及腳色在劇中的意義，是來自於與其他腳色的相對關係所架構出來的結果，因此若想抽離出某一個腳色單獨討論，那麼整個意義將隨之消失，我們也無從理解此一腳色人物。從這一層面來看，馬森所創造出來的腳色式人物不僅在臺灣劇壇，甚至置於世界劇場來看都是相當獨特的。

二、劇作風格的統一與純粹性：臺灣現代劇場於兩度西潮中西化／現代化的重要指標

從上述分析可看出，馬森不論在形式與意識形態上，都是相當典型的荒謬劇場劇作家。六〇、七〇年代同期的幾位受西方第二度西潮影響的劇作家，如姚一葦、張曉風和黃美序，這幾位的劇作風格多呈現出一個共同的現象：多種風格的並置，也就是說同一個劇本中，可能同時出現寫實主義、象徵主義、史詩劇場、表現主義、超現實主義、荒謬主義，甚至是希臘悲劇的手法，實際上，這種多風格的同時援用，應當是臺灣在第二度西潮進入至今許多老、中、青劇作家和導演的共通現象。反而是較為統一風格的劇作和演出並不多見。而以馬森收錄於《腳色》獨幕劇集的劇作來看，這些劇作風格與同期的其他劇作家相比，馬森的風格都較為純粹與一致，也就是說，他在六〇至八〇年代初的作品均為荒謬劇場風格作品，極少摻入其他時期戲劇風格。臺灣劇場界這種多風格並置現象，應當是來自於當亞洲地區在接收西方戲劇的影響時，其劇場人士再度感受到西方戲劇在歷史上發展時間順序感上，一般而言是相當微弱的，也就是說在知識層面上，我們或許能經由閱讀西方戲劇史得知其發展的先後順序，如希臘戲劇爾後羅馬戲劇、伊莉莎白時期戲劇爾後新古典主義、寫主義戲劇爾後象徵主義、表現主義爾後史詩劇場等等；但是就現實經驗來說，由於這些劇場風格的出現非原

生於我們生活的文化傳統範圍，因此我們對這些戲劇先後發展的內在次序的時間感受是極其微弱的。這是因為當我們在認識和學習希臘戲劇和中古世紀戲劇的同時，也正接受到寫實主義、象徵主義和超現實主義戲劇，以及史詩劇場、荒謬劇場和後現代劇場，還有更多更多。

在理性的認知中，我們了解到這些劇場的發展先後，但在我們實際接觸的感官經驗上，這些不同時期的戲劇卻是同時並置於我們的眼前。因此，在日本和中國的話劇史上，都曾有把西方的傳統戲劇，如莎士比亞的戲劇當成是現代戲劇來學習，所以「西化」和「現代化」某方面對亞洲幾乎是同義詞。所以臺灣多數劇作家和導演經常在作品中產生多種不同時期西方戲劇風格元素，也是完全自然的現象，可是這個現象可也恰恰說明了，他們與實際發展中的西方現代戲劇間的距離。

從這個視角來看，馬森作品中風格的統一性，說明了他和當時發展的西方現代戲劇的距離，比起同時期的臺灣劇作家是比較近的。當然，這個距離的遠近並不能用來衡量他們戲劇作品美學成就的高低，可是，在於判斷臺灣現代劇場在兩度西潮中的西化／現代化的程度與現象，這個距離卻是一個相當重要的指標，而且極具歷史意義。

三、在兩度西潮中對中國現代戲劇發展的影響：帶來西方現代戲劇第一手的傳播經驗

若說在兩度西潮中，臺灣有真正來自西方現代戲劇第一手經驗，筆者認為馬森應是先驅，這個第一手經驗是來自於他長時期親身浸淫於西方劇場和西方文化環境，並且透過學校、藝術創作和藝術觀賞，並與當地劇場進行面對面的近距離交流與學習，而這種交流、學習與大部分臺灣和中國的海外留學生是有一定程度的差異。一般留學生對西方劇場的學習主要透過學校系統，而通常也在學業完成後即回國，在他們所呈現西方劇場的作品，多表現在於形式的模擬上，若想進一步讓形式內化於劇作精神，則需要較長的時間讓該文化慢慢地深化於自身的思想之中。在馬森劇作中，我們可發現他對西方文化的學習和交流是較為深刻，因為其作品不只是在美學形式上受到荒謬劇場的影響，而是根本上於思想層面進行了融合。而這種深化程度，也使他對當時的現代戲劇形式和內涵有較正確和深刻的了解。這對於他將荒謬劇場觀念和劇作引進臺灣時，是相當重要的。以日本現代劇的發展為例，西方話劇形式的第一次傳入，是在十九世紀後半由一個非傳統的歌舞伎表演團到西方巡迴演出時，曾看到西方戲劇的話劇形式，待回到日本後，這個團體的負責人便根據自己在西方看過的演出，並加上傳統歌舞伎的手法，開始自行演出話劇。後來他的演出又被其他人所模仿，進而慢慢形

成當時所稱的「新派」（Shimpa）戲劇。但由於這些人並沒有真正在西方長期的學習和接觸現代劇場，因此日本也就無法出現真正的西方話劇形式。到了一九〇六左右才逐漸有學者開始系統地翻譯西方劇作，並開始有演員和留學生到法國長期地學習現代劇場，和親臨當地西方現代戲劇的演出，因此得以將一手經驗帶回日本，才逐漸地在日本發展出真正的西方話劇形式，也就是所謂的「新劇」（Shingeki），所以日本第一個被認為是真正的新劇表演是於一九〇九年由Osanai Kaour上演易卜生的*John Gabriel Borkman*（*The Japanese Theatre*，頁二四六至二四七）。

當時在日本的中國留學生所帶回中國的話劇是屬新派戲劇，或是介於新派到新劇間的過渡形式，也就是說，這些中國留學生所帶回的話劇已是西方戲劇第三手經驗。這個第三手經驗到了中國土地上又被其他人模仿，因為缺乏話劇演出直接經驗，所以當時的從事戲劇的人士多透過閱讀西方現代劇場書籍來從事劇場創作，但由於缺乏實際表演上的方法，只好靠想像和曾看過的話劇演出，並從中國傳統戲曲中襲取表演方法來敷演話劇，因此後來中國發生了話劇形式和京劇形式混雜的「文明戲」，甚至五四之後所出現的模仿西方寫實主義創作，也就是馬森所稱的擬寫實主義話劇的產生，這些都是缺乏第一手經驗傳播下的當然產物。

在跨文化交流和學習的過程中，直接經驗的傳遞，對於跨文化間的相互認識絕對是扮演著舉足輕重的關鍵腳色。雖然馬森劇作所傳遞的第一手經驗僅是限於劇作的形式，並非劇場的實際表演形式，但試想在六〇年代末期與七〇年代傳統擬寫實主義仍是一般人所熟知的話劇內容的時代，馬森的荒謬劇場劇作形式在當時必產生一定的衝擊，加上演出其劇作的多為大專院校話劇社的年輕人，戲劇科系和有不少民間劇團也都上演過他的劇作，這些演出所造成的影響從來沒有被研究過，但是從馬森的劇作自六〇年代末期起至今仍不斷地被上演，我們可以合理的推斷，其劇作在校園和劇場界中的影響勢必造成一定潛移默化和發酵。實際上，馬森對中國大陸八〇年代的兩度西潮或許也曾產生過影響。他在一九八一至八二年間曾到大陸講學數月，期間到過幾個主要城市的許多大學演講，演講的主題則是法國的荒謬劇場，但由於當時臺灣與中國間的往來尚屬禁忌，他顧忌到中共可能會將他至大陸講學作為統戰的宣傳，因此，他在講學前便要求大陸方面，不能將他的講學訴諸於媒體報導，因此這些演講的消息和內容的傳播對象，也僅限於前往聽講的觀眾，然而八〇年代初也正是中國颳起荒謬劇場風氣的開始，在這樣相應的氣氛下，馬森在大陸的講學或許也對當地的兩度西潮起了一個潛在的推波助瀾之力。馬森的劇作和戲劇著作從七〇年代起陸續出版成書後，至今仍在書店中販售，新的學術論著與文章數十年來亦不斷地出現在主流的期刊雜誌上，我們沒有理由輕忽一個在市場上存在超過二十年劇作家和戲劇學者的地位和影響性，在臺灣現代戲劇史上，我們可以肯定，馬森在兩度西潮中所帶給臺灣現代戲劇的影響絕對是舉足輕重的。

（本文作者為夏威夷大學戲劇學博士現任台南大學助理教授）

參考資料：

黃美序，《楊世人的喜劇》（臺北：書林，一九八八）。
張曉風，《曉風戲劇集》（臺北：道聲，一九七六）。
姚一葦，《姚一葦戲劇六種》（臺北：書林，二〇〇〇）。
馬森，《追隨時光的根》（臺北：九歌，一九九九）。
馬森，〈從現代主義到後現代主義：臺灣「新戲劇」以來的美學商榷〉（第三屆華文戲劇節學術研討會，臺北市，二〇〇〇）。
馬森，〈陽台〉（《中外文學》三〇卷一期，二〇〇一，頁一八二至一九一）。
馬森，《臺灣戲劇——從現代到後現代》（宜蘭：佛光人文社會學院，二〇〇二）。
馬森，《東方戲劇、西方戲劇》（《馬森戲劇論集》增訂版，台南：文化生活新知，一九九二）。
馬森，《馬森作品選集》（台南：台南市立文化中心，一九九五）。
馬森，〈窗外風景〉（《聯合文學》一七卷九期，二〇〇一，頁一三三至一四七）。
馬森，《腳色——馬森獨幕劇集》（臺北：書林，一九九六）。
馬森，《墨西哥憶往》（臺北：圓神，一九八七）。
馬森，《西潮下的中國現代戲劇》（《中國現代戲劇的兩度西潮》修訂版，臺北：書林，一九九四）。
馬森，《當代戲劇》（臺北：時報，一九九一）。

Brock,Oscar G.,*History of the Theatre*.7th ed.Boston Allyn and Bacon,1995.
Ortolani, Benito,*The Japanese Theatre From Shamanistic Ritual to Contemporary Pluralism*. Revised ed. Princeton, New Jersey, Princeton University Press,1995.
Styan,J.L.,*Modern Drama in Theory and Practice*. Vo1.2, Cambridge, Cambridge University Press,1981.

馬森的荒誕劇

林克歡

荒誕短劇《弱者》，是馬森先生的作品，近年來，馬森先生在台灣的各種報刊上先後發表了《一碗涼粥》、《獅子》、《蒼蠅與蚊子》、《弱者》、《蛙戰》、《野鵓鴿》、《朝聖者》、《在大蟒的肚裡》、《花與劍》、《腳色》、《進城》等十幾個獨幕劇。

《弱者》一劇人物很少，夫妻二人，加上一個只露一面的嬰兒。情節表面上看來十分簡單，只寫了夫妻二人的爭執，究竟是將存款用來買汽車，還是買土地？但實際上，寫的是以土地為依傍，企望宗族代代相傳的舊傳統與追求物質文明的現代生活方式的矛盾與衝突，以及作者心目中的「現代人」無法解脫的哀愁與煩惱。

在全劇開首，作者有一段重要的說明：「這個短劇演一個現代人的故事。劇中人物可以是中國人、日本人、英國人、法國人，還是美國人。因為不管是哪國人，處在今天這個時代，都有些共同的感受跟共同的煩惱。」在作者看來，今天這個時代，是一個哭聲與笑聲無法辨認、死人會開口、只有鬼才肯說老實話的夢魘時代。生活在這樣一個混亂不堪的時代裡，人除了感到痛苦與沮喪外，無法主宰自己的命運。

劇中的丈夫，妻子要他死，他不敢不死；妻子要他活，他又不敢不活，是一個事事聽命於他人，生死全由他人操縱的窩囊廢。他有三種死法：一、被妻子一槌打死；二、被汽車撞死；三、用裁紙刀自殺而死。我們弄不清他究竟是怎樣死的，也沒有必要弄清他是怎樣死的。反正，他必死無疑。

他可能是被妻子一槌打死的。但這不是一樁家庭財產謀殺案。在這類荒誕短劇中，是不能依據生活表象去作出解釋的。倘若像某些評論者在論及高行健的《車站》時那樣，一定要在抽象化的類型人物的台詞中尋找出社會學或政治學的等價物，那非要把妻子綁赴刑場、驗明正身不可。在這裡，妻子代表著使人感到自己沒有血肉、沒有骨頭、沒有腦子、不明生死的瘋狂的現代生活方式。丈夫卻不合時宜地堅持「就是死也得買地」。但現實生活裡所有的田地「都改建成汽車工廠」。他沒有什麼希望，沒有什麼活頭，非死不可。

他也可能是被汽車撞死的。按照這一人物的行為邏輯，妻子要他買汽車，他敢不買？有了汽車，就必然有車禍。正如他自己所說的那樣，死於車禍的，「一個周末，大國好幾百，小國好幾十，統共加起來比打個大仗死的還要多。」汽車是現代物質文明、現代生活方式的象徵。種豆得豆，種瓜得瓜，企求物質文明的，也必死於物質文明。

他還可能是自殺身死的。現代社會有汽車、有電視機、有電冰箱、有電動洗衣機、有電動吸塵器，就是沒有「人」，人成了汽車的奴隸，成為自己生產出來的物的奴隸。人找不到生存的意義，只好到死亡去尋找解脫。

對於丈夫這一角色來說，無論是他殺、意外死亡或自殺，都是可能的，都是合情合理的。除了面對死亡，他沒有、也不配有更好的出路。這就是「現代人」的悲哀。

與軟弱的丈夫相對立，妻子一角似乎是強者了。其實，並不盡然。她一生一世都操縱著丈夫的生死，一生一世都在追求死於車禍的幸福，然而，到頭來，從嬰兒車上坐起來的，竟是一個與她丈夫一模一樣的下一代。她操縱得了她丈夫的生死，卻操縱不了「人」世世代代對某些被認為永恆的東西的渴求。這樣看來，原來弱者竟是她自己，而不是別人。作者辛辣的反諷，在這裡達到了絕妙的體現。

丈夫與妻子，人與人之間存在著極大的差異，但在神秘莫測、不可名狀的命運面前，所有的人都是弱者。這就是馬森所要告訴我們的意象與題旨。讀者當然可以不同意這樣一種認識，但這是一個去國多年、生活在西方社會的浮雲遊子的真切感受與認識。

馬森的劇作，在思想內容與表達方式等方面，受西方現代派戲劇，尤其是荒誕派戲劇的影響很深。《腳色》中不斷膨脹以至占據主要舞台空間的墳塋，使人聯想起尤奈斯庫《阿美戴或怎樣擺脫它》中，那具不斷膨脹、直至占據人的全部生存空間的死屍。《在大蟒的肚裡》中，那空空洞洞、一片空虛、一片漆黑的大蟒的腹腔，又使人聯想起薩特《間隔》中，那間沒有鏡子、沒有窗戶、一旦進去就永遠出不來的客廳。但馬森與荒誕派劇作家又有所不同。他的劇作，雖然也不強調因果關聯與情緒連貫，但他仍然以理性化的語言去表現非理性的世界。他雖然也表現現代人的疏離與落寞，表現現代人內心對生命的疑懼與不安，但並不抱著玩世不恭的態度，把世界表現為一齣滑稽可笑的鬧劇。對我們尤其有參考價值的是，他以一種沉靜與哀憐的態度，去剖析現代中國人的特殊心態。

馬森對中國人這種特殊心態的揭示，主要集中在對待傳統的態度上。他十分清楚，中國人的傳統是根深柢固的。與《弱者》中殺死了丈夫仍必須面對與丈夫長得一模一樣的嬰兒的妻子一樣，在《花與劍》中，孩子在漂泊萬里之後，仍不免要聽從冥冥中的召喚，回到父母的墳前。「回去吧！回去吧！回到你父親埋葬的地方！」整日價在孩子耳邊響著的聲音，便是傳統的力量。不願走父親老路的孩子，扯下身上父親穿過的袍子，擲向幽冥的燈影，自己卻露出赤裸的光背，一無所有，且不知去從。

或許自己受過舊傳統的薰陶、反戈一擊，更能致舊傳統於死命。也或許身在海外，遠離故國，易於以一種超然的態度，對傳統進行冷靜地剖析與透視。馬森對待傳統的態度是嚴厲的、冷峻的。在《一碗涼粥》中，認為養兒養女是為了繼承香烟的父母，因為兒子不肯與由他們選定的鄉村女孩子成親，自己找了個「野女人」，便把兒子打殺了。然而，他們卻沒料到，沒有兒子，祖宗的香烟也就沒有了。在《野鵓鴿》中，馬森更是寫了一個父母吃自己的兒子的荒誕故事：以打野鵓鴿為生的父親，在兒子猛然變成野鵓鴿之後，仍毫不在意地吃著每一隻逮到手的野鵓鴿。人造的傳統冷酷無情的一面，被揭示得淋漓盡致又怵目驚心。在《弱者》中，土地便是傳統，便是宗族代代相傳的依憑。那個窩囊廢丈夫時時都做著擁有大片土地、擁有無邊無際的金色麥浪的幻想。但那只是一個夢、一個死人的夢。無法實現的死人的幻夢，揭露了傳統的軟弱性與虛幻性。

與此同時，馬森對現代文明也不抱好感。《弱者》中，敢於斷然打死自己丈夫的妻子，也害怕寂寞，一再感嘆自己「命好苦啊」！在《朝聖者》中，圓寂前恍惚達到一路追求的歸宿的和尚，那一片清涼實則只是他心中的幻想。在現實世界裡，他是死在無邊無際的酷熱的沙漠中。在這樣的世界裡、西天與死亡同義，懵懵懂懂、繼續前行的乞丐，恐怕離極樂世界也不遠了。

舊路走不通，新路卻還沒有。馬森的作品，幾乎都籠罩著一層無法解脫的哀愁。馬森在「文學與戲劇」一文中說：「我不知道我的表達方式是否易於為國人所接受，但我想我的心態並不是孤立的。生活在同一個時代，類似的生活環境的人，該不會完全不能理解我的一些夢囈。別人該也有某些類似的夢囈的經驗。即使沒有過，該也會偶然從一句夢話中，或一種特異的形象中，接觸到潛意識中的某種隱痛，因而受了一驚，竟突然覺得那些原來散亂的模糊的形象具體化了起來，領悟到荒謬比理性更為理性，虛幻比真實更為真實。」

理性曾是近代資產階級革命的思想基礎，馬森卻從今天西方社會的危機中看到了理性的危機，看到了社會的理性化日益脫離人民控制反轉過來成為統治人的客觀力量，外表秩序井然的理性世界內裡充滿了荒謬的混亂。這無疑是一種進步。在這種對現存的社會秩序的否定中，表露了作者壓抑不住的惱怒，隱含了某種不甚明確的企望人性獲得正常發展的期待。但馬森片面地把資本主義條件下人的存在的無法克服的矛盾說成人類社會的永恆規律，以一種無可奈何的悲傷，把世界說成一個永遠猜不透的謎，把歷史解釋成強加在人們身上無法擺脫的殘酷命運。我想，大多數讀者未必會同意這種將歷史的前進運動與人類的實踐活動加以割裂的觀點，也未必會接受這類以自我的感覺去判別現實與文藝的真實性的認識。

馬森認為，現代人對於我們所居留的世界、宇宙，及對人之為人的心態，有更為深入廣闊的探求與發現，遠超過傳統的繩墨藩籬之外。現代戲劇內容與表達方式的變革，正是為了拉近戲劇與現代人感受的距離。他在同一文章中強調：「我總覺得文學、藝術，不但是人與人之間溝通的重要媒介，也具體地代表了人向無限未知的領域中探索的自由。人類的文化就是這麼一點一滴地積累起來的。沒有了新的探索，也就沒有了新的積累，人類也就不會再有任何發展的可能，只有僵滯在既成的一灘死水中。」他厭棄形式的單調與內容的貧乏，力圖突破寫實的框框，在寫實劇之外另闢一條路徑，以豐富五四以來我國話劇創作的傳統。

馬森的作品，文字簡約，立意明晰，人物的類型化強於個性化。劇作的哲理性勝於故事性。他的人物、面貌、身材、衣著往往模糊不清，沒有職業，沒有年齡，有時甚至沒有性別，即使有，也不那麼重要。與《弱者》一樣，《一碗涼粥》的人物也是夫與妻，在《野鵓鴿》中是父與母，《在大蟒的肚裡》是男與女，在《花與劍》中是鬼與兒……這類人物被作者抽離了個性之後，其所代表的理念極易辨認。人物的生命發自他在特定戲劇場景中的行為，以及他與劇中其他人物撞擊時所產生的火花。馬森的這類人物，之所以能使讀者或觀眾長久不忘，在於他雖扁平，卻道出某些人生的真象；雖乖戾，卻不失人性的深度。

馬森劇中人物的行為，多是極卑微、瑣屑的，像《弱者》中的安置電視機與夫妻為購物而爭吵，但他們所探詢的，幾乎都屬於生與死、愛與恨、真與偽……這類根本性的問題，作者越過生活的浮相，企圖去把握一些更真實、更本質的東西。因此，劇中人物的行為大多超越了它本身的含義，成為把握本質的一種超驗的抽象，成為劇作家藉以表現自己的理性思維的重要手段。

超越光怪陸離的生活表象，直接揭示被眾生浮相所掩蓋的本質真實，在短小的篇幅中，建立起明晰的意象，去演述作家的生命感觸與在人生哲理上的感悟，這種非寫實的類型化的本質抽象方法，已被不少作家證明為行之有效的方法之一。這對於受自然主義的困擾、事事纖毫靡遺的作者，或許不無教益。

探荒

——觀荒謬劇《腳色》有感

黃慶萱

《腳色》是馬森編導的一齣荒謬劇。國立藝術學院戲劇系二年級學生主演，元月十四、十五日兩晚在台北耕莘文教院大禮堂演出。看荒謬劇，這是第一遭，也許暫時可以這麼說。

雖然荒謬劇不以情節為重。但是為了討論的方便起見，我還是先把劇情簡單地說一說。

慘淡的月光照著舞台中央的一座小墳，周圍點綴著幾棵低矮的樹。甲乙丙丁戊五人，都穿暗色衣服，臉色慘白，坐在舞台地板上。「爸爸快回來了吧？」甲乙丙丁，一個挨一個重複著問；而戊作睡狀，於是丁向丙，丙向乙，一個挨一個轉告著：「他睡著了！」而甲卻說：「爸爸睡著了！」爸爸到底在此睡著了？或在外快回來？誰是爸爸呢？難道是戊？可是下面，丙丁戊向乙說：「你是我們的媽媽！」向甲也說：「你也是我們的媽媽！」就這樣，藉著一連串重複、矛盾的對話和動作，荒謬劇的荒謬由此展開：甲與乙，結婚三十年，卻好像不認識。他們誰都要作媽媽，煮飯洗衣服生孩子的媽媽；誰也不承認自己是爸爸，雖然在家可以打人但是負擔也夠重的爸爸。戲到最後，乙自以為一耳光打死了孩子丙；甲自以為一耳光打死了孩子丁。他們爭奪僅存的孩子戊。這時，墳墓逐漸膨脹，戊被擠到甲乙身旁，甲乙向戊跪下，叫著：「爸爸！爸爸！」而戊慢慢傾倒，似死去，又像進入夢鄉。

一切藝術起源於模擬。戲劇尤其是這樣，它原基於人類愛好模仿的天性，選擇而濃縮人生中最具有衝擊力的精采片段，由演員在舞台上演出，以娛樂觀眾、教育觀眾。傳統戲劇，常要求人物個性的鮮明；情節真實而有趣味；對話力求簡潔，以能刻劃人物性格，交代故事情節為目的。而《腳色》一劇，人物是沒有個性的，劇本上註明「最好以同性之演員飾演」。人物與人物的關係是錯亂的，我們始終不知道誰是父，誰是子，誰是夫，誰是妻。情節不避虛幻單調，看了「煮飯」一段，可以猜到下面「洗衣服」情節的安排。對話重複，無意顯示個性，也無意使之有助於情節的了解。也許，此正荒謬劇之所以為荒謬的一種特質吧！馬森的《腳色》如此；尤乃斯柯（Eugène Ionesco）的《禿頭女高音》亦復如此。

但是我不認為《腳色》一劇在無中生有、故弄玄虛；實際上它更突出地模擬著人生，彰顯生命的荒謬。我們周遭，多得是沒有個性的人物；父不父、子不子、男不男、女不女。我們的生活，不常感空虛而平淡？今天可以想得到明天行事的細節。日復一日，年復一年；樂意也罷，不樂意也罷。許多場合，我們勉強自己忍受著可憎的面目，無味的言語，我們生存的空間，不就是這樣荒謬的嗎？荒謬的，又豈獨一齣戲呢！於是我竟不敢再說《腳色》是第一次看到的荒謬劇了。

《腳色》中許多情節，與其認為荒謬，毋寧認為生命中的真相。人是健忘的：我們忘記了自己的身分，也忘記對方的身分。夫婦同住了三十年，彼此不能認識，心靈也無法溝通。我們總是把責任推向對方，功勞歸諸自己。指責別人「你不講理」，而事實上自己也絕無道理。我們講求庸俗而虛幻的平均主義：飯，夫婦兩人煮，一人一天；衣服，夫婦兩人洗，一人一天；孩子呢，也只好夫婦兩人懷，一人五個月！我們作偉人狀，但是不肯擔起重責；於是我們永遠尋求爸爸，但是不知自己就可以作爸爸！荒謬劇《腳色》中的情節，許多是可以理解的。

不過，我也不希望自己強作解人。荒謬劇中某些情節不能解釋，也無需解釋。人世間多少現象，不也是無法解釋的嗎？

十四日那晚公演結束後，導演馬森和觀眾曾作對談。有一觀眾問：荒謬劇發源於法國，流行於歐美，移植到中國，是否適合國情？這個問題，使我猛然想起中國的禪宗。「指月錄」曾記載著這麼一件公案：梵志獻合歡梧桐花給佛。佛曰：「仙人，放下著！」梵志放下左手一枝花。佛又曰：「仙人，放下著！」梵志又放下右手一枝花。佛再曰：「仙人，放下著！」梵志曰：「吾兩手俱空，更教放下個甚麼？」兩手已空，卻還教人「放下著」！這豈不荒謬麼？而「仙人，放下著！」重複三次，也有點像荒謬劇的作風，帶給觀眾一種迴旋反覆的節奏感。其實，佛要梵志放下的，哪會是合歡梧桐花呢？所以佛曰：「吾非教汝放捨花，汝當放捨外六塵、內六根、中六識。一時捨卻，捨至無可捨處，是汝放身命處。」禪宗公案常以荒謬的言行如棒喝等等，要人從源頭根本處反省，這種教訓的趣味，也有些與荒謬劇近似。「指月錄」中，像這樣略具荒謬劇風格的公案，真是屈指難數。既然禪宗能夠在中國這麼流行；因此，我想，把荒謬劇移植到中國，不會有不適合國情的問題。

宇宙，是浩瀚冷漠的；生命，是變幻無常的。我們想通曉萬事，支配萬物；結果，我們發現了自己的無知與無能。「荒謬劇」集中了宇宙的荒謬，生命的醜陋，在舞台上演出，迫使觀眾正視著它，而作深思。於是使自己對世界的真相、個人的能耐，有更清楚的認知。這樣，由渾噩到善感，由不思到深思，由無意識到具創造性的意識，使我們從荒謬中覺醒，從醜陋中超越。戲劇，如此地把荒謬的現實昇華到美學的層次。

原載一九八四年一月《中國時報．人間》

《腳色》的特色

——評馬森《腳色》

黃美序

馬森的《腳色》包括他的十一部短劇、兩篇專論性的自序，和兩篇別人對他的劇作的評論。在這十一部戲中，《一碗涼粥》、《獅子》、《蒼蠅與蚊子》、《弱者》、《蛙戲》、《野鵓鴿》、《朝聖者》、《在大蟒的肚裡》寫於一九六七年起他在墨西哥城的五年內，《花與劍》他自言寫於一九七六年，和上述八部戲一起收入《馬森獨幕劇集》（一九七八年出版，但該集序文寫於一九七六年八月）。《腳色》寫於一九八〇年，《進城》時間不詳。由此看來，我們只能大概地說：馬森的這些戲劇作品完成於一九六七—八〇年之間，和《馬森戲劇論集》（一九八五年）中的論文相比，他寫影劇評論的時間比較長。我也曾問過他為什麼不寫劇本了，記得他的回答是《無法突破自己，所以暫不想寫。》

馬森的這十一部戲雖斷斷續續的寫於十多年之間，在形式、語言、結構上有很強的共同處，他把「人間的關係集中在幾個主要的腳色身上，特別是父母、子女和夫妻的腳色」（《腳色》，頁十一——本文引文頁碼均據此書）。在這十一部戲中，除了《獅》、《蒼》、

《蛙》、《朝》外都屬這個範圍。在「腳色集中」外，他另外使用的「手段」還有「腳色濃縮」、「腳色反射」、「腳色錯亂」和「腳色簡約」。他說：「我這種理論上的領悟完全是創作以後的事。我在初期創作『腳色』式的人物時，全憑我的直覺與直感，並沒有任何理論性的主導。」（頁十三）——不知他說的無法突破是理論的或是直覺與直感的？

就這許多馬森自創的分類來看（似無別人這樣細分過），他好像特別喜愛「腳色錯亂」和「腳色簡約」，並且用得相當成功。他戲中的「雌雄同體」似乎也是這方法的延伸，例如《腳色》中的甲、乙，《花與劍》中的兒（是兒子也是女兒）。錯亂是違反傳統劇場慣例或思維邏輯的，用得好時能清醒我人之耳目，啟發新思，但是必須有很好的心理與象徵的基礎。否則，會變成故弄玄虛的非藝術手段。我不知道馬森的這種耐人尋味的思維方式，主要的來源是莊子還是西方現代劇場。另就他的戲劇形式說我也有類似的疑問。

在亮軒和林克歡的評論中都提到了西方荒謬劇場作品對馬森的影響（頁一七七、二八七），馬森承認自己「在形式方面接受了西方現代劇的影響，在內容方面表達的則是中國現代人的心態」（頁二一一）。但是形式和內容有互相「決定」的「密切的關係」（頁三一一）。這兩個在表面上似乎有點彼此矛盾的意念，可能也正是馬森和許多我國現代作家的特性之一。不過，一個嚴肅的作家與藝術家在接納「外來」的影響時，一定先有一種「本身」或

「本土」近性因素的存在，由於這種近性因素凝聚自複雜的傳統，有時不易明確地指出，常為評論者所忽略。我個人覺得馬森在形式上和語法上有相當好的「相聲」的韻味，只是相聲以娛樂逗趣為主，他的戲有較豐富、嚴肅的內涵。

他喜愛的寓言形式可能也始自同樣的源頭。在十一部戲中五部有動物出現。獅子、蒼蠅、蚊子和大蟒，似乎可中、可西，但野鵓鴿和青蛙應該是中國的吧？這一群「近視」的蛙雖然不在「井」裡，但他們所見的「天」和井蛙所見的相比，並無什麼差別。亮軒認為《蒼蠅與蚊子》要比《蛙戲》「成功得多」（頁二六六），我的看法恰好相反。《蒼》劇借蒼蠅與蚊子這兩種害蟲來托出人類自相殘殺的可怕，從秦始皇的兩萬到原子彈的兩百萬，但都是「說」出來的概念，只有最後兩隊太空人的大戰是「演」出來的，不若《蛙劇》所諷刺的人的貪、笨、妒等特性，均經由不同的青蛙直接呈現，顯得具體有力；所「寫」的人間相也較多、較廣、較「實」，舞台的趣味性也較高。

馬森自認為他的戲「都與五四以來的中國話劇傳統大異其趣」（頁二七）。這些戲都是他留法之後的作品。（可惜他早期的劇作都丟了，否則可能可做一個有趣的對照性研究。）這使我想到徐訏比他早約三十年所寫的幾個「擬未來派」的短劇（一九三一——三五）。徐訏也是留法的，但那是在所謂的荒謬劇場行世之前。徐訏的這幾個戲和馬森的作品有些頗為近似的形式與精神，例如《鬼戲》的第二幕所表現的：

鬼：讓我們合作吧，以你們的地大物博人多，我們的機械與人材，可以把這塊土地造成天國。

人：天國？……我們不要將中國造成天國，我們不想有機械與科學，我們不要你鬼計妙算，我們只要安安逸逸平平穩穩過我們的日子。我們不想與你們合作，我們敬佩你們的本領，可是我們先聖定下的方針：「敬鬼神而遠之」呀！

鬼：（冷笑三聲下）……

可惜徐訏在當時雖未改名徐于（無言），就不為戲劇「多言」。希望馬森也不要專寫小說，能再多創作些劇本出來，為我們的劇場增加一些可演的戲，為我們的戲劇文學增加一些可讀的劇本。

原載一九八八年三月《聯合文學》第41期

論馬森獨幕劇的觀念核心與形式獨創

徐學／孔多

在台灣當代戲劇的發展過程中，獨幕劇始終佔據著一個非常獨特的位置，而論及對獨幕劇貢獻最大者，則當推馬森無疑。馬森的戲劇創作始於他的大學時代，而他那些公開發表並產生巨大影響的作品，則大多寫於他旅居墨西哥期間。這些作品迄今已公開發表十一部，它們是：《一碗涼粥》、《獅子》、《蒼蠅與蚊子》、《弱者》、《蛙戲》、《野鵓鴿》、《朝聖者》、《在大蟒的肚裡》、《花與劍》、《進城》和《腳色》，後來，這些作品全都收入馬森的獨幕劇集《腳色》一書中，由台灣聯經、書林出版公司先後出版。

(一)

在談到自己的戲劇創作時，馬森曾說過這樣一段話：「我所採用的戲劇表達方式與所表達的內容，不是傳統的，既不是西方的傳統，更不是中國的傳統，然而卻受著西方現代戲劇與中國現代人的心態的雙重支持，換一句話說，在形式方面接受了西方現代劇的影響，在內容方面表達的卻是中國現代人的心態」①。的確，「中國現代人的心態」是馬森觀照現實人生的獨特視角，同時也是構成其作品內容的一個核心意識。從馬森的整個創作來看，這種「現代中國人的心態」包括兩個層面的內容。首先，它表現為作者對傳統價值觀念和現代文明的審視和批判，以及在這一過程中所表露出來的既不能回歸傳統又不能真正邁向現代化的兩難體驗。

傳統在現代人生活中的地位和作用問題是馬森必須面對的問題。《一碗涼粥》寫的是現代社會中普遍存在的所謂「代溝」問題，但馬森並沒有圍繞兒子的婚姻問題多方面展示兩代人的衝突，而是重在揭示父母對兒子複雜而矛盾的心理：一方面，因為兒子的「忤逆」，竟敢違背祖宗傳下來的規矩，他們認為該死。然而另一方面，兒子畢竟是自己的親骨肉，喪子之痛使他們陷入切膚的悲哀和無限的思念之中，陶醉於父子、母子親暱的幻景之中不能自拔。一碗粥，涼了熱，熱了涼，三年來，他們沒喝過一碗熱粥。在作品中，兩代人的衝突實際上就是傳統觀念，與現代情懷的衝突。傳統在這一衝突中扮演了一個殘暴的殺人者的形象，與其說是父母殺死了兒子，不如說是傳統禮教斷送了他的生命。當然，對於傳統禮教吃人本質的揭露與批判，並不能標示出馬森這部作品所達到的思想水平，因為反禮教的價值形態是屬於近代思想革命的範疇，而生活在現代社會中的馬森，感受到更多近代人文主義者所無法感受到的現代人的焦慮與痛苦，那就是吃人的傳統在這部作品中並不是單純表現為一種自外於人的異己力量，而是深深地根植於人性自身之中。這樣，傳統便成了現代人無法擺脫的夢魘。《一碗涼粥》中那對親手殺死自己兒子的夫妻，雖然對死去的兒子有著近乎病態的思念，但沒有導致他們對自己維護傳統的行為的合理性表示過絲毫的懷疑，更不要說否定了。他們的痛苦其實是自身已根深蒂固的傳統觀念，與那種人類與生俱來的親子之情之間激烈衝突所產生的心理失衡。他們既不能擺脫對死去兒子的思念，又無法摒棄傳統禮教的觀念，最終只能深陷於這種兩難之中，在無休止的自我折磨中耗盡生命。那刻骨銘心的親子之情表露得越加充分，越是暴露出傳統的虛妄、乖戾與荒謬。

傳統觀念在這裡具有明顯的反人道的傾向，它與人的自然天性和現代情懷是根本對立的。人是否能夠擺脫它？馬森在《野鵓鴿》一劇中對此做了否定的回答。《野鵓鴿》也是一齣「吃人」一劇。一對生活在山裡的夫妻，靠捕野鵓鴿為生，有一天，他們一手拉扯大的兒子在被他們打殺（或被逼出走）後，變成了一隻野鵓鴿飛到他們面前的時候，他們是吃還是不吃呢？這原本就不是一個問題，但這雙夫妻深染著傳統的禮教觀念，以兒子應該養活老子為天經地義，那位冷酷的父親就曾理直氣壯地說：「兒子不養咱們，咱們還不能吃他一口嗎？」

在傳統的禮教觀念中，包含著吃人的可能性，這是毫無疑義的，但是當這種可能性與人的生存需求合為一體的時候，這種潛在的可能也就變成了可怕的現實，傳統存在的合理性也就不容置疑了。對於劇中飢餓難忍的父母來說，不吃野鶉鴿（或兒子）就意味著死亡。求生的欲望使得傳統的罪惡在此轉喻成了一種延續生命的原動力，整個作品也就因此變得恐怖而陰冷。所以，當母親淚流滿面地啃著「可能」是兒子的那隻野鶉鴿的骨頭時，在那淒楚的眼神與哭聲中，分明能窺見現代人對傳統的疏離與依戀、掙扎與無奈相交織的複雜情結。要麼繼續吃兒子，要麼就去死，這對夫妻的命運，就是現代人的處境。所以，在馬森的那幾部以反傳統為題旨的作品中，雖不乏樂觀的情緒，然而這種對於傳統的批判卻終究是一種近乎絕望的批判。

如果說，對傳統的批判與否定構成了馬森獨幕劇中所體現的「中國現代人的心態」的悲劇性一面的話，那麼，他對現代文明的嘲諷，則表現出這種心態所包含著的喜劇性一面，這構成了馬森獨幕劇內容的第二個重要方面。

馬森集中對現代文明進行嘲諷和批判的作品是《弱者》，劇本圍繞著夫妻之間究竟是用存款買土地還是買汽車而發生的爭執，在傳統與現代兩種價值觀念、生活方式的激烈衝突中，揭示了現代文明的本質。土地在劇中象徵著一種建立在對其依傍基礎上的傳統宗族觀念，它給人以安全感，而汽車則象徵著一種以物質文明為基礎的現代生活方式，它追求的是舒適與時髦。劇中的丈夫是一個十足的懦夫，對太太真可謂事無巨細，一概言聽計從。然而他卻敢反抗太太的意志而堅持買地。而他的太太則是一個強者。她把買車看成是她作為現代人不容置疑的選擇。於是兩人發生了尖銳的衝突。但丈夫必敗無疑，這不僅是因為他是一個弱者，而且他所代表的那種傳統觀念在以他太太為代表的、對現代生活方式瘋狂的、近乎病態的欲望面前已經顯得老舊而無力了。劇中，馬森為那個竟敢違背她太太意志的倒楣丈夫設計了三種死法：即被太太一槌打死或被汽車撞死和自殺，以此暗示著那種將土地視為家族得以繁衍延續之根的傳統觀念，在人們對現代生活方式的瘋狂追逐面前，顯得那麼軟弱無力。從表面上看，現代生活觀念似乎得到了勝利，但馬森卻認為，以盲目樂觀的物質主義為基礎的現代文明實際上是一種病態，它不僅不可能對傳統構成一種真正的毀滅性的打擊，同時，它也無法使現代人真正走出價值的迷津，卻反而加深著他們生存的困境，使之再度陷入難以自拔的混亂和迷惘之中。所以，那位似乎不可戰勝的妻子會時時發出「命好苦啊」的感嘆；而且更讓她難堪而迷惑的是，她丈夫死後，從嬰兒車上站起來的，竟是一個與她丈夫一模一樣的下一代。這種富有喜劇性的「反諷」，極好地暴露了隱藏在現代文明秩序井然的表象背後的日益深重的危機。在這個劇本中，現代文明既充滿誘惑又充滿混亂與荒謬，它留給現代人的只有在這樣一個荒謬的時代中無窮無盡的煩惱與迷惑、焦慮與痛苦。正是抓住了現代人生存狀態的這種兩難處境，使馬森對「中國現代人的心態」的表現與揭示達到了一定的高度。

除了對現代人生存狀態中這種兩難心態有著深刻的把握和獨特的表現外，其次，馬森還將藝術和思想的觸角向更深的層面延伸，去思索有關傳統與現代的交替轉換和社會文明的演化歷程中人的命運問題。於是，馬森獨幕劇另一個重要內容，即對生命存在價值的終極性叩問。正是這一叩問，構成了「中國現代人的心態」的更為內在的層次，具體地說就是「中國現代人」試圖擺脫現實存在的種種困境而努力追求精神超越卻終歸失敗的悲涼體驗。

從馬森的作品中可以清楚地看到，他對人的生命存在價值的終極性叩問是以他對理性這一現代文明的思想基礎的深深懷疑為出發點的。《蛙戲》就是馬森對理性淋漓盡致的嘲諷。這是一齣動物寓言劇，也是馬森獨幕劇中腳色最多的一齣戲。它用一種喧鬧的筆調，刻劃了「悲觀的蛙」、「玩世的蛙」、「貪財的蛙」、「聰明的蛙」、「嫉妒的蛙」等群蛙在一個秋風乍起、落葉滿地這一個牠們死期將近之際的百態。冬天即將來臨，當群蛙們在百無聊賴中消極地等待死亡的時候，「天才的蛙」勇敢地站出來欲拯救蛙類的命運。牠的辦法是「給生活找一個目的」，這樣，盡管北風一起，牠們雖難免一死，但卻雖死猶生。於是，群蛙們在悲愴的氣氛中紛紛「組織起來」，向樹猛撞而去——為了他們為生活所設定的理想，直至含笑而死，寒風中飄蕩著牠們亢奮的歌聲：「永生不死，永生不死……」作者以蛙喻人，蛙的命運就是人的命運的象徵，強調人生即如這場喧鬧卻了無意義的蛙戲，而追求生命的所謂崇高意義這一套合乎人類理性的價值觀念，在死亡的命運面前又顯得那樣蒼白與可笑，如同一個自戮與自欺的謊言。

隨著理性謊言的衰落，世界真理便失去了其絕對真實的意義，一切都顯示出難以把握的相對性。馬森對人類生命存在中這種相對感的體驗與表現是獨特而深刻的。《花與劍》寫了一個在外漂泊了二十年的兒子，在一種無以名狀的感覺驅使下回到了故鄉，來到了父母的墳墓前，探尋這座「雙手墓」中生與死的真相與奧秘。作者以一個閃爍迷離、似真似幻的故事，將人類情感中愛與恨的相互對立而又相互糾纏的複雜情狀表現得十分富於戲劇性。劇中花象徵著愛、劍則象徵著恨，它們就如同人的左右手一樣不能分開，如同一個物體的兩面，不可剝離。人分不清愛與恨，因而也就永遠逃不脫兩者相互排斥而又相互糾纏的苦惱。愛與恨就如同生與死，沒有清晰的界限，愛就是恨，而生也就是死。當兒子一步步揭開這個謎底的時候，他得到的卻是一片迷惘，而當他在一片迷惘中扯下身穿的父親遺留下來的長袍向幽靈投去的時候，他也就赤裸裸地一無所有了，連前方的路該怎樣走都是一片茫然。《花與劍》所展示的就是在一個相對的世界中，人類追求歷史和「真相」時面臨著的無法擺脫的迷惑。

既然一切都是相對的，既然人類已經無從把握這個世界的真相，那麼人所生活的這個世界便變得一片虛無了。《在大蟒的肚裡》所表現的就是這樣一個虛無的主題。該劇寫的是兩個被大蟒吞食的陌生男女，在大蟒的腹腔這樣一個孤絕於人世時空之外的環境中相遇、相識、相愛的故事。作者的意圖在於，以一個特定的想像性的環境為背景，來探討愛情這種人類生活經驗的意義。然而糟糕的是，他們不能向對方表露自己的愛情，因為關於愛情的「話」，「本來就是說不懂的」。馬森這裡暗示的是語言理性的失敗，故意義無法被表達，剩下來的也仍然是一片虛空。所以，男女二人雖彼此深懷著愛意，卻苦於不能表達，他們被那種叫做「空虛」的東西阻礙著，不能擁抱在一起，只能在時空阻隔中迂迴打轉。劇中大蟒蛇巨大卻一片孤絕、漆黑的腹腔，恰恰暗示著世間人際關係的曖昧阻隔、生命意義的晦暗不明。

馬森的作品對人類未來的命運也投注了無限的關注。不過，他對人類前景的展示是非常陰暗的，這使得他的作品中常常佈滿了死亡的意象。《腳色》是一齣沒有情節的象徵劇，在一片慘淡的月光下，一堆野火、一座墳墓、一群無名無姓的人（甲乙丙丁戊）在尋找他們的父親。起初，他們不知道誰是他們的父親，繼而在一陣莫名其妙而且混亂不堪的爭論後，茫然地等待著父親的來臨。劇中人物尋找父親這一情節，象徵著人類尋找上帝的強烈渴望。然而在一個上帝已死的世界中，這一切又終將歸於徒勞。人類就像這群茫然的尋找者一樣，被他們的父親（上帝）無情地拋棄在人性的荒原之上。月光清涼如水，而生命卻漸漸離他們遠去。舞台中央那座不斷膨脹直至佔據著大半個舞台空間的墳墓帶著死亡的氣息將人們包圍，而象徵著生命的小樹則在不斷擴大的死亡意象中逐漸縮小，暗示著人類未來永遠不能擺脫掉死亡的陰暗圖景。

(二)

上面，我們對馬森獨幕劇的思想內容作了一個簡要的評述，並對其觀念內核作了一番剝示。接下來，我們再來看看這些作品在藝術表現形式上的一些特點。

就其主要方面而言，馬森的獨幕劇取消了傳統寫實主義戲劇所強調的對客觀生活場景的逼真模擬，突破舞台時空關係中所謂「第四堵牆」的種種束縛，淡化舞台時空場景與客觀生活形態的一一對立關係，堅持從戲劇的假定性特點出發，摒棄寫實劇中慣有的情節故事的完整性，和建立在這一完整性之上的戲劇動作的統一性，不再局限於用一個經過濃縮、具有主導性的現實矛盾關係來營造外在的戲劇性衝突效果，而是以某種觀念為先導，將一些看似零散紛亂的生活片斷、有時甚至是作者夢境或下意識中的虛幻意象連綴起來，使之構成一個意向性很強、而且充滿強烈主觀色彩的複合整體。由於社會生活的外部客觀形態在馬森的作品中已被消解，所以這些作品很少限定事件發生的時間、地點，從不設置寫實的舞台佈景去誘發觀眾的所謂真實性的幻覺，人物也往往連姓名、年齡、職業甚至性別都沒有。作者借助一些觀眾的形式把寫實舞台變成了一個具有高度虛擬性和象徵性的藝術空間，使觀眾能透過現實世界中種種具體表象而直接面對一些生活中更為內在的問題，從而達到與劇作家的感悟相交匯、相融合的獨特境界。

馬森獨幕劇的這一顯著特點主要表現在以下幾個具體的方面。

一、內化了的戲劇衝突。傳統寫實主義戲劇是依據客觀現實生活中的因果關係律來構成戲劇衝突的，所以，它強調了人物、事件與行為的外部統一性。但是，我們在馬森的作品中幾乎看不到這種外部統一關係。其作品的情節缺乏連貫性，或者說根本就沒有完整的情節。我們所看到、所感受到的只是某種意念、感想、印象，甚至情緒所生發出來的一種狀態、一種情境、一種氛圍、一種張力，外部的情節衝突已經內化為一種觀念的衝突。在《蒼蠅與蚊子》中，「無所不食」的蒼蠅和「嗜血如命」的蚊子，為了證明各自的偉大而打了一個賭，看一年中誰殺的人多，但等到一年後他們為自己的「戰果」而得意忘形的時候，都驚異地發現真正偉大的屠殺者其實還是人類。像馬森其他許多作品一樣，這個作品也同樣體現了作者對人性的一種悲觀認識，為了強化這一主題的表現力，馬森將人類歷史上那些看起來似乎不相關的事件化為一個令人恐怖的意象：秦始皇焚書坑儒、日爾曼人屠殺猶太人、原子戰爭、機械太空人的廝殺等等，以人獸同性這一認知態度，將它們一一連綴起來，成為一個具有內部聯繫的意象整體，體現了人類終將陷於自我毀滅的命運的主題。馬森所擅長就是從異彩繽紛的零散意象中發掘某種內在的精神聯繫，所以他的作品雖無單純的外部戲劇衝突和連貫的情節，但卻有一種統一的內在秩序。這是特點之一。

二、虛擬的環境與直喻的舞台形象。馬森對寫實性的舞台場景不感興趣，在他的作品中，人與外部環境、人與人之間的關係都不是依照現實生活的一般性法則來設置。處理這一關係的原則服從於他對作品題材和主題的理解與認識。所以，在其作品中，環境往往成了他主觀心理意念，有時甚至是他下意識與夢境的外化形式，或者換句話說，舞台場景直接成了作者意念、下意識和夢幻的等同物，結果，舞台形象也就自然而然地成了他所要表達的主題或抽象觀念的直喻形式。比如《腳色》中不斷膨脹乃至於佔據著整個舞台的墳墓；《在大蟒的肚裡》中那與世隔絕、無門無窗、空空洞洞、陰冷漆黑的大蟒腹腔，實際上都是人類生存狀態和生命境遇的直喻形式。墳墓直喻死亡，而其不斷地膨脹、佔據著整個舞台則又直喻在一種不斷增長的異己力量的支配下，人終究要面對死亡的悲劇性命運。從表面上看，是墳墓的不斷擴大，而實際上卻是人一步步走向墳墓、走向死亡，大蟒的腹腔是人生空虛和人永遠不能擺脫空虛的觀念的直喻。在這種直喻下，劇情發展沒有什麼實在的意義，環境具體的物質形態也被淡化到最低限度，其中所凸顯出來的只是一種心理狀態、一種感覺與體驗。

三、反諷的敘述。反諷作為一種用來傳達與文字表面意義迥然不同甚至截然相反的內在含義的敘述方式，在馬森的劇作中隨處可見。這種方式的使用，必須以兩種事物或意義間的對立的模式為基礎。當這一對立關係內部出現了某種特殊的因素，這一關係的表面意義便向相反的方向轉化，反諷由此便產生了。《弱者》是運用這種反諷方式的成功範例。整個劇情都清楚地表明丈夫是一個懦夫、一個弱者，而強者自然是他的太太了。但這只是劇情的表面意義，實際隱含的意義卻正好相反。因為這作品不是一部社會問題劇，而是觀念性很強的哲理劇。當作者在表面的強弱對比關係中，引入他的價值評價之後，現實日常生活中的強弱對立關係格局也就發生了變化。強者是懦弱的丈夫，而妻子則反而成了真正的弱者。正因為這一關係的轉換，作者對現代文明的批判態度才真正得以充分顯露出來。顯然，通過反諷而表現出來的主題立體感很強，而且具有深厚的意蘊。

四、腳色式的人物。馬森作品中的人物非常少，其身世背景也極其簡單，他們大都沒有姓名、年齡、職業、面貌、甚至性別，而往往以諸如父母、男女、夫妻、兄弟等面目出現，這些人物的社會身分以及所體現的外部社會關係是不確定的，但他們卻真實而概括地體現出

「他們在人間所扮演的『腳色』」②，所以，馬森稱他筆下的人物為「腳色式的人物」。這種人物既缺乏傳統寫實劇典型化人物所具有的鮮明性格特徵，也沒有現代派戲劇符號式人物單純而高度的抽象性，這種「腳色式的人物」在避免某種單一性格所帶來的、只能從一個維度去反映社會關係的弊端的同時，也克服了人物形象過於抽象所造成的片面的概念化毛病。由於「腳色式人物」能「反映出人在生活中的某種特定時空和相對關係的局限下，所扮演的那種特別的身分」③，所以，在馬森作品中，人物外在的社會關係變成了相對的、可以互相轉換的腳色關係。正因為人的社會關係可以簡約成幾種類型的腳色關係，所以為了多方面揭示人物的複雜關係，馬森還常常打破腳色間的界限，或者使人物在多個腳色的相對關係中交叉換位，或者使人物兼具多種腳色身分，從而強化了舞台人物形象的表現功能。比如《腳色》中，甲乙丙丁戊等人物腳色關係的互換與錯位，把人喪失自我後的困頓與迷惘充分地表現了出來。

我們再來看看馬森獨幕劇在語言方面的一些特色。與西方二十世紀所盛行的一些「反文學性」的現代劇不同，馬森的這些現代劇具有很強的可讀性，這不僅因為作品的立意明晰、結構單純、人物簡單，而且一個很重要的原因就是這些作品中的語言具有很高的文學價值。事實上，馬森本人雖深受西方現代劇觀念的影響，但他一直堅持戲劇應具有劇場與文學的雙重價值。與此同時，馬森也沒有走傳統寫實劇追求語言性格化的路子，他作品中人物的語言大都沒有什麼個性特徵。由於馬森獨幕劇所關注的都是些很抽象的問題，加之，作品中的人物很少，往往只有兩人，所以，它不可能通過對話來展示廣闊的社會生活場景和現實關係，而往往是圍繞一些問題展開。這樣，作品的語言便自然具有了非日常生活化的思辯特點，充滿機智的應答和犀利的談鋒，這使得作者的思想觀念有了明晰的表現。另外，馬森的獨幕劇的語言形式多種多樣、不拘一格；語言運用的手法也靈活自由。作品中隨處可見意味深長的獨白、旁白與齊白，並且常用重複、停頓等手法來加強語言的表達效果。比如《進城》一劇的對話基本上都是用幾大段的重複來構成的。兄弟倆坐在火車站的長凳上，不停地重複著那麼幾句話，以掩飾自己面臨離鄉進城的選擇時緊張而又猶豫的心情。劇中兩人自始至終都沒有離開過座位，但劇作戲劇衝突中的動作性因素卻在不斷重複、起伏跌宕的台詞中漸趨緊張，整個作品在他們言語與行為的巨大反差中充滿了荒謬的情調。

(三)

從以上對馬森獨幕劇創作的分析中，我們可以看到其中一些顯著的特點。就作品的思想內容而言，作者對生命意義的感悟，多於對現實生活表象的逼真描摹；對人性本質的探索，多於對社會歷史問題的探討與揭示；對人類未來命運的迷惘、悲觀的體察多於自信樂觀的展望。這一特點表明，馬森對生命存在的價值與意義有著自己獨特的探索，同時也暴露了他思想上的某些局限性。馬森長期生活在物質文明高度發達而精神文明相對衰朽的資本主義社會之中，尤其是資本主義進入後工業社會以來，隱藏在其表面繁榮背後的、無處不在的危機使他對人類的未來命運產生了深深的憂慮，加之，六七十年代彌漫於整個歐美思想和藝術領域的「世紀末情緒」，這些都使其作品不免帶有較為濃厚的悲觀主義色彩。他總是力圖透過現代生活光怪陸離的表象所掩蓋著的真實，尋找人類那種迷失在歷史與文明中的根性。但是，由於他把現代資本主義社會中存在的矛盾看成人類社會中的普遍規律，或者由於他所要追問的東西本身就不可能有答案，所以，他沒能得到他想要得到的東西，而留存於作品中的，卻是一片迷惘、一團困惑和一種無根的鄉愁。就其藝術的表達方式而言，正如馬森自己所說，生活的年代，正是荒誕派戲劇的鼎盛期。他早年嘗試寫劇本的時候曾心儀田納西•威廉斯的創作並試圖「遵循著寫實路線來寫」，終因「總覺得與自己的感受不合」而放棄。當他接觸到西方現代戲劇，特別是荒誕派戲劇的時候，他「便覺得這是一種表現自我感受的有效工具」。於是，他在形式上較多地受到荒誕派戲劇的啟發並從中吸取了一些有益的成分。但盡管如此，馬森的劇作又絕非荒誕派的模仿效尤之作，兩者在許多重要方面有著明顯的差別。

荒誕派戲劇的人物語言往往顛三倒四、答非所問、文不對題、語無倫次，這是因為荒誕派劇作家們認為，在一個荒誕的非理性的世界中，正常的語言已墮為「窠臼、公式和空洞口號」，只有這種混亂的語言才能真正反映出「不可表達的真實」。而馬森則不同，他的作品語言明晰、對白連貫，而且具有雋永的詩情與深邃的寓義，雖然它們有時也頗似一些潛意識的「夢囈」，但仍有可尋可探的內在秩序。荒誕派戲劇的人物大都是一些高度抽象了的符號式人物，而馬森筆下的人物，按他自己的歸納，都是「腳色式的人物」，這種人物既有符號式人物的抽象，但又比符號式人物包容了更多社會關係的內涵，具有更大的可塑性。另外，荒誕派戲劇的舞台形象是支離破碎、混亂不堪的事物毫無聯繫的堆砌，而馬森劇作所展示的舞台形象看起來雖也零亂而分散，但往往又有某種較為單純的觀念將它們連綴成一個統一的意象群，看起來毫無破碎之感。由此可見，馬森的劇作雖師宗荒誕派，但卻打上了他鮮明的個人印記，表現出他的藝術獨創性。

注釋：

①《馬森戲劇論集》頁一七七—一七八，爾雅出版社一九八五年版。

②③同上，頁二二七—二三九。

原載一九九四年一月廈門《台灣研究集刊》

於荒誕中觀照人生

——漫談馬森的戲劇創作

曹明

在當代台灣劇壇，馬森的戲劇創作具有一種特殊風格，他的作品情節離奇、人物錯亂，與中國話劇的傳統大異其趣，但他自己認為，他的創作雖然「在形式方面接受了西方現代劇的影響，而在內容方面表達的則是中國人的心態」。的確，他的戲劇創作在荒誕的形式下有著較為豐富而嚴肅的思想內涵。在其劇作中通過人物相互之間的矛盾衝突，反映出現代社會的畸形和不合理。他的作品哲理性很強，體現出他對現實生活中一些根本性問題的思考。由於這些問題一時難以找出正確的答案，因而在他的作品中有時不免流露出一種悲觀色彩。

馬森是山東齊河人，一九三二年生。台灣國立師範大學文學碩士，加拿大英屬哥倫比亞大學社會學博士，曾任教於法國、墨西哥、加拿大、英國等地大學，並曾在大陸南開、北大、山東、南京、復旦等大學講學。現任台南國立成功大學教授。

馬森寫於一九六〇——一九八〇年間的戲劇作品，以獨幕劇為主。其作品有《一碗涼粥》、《獅子》、《蒼蠅與蚊子》、《弱者》、《蛙戲》、《野鵓鴿》、《朝聖者》、《在大蟒的肚裡》、

《花與劍》（以上九劇收在《馬森獨幕劇集》）、《腳色》、《進城》（連同前九劇收在《腳色》）十一部。其中《弱者》一劇，曾於一九八五年由南京市話劇團首次搬上大陸舞台（導演郝剛）。

馬森曾在法國學習電影和戲劇，在法國生活七年之久，他直接受到西方當代戲劇的影響。他在《馬森獨幕劇集》的序言《文學與戲劇》一文中說：

> 對於現代劇，我不止是喜愛，而自覺它是我生活中的一部分。雖說如此，我卻並不曾把現代劇的形式立即搬來應用之。因為當時雖覺開拓了視界，但還不知道如何化為己有。後來經過了五六年的醞釀與消化，才在西方現代劇的基礎上摸索出一些更適合於表現自己感受的方式。在居留墨西哥的五年間，我一連寫了十幾部獨幕劇，表現的方式並不盡相同，但都與五四以來的中國話劇傳統大異其趣。

在《弱者》一劇中，象徵貫串全劇。出場人物只有夫妻兩人，幾乎沒有完整的情節，只是寫了夫妻之間圍繞著究竟用存款去購買汽車還是去購買土地的問題而展開的一場爭執。妻子一心想擁有一輛汽車；「坐在汽車上，一個鐘頭兩百公里，像一陣風。」她一生都在「等待死於車禍」的幸福。而丈夫則一心想擁有自己的土地，「一大片麥地，黃得像金子，大得像海洋，風吹來，麥子就蕩呀蕩地像滾滾的海浪。」他執意堅持「就是死也得買地」，然而他的夢想難以實現，因為鄰近所有的土地幾乎都改建成汽車工廠。劇本明顯寫的是傳統與現代兩者的尖銳衝突。丈夫和土地是農業社會生活方式的象徵，妻子和汽車則是現代社會生活方式的象徵。在劇本結尾，作者別具匠心地設計了這樣一個富有荒誕色彩的場面：從嬰兒車上坐起來的竟然是一個與丈夫模樣相同的下一代。妻子對他說：「好孩子，你不會像你的父親的，你要好好地做一個現代人！你要買你的汽車、你的電視機、你的電冰箱、你的電動洗衣機、你要幸福地活著……」這段話充分表現了作者對現代都市人一味追求物質享受那種心態的無情譏諷。

馬森的獨幕劇中有五個劇是以動物命名的，都具有濃厚的寓言意味。比如在《獅子》一劇裡，作者藉著兩位十年不見的老同學的會面。講出了他們各自對人生、對社會的看法，其中一人說：「到了沒有別的路，你不做詩人，就做獅子！」而詩人是要給獅子吃掉的。這裡指的不只是政治，而是整個社會現象。那人又說：「我們生活在一片黑暗中，沒有方向，也沒有亮光……我們能抓到什麼就是什麼，能撕的就撕，能毀的就毀！我們的血是用血來養的。我們真是跟野獸差不多了。」這段話道出了作者對人吃人的資本主義社會的尖銳批判。

又如在《蛙戲》中，作者把蛙擬人化，將牠們分為悲觀、貪財、強盜、愚蠢、聰明、嫉妒、美人、天才幾種類型。作者通過這群蛙的各種行為，反映了現代人生活的種種形態，揭出了「人生便如這一場蛙戲」的題旨。牠們都囿限在自己個性所表現出來的生活圈子裡，這一群近視的「蛙」雖然不在「井」裡，但牠們所見到的「天」和井蛙所見相比，並無什麼差別。

這幾個短劇，都是通過怪誕荒謬的情節，賦予一定的思想內涵，發人深思。

《花與劍》（寫於一九七六年）是馬森的代表作。描寫一個在國外流浪多年後終於又回鄉的青年的奇特遭遇。他想了解自己過去的歷史，想探尋父母之謎，試圖在現實中找到答案。但他卻發現自己夾在父親、母親與母親情夫的鬼魂之間，整個價值體系都錯亂了，然後他很痛苦地問自己：「我的路在哪兒？」劇中人物除青年外，其餘均戴了面具，父親同時又是母親。兩個戴面具的演員實際上扮演了好幾個角色。舞台上出現的是黃昏時的郊外，舞台中有兩座墳，加上穿著黑色長袍戴著面具不時變換角色的鬼魂，使整個舞台瀰漫一種陰森而詭異的色彩。作者這個戲裡著重探討了帶著面具的現代人的內心世界。劇中青年由於他為之困惑的問題（「我是誰，我能做些什麼？」）得不到解答，無法在魔幻般的世界中找到自我，因而感到迷惘與痛苦，感到現實世界的不可知以及人的命運的無常。他在找不到出路後就覺得：「我是一個迷了路的人。從來沒有人告訴我，路是怎麼走，日子是怎麼過。」這也反映了作者對動盪不安的現實世界的困惑。

馬森在其《三個不能滿足的寓言——與導演劉克華對談》①中，表明了他對《花與劍》的創作構思。他說：「他是寫一個年輕人要回去面對並非發生在他的身上，但卻是切身問題的歷史。在這樣的過程中，他一步步揭開歷史的真相，發現這歷史原來是個問題，就是題目呈現的花與劍、柔美與剛強、秩序跟非秩序的。在質感上，劍代表一種秩序，花代表一種感覺，然後有左手跟右手的分別、父親跟子女或者是情人、男性情人跟女性情人、結婚等等，把這些拉到社會來討論，就是秩序、道德的層面。在這個辯證中，這個年輕人一步一步地進入過程裡，他代表整個歷史或者整個中國的味道，或者中國人才會討論的東西，是跟道德規範有關的情緒歷史。這樣的歷史是一個問題，他決定要丟掉過去的包袱，但他不知道未來在那裡；這仍然是個大的問題。但是又有點樂觀，因為他決定要把這包袱去掉，認清楚這是產生問題的來源。」馬森的這一闡述，有助於我們對這一含義較為深奧的作品加深理解。

《腳色》（寫於一九八〇）一劇，開始時，舞台中央豎立一座小墳，周圍幾棵矮樹。甲乙丙乙戊五人，都穿著暗色衣服，臉色慘白，坐在地上，甲乙丙丁相繼發問：「爸爸快回來吧？」而戊獨作睡狀，於是丁問丙，丙問乙，彼此轉告著：「他睡著了！」而甲卻說：「爸爸睡著了！」爸爸到底在此睡著了？或者在外面快回來？究竟誰是爸爸呢？難道是戊？可是接著，丙丁戊向乙說：「你是我們的媽媽！」向甲也說：「你也是我們的媽媽！」就這樣，藉著一連串重複、矛盾的對話和動作，展開了荒謬的劇情。甲與乙結婚三十年，卻好像彼此不相識。（這使人想起尤乃斯柯的《禿頭歌女》中的馬丁夫婦。）他們誰都要做媽媽、誰也不願承認自己是爸爸。戲到最後，乙自以為一耳光打死了孩子了。他們爭奪僅存的孩子戊。這時墳墓逐漸膨脹，戊被擠到甲乙身旁，甲乙向戊跪下叫道：「爸爸！爸爸！」而戊則慢慢地倒了下去，似乎是死去，又好像進入夢鄉。

在《腳色》一劇中，人物沒有個性，甚至沒有姓名，只有甲乙丙丁戊的代號，也不知他們的身分。人物與人物的關係是錯亂的，我們始終不知道誰是父、誰是母、誰是子。情節單調、對話重複，這都是荒誕劇中常見的。然而，《腳色》一劇的荒誕情節多少反映了生活中的真實。劇中的夫婦共同生活了三十年，卻彼此不能認識，心靈也從不溝通。這種現象在現實生活中是常見的。整個劇一直討論誰是爸爸，那是由於人們不肯擔起重負，於是要尋找爸爸，但是不知道自己就可以作爸爸。對《腳色》的題旨，我們是否可以作這樣的解釋。

馬森的戲劇創作，在形式、語言、結構上，尤其是對人物形象的塑造上，都有一些共同之處。他把「人間的關係集中在幾個主要腳色身上，特別是父母、子女和夫妻的腳色。」馬森對此解釋說，在他的劇作中，「人物的特性，是他們之間的關係，換一句話說，就是人物在我的戲中所呈現的是他們在人間所扮演的『腳色』。」而他寫《腳色》一劇，目的就在顯示人物所扮演的腳色的重要性。他還就「腳色」一詞作了進一步闡述，他說：「『腳色』本來是一個戲劇中的術語。這個術語借用到日常生活中來，指的是一個人在相對的關係中所扮演的一種特別的身分。……他所扮演的腳色全視特定的時空和相對關係而定。我在戲劇中強調的也正是這一點，因此其中的人物扮演著雙重的腳色，他既承擔了人間相對關係中所賦予他的腳色，又扮演著劇中人的腳色。就戲劇藝術而言，就是借了演員扮演劇中人的這一行為，反映出人在生活中的某種特定時空和相對關係的局限下，所扮演的那種特別的身分。」

他還對他稱之謂「腳色式的人物」作了具體的說明：「在《腳色》一集中收入的這些劇本，大概都具有一個特點，就是從所扮演的『腳色』這樣的一個觀點來表達人間的種種對待關係。劇中人物的屬性既不是類別的、典型的，也不是個性的、心理的、而是腳色的，因此我稱之為『腳色式的人物』，以別於荒謬劇中符號式人物。格局有一定自設的局限，但未嘗不可做為另一種戲劇形式的門徑。」

馬森對他的戲劇創作中「腳色式人物」所作的理論上的闡述，可以看作是他對自己的創作經驗的一種總結。雖然他強調他稱之謂「腳色式的人物」有別於荒誕劇中符號式人物，但我們也可以從中看出，這種創作模式所受的荒誕劇的影響，是從西方荒誕劇演變而來的。馬森在戲劇創作方面另外所使用的「手段」，還有所謂「腳色濃縮」、「腳色反射」、「腳色簡約」、「腳色錯亂」。例如，《腳色》中的甲、乙；《花與劍》中的兒子（是兒子也是女兒），就屬於「腳色錯亂」。而錯亂則是違反劇場慣例或邏輯思維的，必須要有很好的心理與象徵的基礎。否則，會變成故弄玄虛的非藝術手段。

馬森的劇作，由於大都是獨幕劇。除《花與劍》需演出一整晚外，其他的都可在一小時內演完。由於人物不多、背景簡單，內容荒誕而富有哲理，又大都反映現實生活，能給人啟迪，所以他的作品經常為台灣一些大專院校的劇團拿去演出，也獲得一些反響。總之，馬森的獨幕劇在台灣的小劇場運動中產生了一定的影響，且受到海外的重視。

台灣的評論家林清玄曾撰文評論馬森的戲劇創作，認為具有以下幾個明顯的特色：

一是沒有結局，九部戲劇全是以現代手法處理現代人的素材，最後的結論都是懸疑的，讓人有謎樣的感覺，他把問題的空間與舞台析離出來，使我們讀到結尾，非但不能得到解脫，反而生一個（甚至幾個）沉重的問題。

二是富有張力，劇中人物雖然簡單，卻都是對立的、衝突的，不只是形貌上對立，而且是觀念的衝突，益發顯得驚心動魄。在對立中我們見到人一樣的血肉、一樣的欲望，以及一樣的幻想與夢境——一種基本生機的表相。

三是意象豐富，舞台上的人物與擺設永遠是簡單的，他們的對話所造成的奇突發展與豐富聯想永遠是複雜而活躍的，因此具有非常引人的素質，它的題目與內容雖不是絕對相關，更表現出作者捕捉意象、把握情緒的豐富性。④

最後，讓我們來討論一下馬森作品中的哲理性問題。我們知道，戲劇與哲學聯姻，這已成為二十世紀以來世界戲劇一個顯著特徵。西方現代戲劇家，如皮蘭德婁，他在生前便被推崇為哲學家，他的作品在哲理與藝術的結合上，很有自己的特色。薩特更是一位哲學家，他的存在主義對荒誕派戲劇產生一定影響。他運用戲劇形式來闡明自己的哲學思想，但是他的作品往往側重政治層面，有時不免流露圖解的痕跡。荒誕派戲劇家如尤乃斯柯、貝克特等，也都是哲學家型的戲劇家，他們的作品完全拋卻了人物與情節，純粹在人生和存在的意義上進行探索。然而，戲劇表現哲學，畢竟是一件艱難的事，從來的哲理劇在哲學與藝術的結合上，缺乏十分完美的作品即是明證。

荒誕派戲劇是存在主義哲學在戲劇方面結出的果實。阿爾比⑤說：「據我看，荒誕劇派是對某些存在主義和存在主義後時代哲學概念的藝術吸收。」荒誕派戲劇在思想內容上也體現了現代派文學的典型特徵，它在四種基本關係上所表現來的全面的扭曲和嚴重的異化，即在人與社會、人與人、人與自然（包括大自然、人性和物質世界）和人與自我四種關係上的尖銳矛盾和畸形脫節，以及由之產生的精神創傷和變態心理，悲觀絕望的情緒和虛無主義的思想。這四種關係的全面異化，是由現代資本主義制度所造成的，現代派文學的社會意義和認識價值也正在於此。

由於人們所生活的現實社會存在著很多荒謬的現象。荒誕劇通過誇張、象徵、寓言的手法在舞台上將其表現出來，並賦以作者主觀的思考，這就促使觀眾去正視它，並且引起深思，從而加深人們對人生、對人性、對社會的認識，從荒謬中覺醒。荒誕派戲劇中某些情節難以解釋，這是因為人世間有很多現象，本來不也是難以解釋的嗎？

無疑地，馬森在面對人類社會一些目前尚無法很好解決的問題，通過作品表現了他對人生和存在的思索，同樣具有一定的社會意義和認識價值，這是可以肯定的。他在形式上進行創新的努力，也給我們以有益的借鑑。不過，我們也可以看到，他作品中所塑造的所謂「腳色化的人物」，實質上與荒誕劇中的「**符號**化的人物」很相接近，而這又與我們的「概念化的人物」有點相似，人物缺乏鮮明的個性，只不過是某種概念的化身，人物之間的衝突反映了概念的衝突。人固然是理性的動物，但同時也是感性的動物。在文學藝術中，「以情感人」較之「文以載道」似乎更為重要；而在戲劇中，拋卻生動的戲劇情節和鮮明的人物性格，而以闡明一種思想為主導，如果光有哲理而無戲劇，缺乏情感與美感，這會削弱戲劇的審美功能，看來是一個值得商榷的問題。又如他在作品中過多地運用象徵、隱喻、暗示等手法來表現哲理內容或抽象概念，由於象徵的手法較難應用，一旦過了頭，便會導致晦澀難懂，有時便會使觀眾難以接受，甚至未能收到預期的效果，或者產生事與願違的現象。

盡管荒誕派戲劇有它產生的緣源，有它存在的客觀基礎，然而發源於法國的荒誕劇，雖然在歐美曾經流行一時，但它被移植到中國來，是否能為廣大觀念所接受，這個問題也是值得探討的。也許荒誕劇曾在台灣作過一些實驗性的演出，也曾引起一陣良好的反響，但還未能佔據主要地位，這也是一個客觀的事實。馬森自一九八〇年以後，就沒有再從事戲劇創作，而轉向小說創作，他自己也承認這是由於「無法突破自己以前的戲劇形式，所以較注於小說的創作」⑥。近年來，馬森除進行小說創作外還致力於戲劇理論的探討，寫出了富有學術價值的專著《中國現代戲劇的兩度西潮》一書（一九九一年出版），受到了海峽兩岸文藝界的重視。馬森先生是一位學識淵博、富有才華的戲劇家，我們熱切希望他能繼續進行戲劇創作，寫出更直接面對人生、反映現實的優秀作品，為繁榮台灣戲劇運動作出新的貢獻。

注釋：

①《馬森文集．戲劇卷》第二卷。

②③馬森：《腳色．序言》。

④林清玄：〈戲劇文學的建立——讀《馬森獨幕劇集》〉。

⑤阿爾比。美國劇作家，受歐洲荒誕派戲劇的影響頗深。

⑥轉引自黃美序《中華現代文學大系‧戲劇卷序》。

原載《評論和研究》一九九四年四月第一期（總第八期）

與五四以來的中國話劇傳統大異其趣

——論馬森戲劇集《腳色》

彭耀春

提要：

馬森戲劇「與五四以來的中國話劇傳統大異其趣」。其戲劇集《腳色》傾向現代主義戲劇美學，思考和揭示人的生存方式、生命價值和現代孤絕，以虛幻的情境將人生哲理化，形成他獨特的《腳色》範式。

臺灣當代戲劇家馬森的戲劇集《腳色》收錄獨幕劇十一種，寫於一九六七至一九八二間。其中寫於墨西哥城的《一碗涼粥》、《獅子》、《蒼蠅與蚊子》、《弱者》、《蛙戲》、《野鵓鴿》、《朝聖者》、《在大蟒的肚裡》八種和寫於溫哥華的《花與劍》於一九七八年結集為《馬森獨幕劇集》出版。一九八七年再加上《腳色》和《進城》，由臺北聯經出版事業公司結集為《腳色》出版。

馬森戲劇集《腳色》因其獨特的藝術風格受到海峽兩岸戲劇界的重視。自七十年代末以來臺灣小劇場頻頻演出《腳色》劇目，到八十年代，《弱者》、《一碗涼粥》和《花與劍》也先後被搬上大陸舞台。戲劇集《腳色》的代表劇作《花與劍》還分別由大陸戲劇理論家林克歡編入《臺灣劇作選》（中國戲劇出版社，一九八七年出版），由臺灣戲劇家黃美序收入《中華現代文學大系戲劇卷》（台北九歌出版社，一九八九年出版）。馬森在為他的《馬森獨幕劇集》作序時指出他的《腳色》：「戲劇表現方式並不盡相同，但都與五四以來的中國話劇傳統大異其趣。」①這主要體現在對現實主義和他所謂的「擬寫實主義」的超越上，體現在以現代主義的戲劇美學取代現實主義的戲劇美學，並構建出獨具一格的《腳色》範式。這種「取代」首先是劇作家關注焦點的轉移和戲劇審美視景的改變，從側重於從社會的政治的角度去感受和表現人生，使戲劇成為揭露時弊，討論問題，宣揚正義的武器，轉為思考和揭示人的生存方式、生命價值和人的現代孤絕，將現實的社會生活抽象、變形、荒誕化，在更高更普遍的層次和更本質更抽象的意義上演繹人生。劇作家在一九九七年九月十二日致筆者信中解釋：「現代主義跟現實（寫實）主義的區別之一，是關注的物件不同，現實主義比較關注社會問題，包括社會生活及社會正義等，現代主義比較關注人生和人性問題，包括人生的處境，」並特意指出：「我想有些作家和劇作家比較傾向寫實主義，我的劇作則比較傾向現代主義。」二〇〇〇年在臺灣舉行的「第三屆華文戲劇藝術節」上，馬森再次論述了：「在兩度西潮的影響下，臺灣產生了不同於既往的新戲劇。所謂《新戲劇》，是相對於五四以來的傳統話劇而言。它之所謂新，一方面是在形式上不再拘泥於傳統話劇『擬寫實』的狀貌，另一方面是在內容上擺脫過去過度政治化的狹隘視野，擴及到人類心理、人際關係、愛、恨、生、死、等大問題上。新戲劇的萌發並不是獨立現象，而是與臺灣政治、經濟的資本主義化與社會的現代化有著密不可分的關係。臺灣踏著西方的腳步走上資本主義的道路，自然也就同時迎來了『現代主義』的美學思潮。」②

馬森六十年代在法國「從一些存在主義作家沙特、卡繆、貝克特、尤奈斯庫等人的作品中」接受了存在主義思潮的影響。不同於臺灣戲劇家姚一葦是從人的「存在」思考人的「處境」和「自處」方式，當馬森將存在主義的觀念應用於戲劇創作時，他著意表達處於現代社會的人的孤絕感：「因我生活在二十世紀，呼吸著二十世紀中工業社會個人主義中的孤絕的空氣。」③作為長期漫遊西方諸國的飄泊遊子和「人生茫原的探險者」④，馬森恐怕比常人更為強烈地體驗到現代孤絕。他曾與臺灣作家陳雨航說到：「『孤絕』最重要的還是表現目前西方工業化社會所帶來的疏離感。這也可以說代表著臺灣的現在與未來，因為臺灣現在已工業化了，也接近了孤絕與疏離的心境了。」⑤在馬森的文學創作中，戲劇集《腳色》同他的小說集《孤絕》一樣，「都圍繞了現代人的孤絕感這樣的主題」，瀰漫著由此而派生出的無解的悲觀，淡淡的鄉愁，時隱時顯的空虛，疏離隔膜的痛苦，和為了衝破疏離而產生的溝通人際的強烈願望。

在現代孤絕感的驅動下，馬森戲劇引人注目地出現「尋父」主題——「爸爸在哪兒？」父親形象在馬森戲劇中具有特別的意義。⑥馬森在他的戲劇中不斷演示父親形象，或者讓他的劇中人議論父親、尋找父親。儘管這些父親形象並不具有親和性，在《野鵓鴿》中，父親麻木地啃食可能是兒子變的野鵓鴿；在《一碗涼粥》中父親無情地打殺違背祖宗規矩的兒子；在《花與劍》中，父親嫉妒分享了妻子愛的兒子；在《腳色》中，劇作家又以略帶嘲諷的筆調描寫兒子們期待著會打人的父親再度出現……但父親畢竟是傳統和權威的象徵，《腳色》中甲和乙三十年來「天天夜裡都到這兒來等爸爸回來」，他們不知道誰是他們的父親，他們誰也不願做父親，在一陣莫名其妙的混亂紛爭中茫然地等待父親的降臨。《花與劍》中隻身飄泊漫遊的兒子在一種無以名狀的衝動驅使下回到故鄉，來到父親的墓前追溯他生命的淵源，他對母親說：「我必須弄清楚誰是我的父親？我的父親做過什麼？然後我才能知道我是誰？我能做些什麼？」尋找父親，意味著尋根、尋背景、尋偶像、尋上帝。尋理性，這是飄泊遊子尋找出生地的鄉愁，是醒來不知走向何方的人的迷茫，同時，也是人在迷茫中自我定位和自我確認的努力，是人在孤絕中期盼溝通，期盼依託的張望，也是人在迷途中振作前行尋找出路的探索。

《在大蟒的肚裡》從另一個角度表現現代人的孤絕。劇作家將兩位「沒有年齡」的陌生男女安置在大蟒巨大而空虛的腹腔，讓他們在「空虛」中相遇、相識、相愛，但他們卻無法穿過阻隔在他們中間的空虛。馬森在《東方戲劇．西方戲劇》裡引錄了一位臺灣小劇場人的評語：「《在大蟒肚裡》集合了人的情感、慾望和道德的驗證。」如果說這是表示劇作家對這評語的認可，那麼劇作所「驗證」的應是人需要愛情，而愛情卻是「一種想像的東西」，「我們仍然要做各人的主人，我們就沒法再你走近我，我走近你」。如果說大蟒黑暗空虛的腹腔是人類生存環境的喻示，那麼，這對相愛男女遭遇空虛的阻隔則宣告了現代人的徹底孤絕。

馬森戲劇在表現現代孤絕時還觸及到對生命存在價值的終極性叩問。這種叩問，以對當代臺灣「政治環境」的嚴肅作證，深入到「中國現代人的心態」更為內在的層次。在馬森的幾部以動物命名的戲劇裡，這一叩問具體表現為現代人對人類歷史、人性存在的反思和對人生目的虛幻、人類追求徒然的悲涼體驗。《蒼蠅與蚊子》中自詡為「萬物之靈」的蒼蠅蚊子一面扮演著人類，一面冷眼觀看人類因相互殘殺而滅亡，「不可思議」於「原來人是沒有腦子的動物」，「他們只會你殺我，我殺你」。《蛙戲》同樣以喧鬧的筆調寫在暮秋敗葉滿地的季節，一群代表了人類各式色相的蛙為了虛擬的「一個生活的目的」前仆後繼地撞樹，在亢奮的「永生不死」歌聲中一個個悲愴地倒下。《獅子》再次複現了人類的疏離與相互殘殺，在一種似有預感的神秘氣氛中，兩位老同學敘出了人類「被一種連自己都莫名其妙的力量支使著，去咬、去啃、去撕！」「真是跟野獸差不多少！」在這種荒誕話語中，劇作家以沈靜的悲涼為包括臺灣在內的現代社會描述了一篇篇當代寓言。《朝聖者》從另外一個角度涉及這個命題，苦行取經的老和尚嚮往著崇高的境界，卑賤世俗的乞丐追求現實的享樂，然而他們卻殊途同歸，相隨而行在酷熱無際的沙漠。「他們在走向西方極樂世界的路上，竟同樣的衰弱與渺小。」

可以說，馬森的戲劇同樣是一種「問題劇」，但這不是在社會政治觀念的激發下感應社會現實的結果，而是在體驗了現代孤絕後對「人間更為根本的問題」的進一步尋思，劇作家自稱是「迷惘中的一條魚」，他自我定位在「人生茫原的探險者」，為我所用的採取荒誕話語。就像《禿頭歌女》那樣，在馬森的戲劇中夫婦結婚三十年可以相連而不相識，陌生的男女可以在空虛的大蟒腹腔談論愛情，蚊蠅可以冷眼旁觀評說人類……因此揚棄對社會問題的近距離直接反應，也突破了經驗中的生活邏輯和線性的因果關係，反寫實的手法使劇作家能夠更深入更便捷地表達他關於現代孤絕的體驗，用馬森的話說，是表達他的「夢囈」、「夢話」、「潛意識中的某種隱痛」⑦，也就在這種種荒誕中獲得了對「根本的問題」的更深刻的理解。馬森甚至認為他所提出的問題往往是「一體兩面」、「一事兩面」的悖論，他曾為解讀《花與劍》「提一點線索」：「我有一個幻想，對於善與惡，是與非，愛與恨，可能認為他們是一事兩面，而不認為他們是絕對對立的。」⑧《花與劍》是馬森戲劇中最富有哲理意味的劇目，花象徵著愛，劍象徵著恨。正如「父親」一手拿花，一手執劍一樣，愛與恨是與生俱來與生命同在一體兩面不可分離的。父親與母親彼此相愛又充滿仇恨，一直生活在無休止的相互依戀又相互折磨的狀態中，當父親將愛的鮮花獻給母親的時候，他也注定要將仇恨的劍刺向所愛的人的胸膛，而自己也與之同歸於盡。而在《蛙戲》、《獅子》、《在大蟒的肚裡》、《朝聖者》、《腳色》等劇中，又以「一體兩面」的方式展示人類生存的一個悖論：當人追尋生命的意義時，一種生命的無意義體驗又時時伴隨他；而當他感到生命無意義時，一種追尋意義的衝動又使他蠢蠢欲動。在這樣一個層面上，馬森戲劇的生命哲學呈現出矛盾狀態：一方面感到「為人的寂寞」，對現存價值的懷疑和對理性得困惑，流露著悲涼悲觀悲愴；另一方面又產生「需人了解的慾求」和與人溝通的慾望，「盡可以任性道出一己的心聲。」⑨

馬森戲劇的「一體兩面」實際上突現了現代人的一種共同性體驗，這就是對「存在」的失望和仍懷抱希望，也就是馬森後來所認同的「不能滿足」。一九九一年臺灣小劇場一個劇團將馬森戲劇《腳色》、《在大蟒的肚裡》和《花與劍》並為一台戲演出，其名稱《三個不能滿足的寓言》確實道出了馬森戲劇的這種情感糾纏和哲理內蘊。劇作家在解釋「不能滿足」時說：「我的戲提出了些不能解答的問題……問題的難以解答，實在不能令人滿足。但不能滿足的另一層面意思，是說人生中有太多不能滿足的事，這三則戲的寓言或三齣寓言的戲，都在敘說著我的那一顆在人世中無法得到滿足的心。」⑩正是這種「不能滿足」的情緒，在馬森的戲劇中鋪張開「一片迷惘，一團困惑，和人類心靈的一種無限的鄉愁」，也為馬森戲劇注入了渴望滿足，渴望溝通的內在意蘊，並使馬森戲劇在形而上的層次上具有了一種普遍性的價值取向。

《腳色》「與五四以來的中國話劇傳統大異其趣」的另一個重要方面，是從現實主義的戲劇藝術，即以「再現」的方式在舞台上製造真實生活的幻覺，以時空的規定性、情節的完整性和人物的個性化等原則逼真地演示社會生活，轉為以現代主義的戲劇手法，及運用「表現」的方式，以虛幻的情境將人生哲理化，通過展現作者的「夢囈」、「潛意識中的某種隱痛」，趨向「荒謬比理性更為理性，虛幻比真實更為真實」的境界。馬森就自稱他的劇作「好像一朵不像花的人工花，雖然不像現實中的任何花朵，但卻是作者居心要說服觀眾，這是一朵比真實更真的花。」

馬森的戲劇創作是從倦於「遵循著寫實的路線來寫」，到找到「表現我感覺的有效工具」——「西方現代劇的表現形式」。有一篇文章將馬森戲劇的表現形式歸納為四個方面：

1. 內化了的戲劇衝突
2. 虛擬的環境與直喻的舞台形象
3. 反諷的敘述
4. 腳色式的人物⑬

而其中最具有馬森個人風格的，是他在戲劇創作中逐漸自覺運用的「腳色」範式。劇作家這樣說：

我在一九六七年所寫的《一碗涼粥》中的人物沒有姓名，而只用了夫妻、在《弱者》中仍然用的是夫妻，在《野鵓鴿》中用的是父母，《在大蟒的肚裡》用的則是男女。直到我在一九七六年寫了《花與劍》，其中人物的代號用的是「父」、「母」、與「兒」我才意識到我所看重的人物的特徵，是他們之間的關係；換一句話說，就是人物在我的戲中所呈現的是他們在人間所扮演的「腳色」。⑭

馬森在一九九七年十一月十六日致筆者信中特別解釋「腳色」與「角色」的區別：

「腳色」與「角色」在臺灣均用，但含義略不同，前者偏指人間的腳色關係，如父母對子女、夫對妻等，亦兼指舞台上之「角色」，後者偏指舞台上所扮演者，亦指人間「腳色」。

劇作家以「腳色」命名他的戲劇集，顯然表示他「對生活中的人物了解與分析跟以前的劇作家採用了不同的視角與觀點」⑮，表示他的戲劇人物「偏指人間的腳色」。

馬森是「在寫實主義、象徵主義、表現主義、和荒謬劇的多種影響下進行戲劇創作的」，他之所以獨創「腳色」式人物，除了他曾自述的「時代氛圍」、「漂泊經歷」和「藝術創新」三個原因外，我以為同樣重要的是劇作家在一篇文章中所說到的：

在我劇中……我所關心的問題，我所企圖要表達的意念，跟我所採用的表達形式有密切的關係……實際的情形是形式內容同時產生，同時具體而微地在我的心田中萌芽，茁長，以至開花結實。⑯

當劇作家因現代孤絕感的體驗而在形而上的層面思考「我是誰？」時，一切當下的表面的具體的社會因素、社會關係退隱了，在「人」的核心問題面前，其他問題均因不夠十分重要而被省略，剩下的就是「人」、「人」最基本最自然的關係：父與子以及夫與妻。為揭示「具有共相的人類的基本心理」豐富多采，千差萬別的人物個性消解了，剩下的仍是最基本的，被劇作家賦予象徵意義的腳色類型人物。這兩組「角色」的交織，實際上是濃縮了人類的生命歷程，濃縮了人類的情感方式，包括父愛、母愛、子愛、夫妻之愛和手足之情。這樣，除了幾種動物戲和個別例外，我們在馬森戲劇集《腳色》中看到了由它的「腳色」範式所形成的「父（夫）、母（妻）、子」的戲劇人物三角組合的基本式：《一碗涼粥》、《野鵓鴿》都是父與母、與一個被打殺、或變成了野鵓鴿，但都仍然存活在父母幻覺裡的兒子；《弱者》是夫與妻、與最後從嬰兒車裡坐起的與父親一模一樣的兒子；《在大蟒的肚裡》是從相逢到相愛又無法結合的男女，以及若干充當背景的人物；《花與劍》是父、母與兒子，以及既是父親又是母親的好朋友和鬼；而在劇作家所著意表現「腳色」式人物的戲劇《腳色》裡，是結婚三十年但都自認為是媽媽而指稱對方是爸爸的甲和乙，以及他們共同養育的三個孩子；戲劇集《腳色》所收錄的最後一個劇本《進城》的人物是兄弟倆，和雖然沒有出場，但一直被兄弟所談論、他們很想離去又不忍離去的父親。在這樣的戲劇審美創造中，背景模糊了，事件消退了，「佳構」被解構了，人物的年齡、職業，甚至性別都被淡化了，而「腳色」式的人物和「腳色」範式就順理成章地應運而生，與劇作家關注的物件，意欲表現的現代孤絕，和創作中所想到的「很深的東西」一併誕生，如影隨形，成為馬森戲劇中的「有意味的形式」。

取這樣的方法，馬森超越了傳統現實主義的個性化，引進社會學的觀點，將錯綜複雜的人物關係、千差萬別的人物個性簡化，濃縮，集中到幾個最基本的「腳色」上，用「腳色」人物替代以往戲劇中的類型人物、典型人物、個性人物或表現主義的「心理人物」。為此，劇作家還創造性地使用「腳色集中」、「腳色濃縮」、「腳色反射」、「腳色錯亂」、「腳色簡約」等手法，按馬森的解釋：

「腳色集中」是把人間的關係集中到幾個主要的腳色身上，特別是父母、子女、和夫妻的腳色。

「腳色濃縮」是把每一腳色濃縮到最精煉的程度，使他的存在與腳色的扮演合二為一。

「腳色反射」是說以某種看來不相關的腳色反射出一種或多種本相關聯的腳色。

「腳色錯亂」是劇中人物並不了解自己扮演的腳色是什麼，或是一個人物可以「錯」成兩個以上的腳色。

「腳色簡約」則是利用同一個人物扮演兩個以上的腳色。⑰

比如《一碗涼粥》裡的夫妻又間或扮演兒子，將兒子在家裡生長的情形和父母的矛盾通過扮演生動直觀地呈現出來，實際是在展示父母對兒子的深切懷念。又如《花與劍》「企圖解構演出時角色必須有性別的常規」，扮演「兒」的角色可以是兒子，也可以是女兒，「兒」既愛上了丘麗葉，把父親的「那朵早已枯萎，可是仍然有一股奇異的香氣」的花送給她；也愛上了丘立安，把父親的「已經生了鏽，但仍然相當鋒利」的劍送給他。另一個角色則戴著四層面具，先後扮演「母」、「父」、「母」或「父」的朋友、以及鬼。這種腳色集中、腳色濃縮、腳色反射、腳色錯亂、腳色簡約的演出「非但在舞台有相當的趣味效果，並且能從這種趣味感中，反映出一個人同時身兼著多種腳色的人生真實」。從這裡，我們也可以大致歸納出「腳色」範式的最基本特徵：把人間的關係集中到幾個最基本的腳色身上，如父母、夫妻、父子，把每一個腳色濃縮到最精煉的程度，或者一個腳色可以同時扮演幾個腳色。概言之，是人物關係的高度集中濃縮。同時，不同於「荒謬劇的劇作家企圖通過『符號』式的人物把人『抽象化』」，馬森的「企圖則是把抽象的人再賦予具體的腳色的特徵」。⑱

臺灣戲劇家黃美序曾經很有見地的將馬森的《腳色》與同樣留法的徐訏的「比他早約三十年所寫的幾個『擬未來派』的短劇」比較。⑲馬森的《腳色》在許多方面類似荒誕派戲劇，它使人不斷地聯想到尤奈斯庫和貝克特，但馬森的這些「突破」之作又同時給人感覺是中國的，是源自於中國文化傳統。這不僅是劇作家在《腳色》裡表現的是現代中國人的心態，而且也是因為他在藝術形式上吸取了中國文化藝術的滋養。馬森在談到當代臺灣劇場「從我國傳統戲劇中尋找靈感和素材，似乎是目前不少劇作家一種不謀而合的心向」時就承認：「我自己恰好也企圖把京劇中的某些特色溶於話劇中。」⑳這包括舞台的寫意風格、人物的獨白旁白、對話中大段大段的重複。其實，從戲劇的更深潛處看，馬森戲劇《腳色》與五四人的啟蒙思想，如魯迅《狂人日記》的「禮教吃人」和「救救孩子」，還是有明顯的內在承續與呼應的。

（本文作者為江蘇警官學院教授）

注釋：

①⑦⑨⑪⑯馬森，〈文學與戲劇〉、《腳色》（臺北：書林，一九九六年三月，頁二七、二八、二一、二八、三二）。

②馬森，〈從現代主義到後現代主義——臺灣「新戲劇」以來的美學商榷〉（《聯合文學》，二〇〇〇年九期）。

③⑭⑮⑰⑱馬森，〈腳色式的人物〉（《腳色》，頁一二、七、九、一一、一〇）。

④馬森，〈馬森文集、總序〉（《愛的學習》，臺北：文化生活新知出版社，一九九一年三月版）。

⑤陳雨航，〈馬森的旅程〉（轉引自《臺灣文學史》（下），頁七七三，福州海峽文藝出版社，一九九三年十月版）。

⑥馬森在回顧他創作歷程時特別提到「欠缺父親形象的支柱」對他性格的影響，參見註1。

⑧⑩馬森，〈三個不能滿足的寓言〉（《東方戲劇、西方戲劇》，臺北：文化生活新知出版社，一九九二年九月版）。

⑫馬森，〈對「花與劍」導演的幾句話〉（《腳色》，頁二三四）。

⑬徐學、孔多，〈論馬森獨幕劇的觀念核心與形式獨創〉（《腳色》頁三〇五）。

⑲黃美序，〈《腳色》的特色——評馬森的《腳色》〉（《腳色》頁三〇四）。

⑳馬森，〈話劇的既往與未來〉（《東方戲劇、西方戲劇》，頁六三）。

馬森獨幕劇演出的哲理性與趣味性

朱俐

提要：

馬森教授的獨幕劇風格別緻而獨樹一幟，在寫作風格上是混合了荒謬主義、象徵主義、存在主義、表現主義、超現實主義諸多戲劇形式的特點而自成一格，與現代戲劇及戰後的前衛劇場接軌，為臺灣劇壇引進一股新流。他的劇作風格和荒謬作家貝克特的《等待果陀》、《最後一局》以及伊歐涅斯科的《禿頭女高音》、《椅子》等劇比起來，作品中的荒謬性沒有那麼濃郁，而象徵性比較濃郁，劇中的語言則較具有實寫劇對白的真實性與趣味性，頗能顯現人物內心潛意識的慾望，即使是一些重複的囈語也都不像前者那樣地陳腔濫調，重複顛倒、喋喋不休、語無倫次，所以較容易使人理解接受。馬劇中許多題材是荒謬的，超現實的，他選用動物或昆蟲做擬人的比擬，都含有豐富的意象和嘲諷的寓意，暗示了人類的愚蠢與殘暴的劣根性，重複的對白常給人無限的想像空間，在語言遊戲的暗示性中得到不少睿智的人生哲理，有人說荒謬劇比生活更真實，因為未經修飾過的語言，最直接的話語最能釋放人物內在的潛意識或投射出下意識的真實面，馬森教授的劇作像是一面晶瑩剔透的放大鏡，照出芸芸眾生的真實相。

馬森教授的獨幕劇個個皆擁有獨特的風味，處處洋溢著睿智的人生哲理，看似簡約的對白更是自然而富有感情，充滿著詩意的文學意涵和象徵的寓意，幽默而智慧的語言趣味，流露出中國鄉土的韻味語氣，讓人朗朗上口順溜極了，他的劇作深具魅力令人著迷，多年來一直是我表演課所指定的最佳訓練教材，學生演出他的劇作必須要發揮豐富的想像力，並且戮力去品嚼語言的趣味和對白深層的意涵，其演出的效果常是出奇地精采有趣。

馬教授自己承認在留學法國時深受現代戲劇的影響，他劇作的風格形式是有別一般大家所熟悉的寫實主義風格，也許有人會將之歸類於所謂的荒謬主義①，而我寧可稱之為超現實主義②則更較為恰當，他的劇作乃是超越了寫實主義的框架，兼有象徵主義的風味③，更自由自在地呈現人物內心的慾望與想法，無論是腳色身分的辯證或是內心有意識無意識的衝突，透過這種非寫實的技巧都能清晰明確地傳達予讀者及觀眾，而無論是在形式上或內容上都獨樹一格，頗富創意巧思，令人耳目一新，似乎已達諸法皆空，不露編劇技巧的痕跡，使人讀之再三，玩味無窮，愛不釋卷。

兩次世界大戰破壞了整個西方社會秩序的邏輯與道德觀，第二次世界大戰期間，六百萬無辜猶太人被殺害，德義協約國的聯手興起戰爭，禍延整個歐洲，亞洲方面日本發動侵華戰爭並攻佔南亞的諸小國，戰火的殘暴無情地蔓延各地，軍人姦淫肆虐失去理性地變為殺人的野獸，平民百姓無端地喪失性命，財產與家人，多少幸福的家庭剎那間破碎瓦解，人們生活在地獄般的人間煉獄中，眼睜睜地看到殘暴的惡行卻是束手無策，無語望蒼天……直至美國捲入戰爭，盟軍戰勝德軍，日本偷襲珍珠港，……廣島和長崎挨了兩顆原子炸彈日軍方肯投降，總算才中止了二次大戰，但也使得許多無辜的日本平民被犧牲了……戰後，人們禁不住要問道，人究竟是怎麼回事？興起戰爭的人沒有理性嗎？為何叫生靈塗炭？宇宙的真理何在？上帝拋棄了世人嗎？何以袖手不管正義，讓惡人橫行霸道地為禍人間？哲學家尼采更是大聲疾呼：「上帝已死！」大戰後，受到戰爭災難的後遺症，有的人信仰失落了，不再相信宗教的道德觀，善有善報、惡有惡報的價值觀受到了質疑，人們開始覺得這個世界是非理性、混亂、矛盾與虛無的，人們的行為也不完全是受理性的控制，常在無意識或下意識間做出自己也難以解釋的事，世事是無常的，人們永遠不知道明天會發生什麼災難，沒法子去確定任何事情，而道德亦沒有什麼客觀的標準，人類生存的意義令人質疑，人為什麼要存在？

活著又了為了什麼？生命好像是無意義的，知識與道德的觀念都屬同樣的不合邏輯，人們的生活似乎就是建立在種種虛構不實的世界裡，所有的行為都是無用的、沒意義、荒謬的，尤其當科技文明愈來愈進步，電視、電影、飛機、電腦都進入了生活，人們不免覺得和神、自然與自己內心的距離愈來愈疏遠而迷失了自身，覺得人生是虛無的，沒有意義的。人是環境的產物，存活於世的意義不是為了什麼，只是為了尋找他自己，如何讓自己活得更好，……於是藝術家們試圖從日常生活的愚蠢中去發現終極的真理，從人生的荒謬中尋找生命的真象，荒謬的意思就是失去了合理性與正當性的協調性。

荒謬戲劇大師伊歐涅斯科（Eugene Ionesco）曾說：「我真的有一種感覺，生活是一種夢魘，像是一種痛苦的、難以忍受的惡夢、環顧我們周遭，戰爭、橫禍、災難、憎恨、迫害，到處充斥著死亡，它是恐怖的，它是荒謬的。」④於是戰後這種荒謬的現代戲劇形式就在歐洲流行起來，而法國巴黎正是這個運動的中心點，荒謬派作家們大量地使用夢境、幻境、囈語、象徵的意象，詩歌、啞劇動作、獨白、心靈的對話來表現自己的意念，台詞常是無意義的、重複的、冗長的，甚至是語無倫次、胡言亂語的，在劇情結構方面他摒棄了一般寫實劇的邏輯性與合理性，經常是沒有情節與結構，故事隨意地開始，任意地結束，沒有結局，也沒有結論，劇作家不主觀地建構人物的性格或是從批判性的角度呈現人物的獨特性與衝突性，劇中人往往難以辨認其獨特性格及其行為的動機，作者只是很忠實、原味地呈現生活的狀況與腳色的面貌，讓觀眾自己去解讀，領悟其中的哲理。所以荒謬劇這種不拘形式的寫作風格，能讓作者的想像力十分自由地表達內心的意象，傳遞思想十分直接，卻是寓意豐富，令人感受深遠，回味無窮。

和荒謬作家貝克特的《等待果陀》、《最後一局》及伊歐涅斯科的《禿頭女高音》、《椅子》等劇比起來，馬森先生的劇作風格是沒有那麼的荒謬，他劇中的語言則較具有寫實劇對白的真實性與趣味性，而不像前者那樣地陳腔濫調、重複顛倒、喋喋不休、語無倫次。馬劇中許多題材是荒謬的，他選用了動物或昆蟲作擬人的比喻，都含有豐富的意象和嘲諷的寓意，暗示了人類的愚蠢與殘暴，例如《蒼蠅與蚊子》、《蛙戲》，其對話中就以小動物的性情與心理嘲諷了萬物之靈的人類是多麼地貪婪、自大、自私、驕縱、好鬥、盲從，所有的寓意都十分明晰地透過對白傳遞這些訊息，就其內容來看，蒼蠅、蚊子竟然會講人話、說著大道理，彼此明爭暗鬥，青蛙會搶錢、偷盜、爭風吃醋，每個蛙都跟人類一樣具有獨特的性情，甚至在天才蛙的鼓吹之下，大夥兒為了莫名其妙的生活目的去向大樹宣戰，最後前仆後繼地光榮撞樹成仁……這些有趣的意念當然是屬於超現實的、非寫實的，喻人的，具有象徵意義的，但是所有的意象都是完整、鮮明的，並非如荒謬劇那般地支離破碎，不知所云。

馬劇中的人物不知其過去背景遭遇，不知從何而來，不知將去何處，也不具有真實性格，我們只知道他們的身分，也就是他們在社會與生活中扮演的腳色像是父親、母親、妻子、丈夫、兒子……他們就只是存在這當下兒，對話中所訴說事件讓人難以確定是真還是假，是虛還是實，觀眾所要領會的是人物口中透露的心理與感覺才是最重要的，例如在《獅子》劇中，甲是一位教書匠，乙是政治人物，兩人久別重逢一起話家常，提起昔日同學詩人是怎麼死的，兩人各說各話，爭論不休，甲說詩人是給獅子吞了，乙否認，說是死在地下車道，究竟誰的話是對的？詩人真的是死在非洲被獅子吞食了？還是死在臺灣的車禍裡？大木瓜是否也給獅子撕了而死？這到底是甲的幻想還是真實事件？作者並沒有給答案，一直沒有。為什麼甲老是覺得他的老朋友都被獅子吃掉了？這到底象徵著什麼意味呢？

甲曾說：「女人總使我聯想起獅子，可以活生生地把人撕了的獅子。」甲又質疑男人為什麼非得娶女人不可，「娶女人無異於跟獅子結婚」，他將女人與猛獸相提並論，這句話透露出某些男人畏懼、害怕女人的心理，男人寧可孤獨過一生或是與同性生活在一起免得被女人吞食了。獅子是個會吃人害人的猛獸，弱者一不小心就被牠撕裂吞食，牠也被比喻為某些心狠手辣的政客，象徵著社會上到處都是人欺人、強權侵害弱勢的情事，尤其是政治人物為了前途不擇手段地對付政敵，這無異是像獅子迫害人類一般無二，有良知的人為了生存不得不與人競爭，因此很難心安理得地活在這個世上，似乎獅子就是代表了強權與迫害，作者批判社會劣質的政治陋習的隱喻都在此對話中表露無遺。此外，獅子也象徵現代工業文明裡的汽車，馬路如虎口，疾駛的汽車製造不少車禍，輾死路人也就像荒野中的獅子吞撕了路人。所以到底詩人有沒有被獅子吃掉是無關緊要的，他只是一個弱者被獅子吞食的取樣而已，在談到職場上的競爭時，只見乙在激昂訴說與人鬥爭時彷彿就變成了一隻吃人撕人的兇猛獅獸，張牙舞爪，成為人變獅子的最佳寫照，活脫脫地呈現在大家眼前，所以獅子在此劇中象徵了女人、政敵、汽車、競爭、所有侵害人類的強權。此劇藉著甲乙兩人的對話表達出對整個社會現象的關注，小老百姓的內心感受，與人相處的人際關係，人與社會融合的種種掙扎衝突，人存活在世上不斷地與人激烈的競爭、鬥爭的感想，社會充斥著這麼多的危險，每個人都活在恐懼的陰影下，無法掙脫這樣悲劇的命運，至於情節的真假、事件的虛實其實是無關緊要。

超現實主義者認為人在睡夢中，理性無羈絆時最能顯現潛意識的心智，往往就此顯現了內心的真實意圖，這才是通往真理之路，所以超現實戲劇中真實與夢境間的界線是很模糊的，人物處在真與假、實與虛的情境中是不必說清楚、搞明白的，觀眾也不需要努力地去分辨劇中人物在真實與幻夢中的行動該如何區別，只要仔細去體會劇作者的思想與心靈的悸動，與之共舞即可。此運動的代表人物安德爾、布雷東（Andre Breton）為超現實主義定位為：「純粹心靈的自動現象，意在以言詞、文字或其他方法表達思想的真正過程，在不加理智的控制以及不摻雜美學或道德的成見時思想所作的命令。」⑤而馬森先生的劇作是頗符合這個定義的，他的劇作在形式與內容上兼具了表現主義⑥、超現實主義、象徵主義以及詩劇的特色，在寫作技巧上他是非常西方化、現代化的，但在語言與思想上他卻是十足的中國味，劇中台詞唸起來不僅順口且十分夠味，既質樸又口語化，其思想都頗能反映了一個現代中國人的心聲，給人相當坦率真誠的感受，讓觀眾很能感受他的感覺而有共鳴，人物的對白相當地生動也充滿了文學氣息，且能把腳色內心的氣質表現出來，這些看似荒謬無厘頭的語言都讓人領悟到許多人生的真理而省思再三，這種獨特的寫作技巧馬森先生運用得自由圓熟，揮灑得相當地瀟灑自如。

《花與劍》是馬劇中最令人激賞、象徵意味最濃的一齣戲，舞台上左右各有一個墳及一棵樹，一個墳裡埋葬的是執花的左手，另一個墳裡埋的是執劍的右手。雖然布景十分簡單，卻是可以設計成一種很荒涼、肅殺的意象，黃昏的天空映著一抹晚霞，老樹、昏鴉、茅草、炊煙、茅屋構成一幅詩意的圖畫，充滿非常神秘浪漫的氣氛。主角是個二十六、七歲的青年，似男似女難以確定性別，他穿著父親遺留的袍子，拿著父親留給他的遺物，左手執花，右手執劍，回到了雙手墓找尋心中的謎底，他想要知道父母死亡的真相及自己的一切。首先他遇見了戴著母親面具的鬼魂，他告訴母親他在外邊同時愛上了一個漂亮的金髮女孩丘麗葉和她的哥哥丘立安，他說：「我愛上她了，深深地愛上她了，所以我把父親的花送給了她。」可是不久他又遇上讓他著迷的英俊的丘立安，他說：「我愛上了他，發瘋地愛上了他，所以我把父親的劍送給了他。」在三人的愛情習題中他迷惑了，他同時愛上了異性與同性，如果娶了丘麗葉，丘立安會傷心而死，如果他嫁了丘立安，丘麗葉也會活不下去……而他只能挑一個人來愛，他不知該如何選擇，愛情讓他如此痛苦，所以他回來父親埋葬的地方尋找自己的身世……他怨嘆為什麼父親遺傳了雙性戀的基因給他，讓他愛上了女人的同時又愛上了男人，在愛的矛盾之中難以抉擇，不斷地生受同性戀與異性戀的折磨，痛苦萬分。這兒作者以花象徵了女性溫柔陰性的愛情，以劍來象徵男性陽剛的愛情或是另象徵仇恨，這個現象探討了人們基因中本就有雙性愛戀的元素與傾向，人可能愛上異性也會愛上同性，當愛情來臨時是很難區別性別的，也許這是反映了同性戀的心理，傳統的愛情觀不一定就是對的，男與女的配對也不見得是世上唯一的選擇。

此劇最特別的在於劇中的鬼，一轉身剎那間化身為父親、母親、情人（朋友），都由同一個演員以更換不同的面具來飾演這三個腳色，三個鬼魂跟孩兒述說了三個版本的不同故事，好像「羅生門」的情形一樣，讓人找不出真相究竟如何。母親的版本是說：「他恨我，我也恨他，可是我們卻無法分離。」原來父親和母親的感情非常矛盾，兩人愛恨交織，彼此折磨著，有一天父親帶回一個漂亮的朋友，他和母親產生了情愫，結果發生了悲劇，母說：「你父親跟他的朋友雙雙失蹤，但是在他房裡留下一灘血。」當父親知道母親和他的朋友有染不久，在山谷發現了兩個男人的屍體，是父親殺了她的情人再自殺，也可能是兩人決鬥而殺死了對方，總之沒有人知道，兩個男人都死了，山上的烏鴉吃光了屍體，母親只撿回了一雙手，其他只剩下一堆白骨，於是把父親和情人埋在雙手墓中。母親講完故事一轉身，撕下面具現出第二層面具，忽地變成了父親，他說：「哈哈哈！你受了你母親的騙了，這裡埋的不是我，這裡埋的一個是你的母親，一個是他的情夫。」接着告訴兒子另一個死亡的版本：「我把花送給了你母親，把劍送給了我的朋友，」「你的母親跟我的朋友雙雙失蹤，在你母親的房裡留下了一灘血。」原來母親愛上了朋友，卻嫉妒父親愛朋友比愛她更多，父親愛他們兩人，卻不知該如何選擇，過了一個月，在那邊的山谷裡發現了兩具屍體，「死了的不是我，死了的是你的母親跟她的情夫。」父親只撿回了一雙手，其他的只剩一堆白骨，究竟母親和情夫之間發生了什麼事，兩人是殉情而死還是被父親謀殺了？一時沒有答案，後來當兒子告訴父親他同時愛上了丘麗葉和丘立安，不知該如何選擇時，父親鼓勵兒子把兩人都殺了，這樣他的心就得自由了，他們也就永遠活在你心裡。接着父親告訴孩兒說是他把母親和朋友殺死了，不過他的內心一刻也沒有平安過，因為他們雖然死了卻一直活在他的心裡，人雖死，愛並沒有消滅，此處道盡了戀人之間愛恨的糾葛情結。

令人驚奇的是父親說完話又撕下第二個面具露出第三個面具，變成了朋友，他又述說第三個故事的版本：「死了的其實不是我，是你的父親跟母親，」「你的父母本來極相愛，可是他們又都愛上我，」「三個人不知怎麼辦，去掉了一個，另兩個仍然不快活，」「我們決定不如一同去死，你父親手執一把劍，你母親手拿一朵花……看了好一會兒，你父親終於一劍刺進你母親的心窩，又一劍刺進了自己的心窩。」所以雙手墓裡埋的是父親和母親的手，孩兒被弄迷糊了，追問究竟朋友是誰，是人是鬼？是仇是友？結果朋友說：「我本就沒有真活過，我一半是你父親，一半是你母親，其實我就是你父母的另一個我。」兒子又生氣地追問朋友到底是誰？朋友說：「我是愛，我是恨，我是你的心。」兒子又問：「那麼我是誰？」朋友說：「你是你父親的兒子，你母親的女兒，你事事都跟他們學，他們不曾愛過你，你哪裡有什麼愛去給別人，你根本沒有愛，沒有愛過丘立安，也沒有愛過丘麗葉，你根本不是你自己。」朋友是鬼魂，認為從小沒有得到父母的愛的人是不懂得愛是什麼，其實人所愛的只是自己而已，戀愛者可能愛的是心中浪漫的想像情愫。兒子上前一把撕下鬼的第三個面具，露出來一個骷髏面具，鬼就慢慢地消失了。

在這齣戲裡其實鬼象徵的是每一個人自己的心，這些對話都是作者在探討內心感情的困惑，究竟什麼是愛情？是愛別人還是愛自己？鬼不斷地慫恿兒子把丘立安、丘麗葉殺掉，好像暗示著愛情是一種心的綑綁，只有殺了對方，消滅了愛情，自己的心才能得到自由，否則愛情叫人太苦惱、太痛苦了。鬼代表著死亡也代表著恨，孩兒代表著愛，愛是生命的快樂，人在生與死、愛與恨的糾纏之中飽受煎熬，分不清方向，找不到出路，我們從這段父母友的三角愛情中看到了人性的迷思，愛與恨本是一體兩面的連體嬰，當人們陷在其中時既享受愛的浪漫快樂，同時也得忍受愛的折磨，當愛得不到滿足時就可能轉變為恨，可是恨就會帶來毀滅與死亡。人們只要眷戀感情就會受到愛與恨的牽絆，內心得不到自由，逃避它內心空蕩蕩地生不如死。最後兒子把父親的袍子撕下來丟向空中，口中喊著：「還給你！還給你！」他拒絕再重蹈父親的覆轍，不願跟隨父親的路子，可是他迷惘了，他找不到自己路在哪兒？這齣戲的衝突不在情節故事上，也不在父母與朋友的三角戀情上，而在兒子掙扎於兩性愛間的思維與迷惘中，至於父親和母親究竟是怎麼死的？到底有沒有朋友的存在？都是個謎，他們之間的愛恨情仇的真相是沒有答案的，三個故事版本都有可能，也可能一切只是兒子自己的幻想迷思，人生本來就是個謎，沒有什麼是真的，永恆不變的，也許一切都是虛妄吧。

這個戲在大專話劇比賽中成功大學劇團由馬教授親自指導而勇奪冠軍，筆者有幸親臨目睹演出，在敝校實驗劇展中也曾公演過。父、母、朋友可以由一個演員戴著不同的面具飾演，這是頗需要一點功力，因為每演一個腳色就要變一種身段與嗓音，演技非得有一定的水準才稱職勝任。也可以分別由三個演員飾演父、母、鬼，每個人只演一個腳色，挑戰性可以小一點。就演技而言，飾演兒子的挑戰性比較大，因為無論外型或嗓音都得兼具男女兩性的優點，外形上既要有男性的英挺灑脫，又要有女性的嫵媚豔麗，在陽剛的氣質中透露出些許的溫柔，服裝與化妝可以採用一人半邊陰，半邊陽的造型不失為一種創意。根據過去的經驗這個腳色由女性演員飾演的效果比較討喜，這個戲大概是馬劇中最受歡迎，演出率最高、最成功的一齣獨幕劇。

《蛙戲》和《蒼蠅與蚊子》真是馬劇中最逗趣最諷刺的反戰喜劇，作者把小動物擬人化了，藉以描述現代人的個性典型與生活百態，演出的效果出奇得好，也是飆演技的好教材，演員不僅口條得溜，肢體動作也得靈活誇張，因為扮演的不是人而是昆蟲，還是需要模擬一點青蛙、蒼蠅、蚊子的神態與動作以增加趣味，此外，不妨揣摩一下小動物所影射的人類劣根性，建議可以聯想到小偷、強盜、流浪漢、流氓等現實生活中的小人物，在動作上設計一些抓癢、擦鼻涕、抓頭髮、搓手的小動作，同時在語氣上要表現出某種性情的特點，例如悲觀蛙的沮喪消沈，玩世蛙的風流好色，貪財蛙的貪婪，嫉妒蛙的小心眼，聰明蛙的現實機伶，愚笨蛙的遲鈍，蒼蠅的自大、驕傲、自私，蚊子的陰狠、刻薄，都應該在角色的形體動作上表現出來，唯有如此才能把各種腳色的趣味表現得淋漓盡至，觀眾在聆聽有趣對話的同時也能享受視覺上的娛樂。

蒼蠅和蚊子都自以為是最優秀、最文明的種族，是萬物之靈的族類，兩蟲爭論不休要比個高下，蒼蠅說牠們不怕髒，不怕臭，不怕遭人白眼，能吃別人不敢吃的東西，適應力最強，所以算是最優秀的族類。蚊子卻認為一個種族能消滅另外的種族才算最優秀最文明的族類，人類只要被牠叮上一口就會打擺子，誰殺的人最多才是本事，誰才是英雄。於是兩蟲打賭以一年為限，看誰殺的人較多，誰就是老大哥。結果兩蟲努力了一年的成績才不過殺了八百和八百零一人，正在此時一份號外打破了牠倆的爭論，報紙上登了秦始皇焚書阬儒活埋了兩萬書生，兩蟲佩服萬分，覺得秦始皇才是真英雄，一會兒又有一份號外報導了日耳曼人屠殺猶太人，用煤氣毒殺了二十萬人，兩蟲更是打心裡敬仰萬分，真是偉大呀！一會兒又報導原子戰爭爆發了，核子彈一下子就殺死了兩百萬人哪！兩蟲恍然大悟，原來人類才是真正偉大的屠殺者哪！於是，戰爭帶來全面性的毀滅，人類互相殘殺快要滅絕了，不久舞台上出現了一些機器人，太空人彼此互相戰鬥，最後所有的人都被消滅了，只剩下機器人存活下來，這時蚊子不禁感嘆：「人就是這樣，總喜歡殺人，我們蚊子從來不殺蚊子。」蒼蠅也說：「也不像我們蒼蠅從來也不殺蒼蠅。」這兩句話正點出作者的心聲，原來人類比昆蟲還殘忍，連小動物都不會殘殺同類，偏偏人類就是愛殺人，互相殘殺得毫無理性。最後，蒼蠅和蚊子聯手攻擊機器人，並把他擊倒拆開了，發現原來機器人的頭裡沒有腦子，是個可憐又無用的蠢東西。作者在此嘲笑興起戰爭的人類是沒大腦的劣等動物。劇尾當最後一個人類被消滅的時候，以吸血為生、嗜血如命的蚊子再也沒有人血可喝，當然也活不成了，最後只剩下什麼都吃的蒼蠅才能存活下去，真是優勝劣敗，適者生存呀！蒼蠅才是世界上僅存的優等族類。此劇以超現實的腳色、幽默的意念、荒謬的劇情、嬉笑怒罵的對話，體現了人類終究逃不出戰爭自我毀滅悲慘命運的觀點。

《蛙戲》所透露的反戰思想和《蒼蠅和蚊子》如出一轍，劇一開始由陸續出場的悲觀蛙、玩世蛙、貪財蛙、愚笨蛙、聰明蛙、強盜蛙、美人蛙，各種蛙的對話表現了不同的人生態度，無論大家對人生的看法有什麼不一樣，牠們共同的命運是一樣的，那就是冬天即將來臨，當北風一颳起時所有的青蛙都得完蛋，群蛙們都生活在百般無聊裡等待著死亡的腳步，這也隱喻了人類出生後也是走向死亡而無所遁形的。無聊之中出現了一隻天才蛙，站出來領導所有的青蛙打一場聖戰，牠宣告要為大家尋找一個生活的目的而向仇敵宣戰，眾蛙不明就裡，盲目地跟隨天才蛙一起向大樹宣戰，大夥兒為了「生活的理想」撞樹而死，臨死之際大家都覺得十分地幸福美滿，高喊：「永生不死。」為了理想而死，眾蛙都覺得「雖死猶生」、「光榮無比」。這齣戲的含義是以蛙喻人，天才蛙把群蛙組織起來為聖戰拚死無疑是愚弄了大家，蛙的命運就是象徵人類的悲哀，這場有趣熱鬧的蛙戲也影射了人生的荒謬，人們常被自以為是的崇高人生意義驅趕上死亡之路猶不自知，某些團體的價值觀在某個領導者的鼓惑下被扭曲變形，大家活在自欺欺人的無知中怡然自得，真是可悲復可笑，就像某些宗教團體中的領袖，危言聳聽地預言世界末日來臨，然後教唆信徒集體去自殺的蠢事一樣，就像是一齣令人扼腕的人生悲劇。看了《蛙戲》和《蒼蠅與蚊子》這兩齣戲，不禁使人聯想到現世中某些軍國主義的獨裁者，掀起戰爭，禍國殃民，用某種神聖理想的謊言口號，欺騙百姓上戰場去拚命，拿人命當兒戲，顯然作者在嘲諷如希特勒、海珊、賓拉登、日本軍閥等魔頭，野心勃勃地侵略鄰國，殘殺同類的行徑是多麼地愚蠢、殘忍、沒有人性、殘踏生命、窮兵黷武、毫無憐憫心，真是一點腦子都沒有，別說是不如禽獸（動物），簡直連蒼蠅、蚊子（昆蟲）都不如，這樣的隱喻和嘲諷是本劇辛辣的寓意。

《進城》的布景只在舞台中央放一張長板凳，從頭到尾只有兄弟兩人並肩坐在長凳上等火車，沒有什麼走動，也沒有什麼大動作，兩人一連串的對話不斷地傳達出他倆多麼嚮往城市的訊息，想要坐火車進城去開創未來，奇怪的是火車一班一班地駛過，兩兄弟仍然坐著不動，不上火車，從他們的對話裡了解到他倆心中對老父放不下心，留下來要為他種田、耙地、插秧、除草、割稻，幹一輩子的農活，待在鄉下似乎一輩子也就只能過著娶妻、生子、做農事、過平凡的生活，沒有出頭的日子，如果兄弟倆能進城闖蕩一番，有朝一日必定能賺很多錢，搖身一變為大闊佬，吃香的，喝辣的，住洋房，該是多美妙的事啊！……兩兄弟你一言、我一語地做著白日夢，兩人邊說著邊興奮地比手畫腳好像美夢已經成真了，然而身子依然沒有挪動，因為誰也下不了決心把老父拋下不管，自顧自地尋夢去也。進城去代表的是一個希望，一個美夢，一個理想，火車來了又開了，兄安慰弟說：「不要緊，這一班開了，還有下一班！」弟回應：「是的，咱們坐下一班火車進城。」兄又說：「只要下決心進城，總是可以去得了。」弟說：「就是去不了也可以回家。」兄說：「你回家我可不回家。」弟說：「你不回家，我也不回家。」兩人眼看著火車一班班地駛過，卻始終沒有離開座位，因為對家的眷戀讓他下不了離家的決心，眼睛望著火車駛離月台，最後也許只能回家了。

此劇畫面比較單調沈悶，不過濃郁的親情帶給觀眾的感動卻是很強烈的，兄弟倆坐在長凳上不斷地重複一些單調、無聊的對話裡都透露出內心想進城的動機和慾望，不動的身體也表達了下意識裡讓他們牽掛的原因，兄弟兩人身心的矛盾正是此戲有趣的內在衝突性，想進城又猶豫不決的心情決定了台詞的停頓、快慢、輕重、高低，展現了不同的節奏感，也增加了演出的趣味性，內在想走的衝動引起內心的緊張卻和捨不下父親的猶豫形成了對峙的張力，台詞和動作的不一致，正反思想的差異都充滿了人生荒謬的感覺，這樣的表演對演員的演技來說也是一種大考驗，演員如果不能把握腳色內心的感覺是不易演好此戲的，而從頭至尾兩人坐在椅子上不移動，演員必須得借助改變身體的坐姿、豐富面部表情以及各種變化的手勢、小動作方能打破畫面的單調與無聊。《在大蟒的肚裡》是發生在一個沒有時間亦無布景的空間裡，四周漆黑一片，一對陌生的男女被大蟒吞到肚子裡而相遇，荒謬的是他們不但沒死，卻都活著且互相吸引，在那個特定的世界裡什麼也沒有，只是空洞洞的一片空虛，這個天地只有他們兩人，沒有旁人，男人逼女人說出心底的真心話，問她：「女人喜歡男人有什麼條件？」女人告訴他條件是：「那個男人得是一個熟識、溫柔、忠實、漂亮的男人。」而男人則訴說：「人海茫茫，相逢得靠緣分，大蟒的肚子是比世界還要大幾千億倍的虛無空間，在這個大黑洞中如果沒有緣份男女也是無緣相逢，即使有緣相逢也可能對面不相識，也不一定願意跟這人發生任何關係。」這些對話所表達的人生觀點相信很多人都有共鳴。

女人被男人誘惑著說出真心話，男人問她：如果當他是這兒唯一的男人而她是唯一的女人時，會不會愛上他？女人答：如果沒有選擇餘地的話當然他們會愛上對方，因為他們都需要彼此的愛。愛情是什麼呢？女人承認愛情是自己的想像，愛情美化了情人的一切，當愛上自己所愛的男人時他就已經不是一個普通的男人，的確，愛情有「情人眼裡出西施」的效應。可是台詞裡表達當男人開始愛上女人時他仍想做自己的主人，不願為愛而失去自由，這種不想被占有的恐懼使他想撤退，男人說：「你說得不對，我們各人仍是各人的主人，你看！隔在我們中間的仍是看不見的抓不住的空虛。」女說：「要是我們穿過這空虛，我們就會成為一體。」男說：「可是我不能往前，只能後退，因為你愛我，你才往前，要是我也愛你，我就只能後退。」這話表明了男人害怕愛情使他失去了自主性，所以想保持距離，做自己的主人，而女人在愛情中想要一種親密感，但是黏得緊反叫男人想逃。有人這麼說：「男人像影子，你追他跑，你跑他追。」愛情讓人活在彼此的想像中，想像中的愛人都被理想化成為最美的偶像，男女如果擁有了彼此就不會再寂寞，但是男人在愛中仍需擁有內心的空間，於是兩人心理上永遠有一層距離，彼此難以了解，於是男女沒法真正成為一體。此劇體現了兩性不同的愛情觀，展露男女溝通不易的鴻溝，作者意圖探討兩性相愛的基本條件是些什麼，撇開了世俗的一切條件，利害關係的衡量，回歸到單純的男女之間的關係中去思索，男人與女人之間彼此互相需要，誰也少不了誰，可是男女之間似乎永遠存在著愛情的角力與追逐，即使在愛情中男人也需要保持自己的某些空間，和女人保持一定的距離。

《野鵓鴿》描述一對老年夫妻，他們辛苦撫養大的十幾歲的孩子，成天愛學野鵓鴿叫，有一天突然變成野鵓鴿飛走了，老母怪老父整天打野鵓鴿吃，又曾咒孩子變成野鵓鴿才造成這個下場，老父頂嘴說：「是他自個兒情願變的，跟我打野鵓鴿有什麼相干。」母親認為是野鵓鴿吃多了的報應，老父否認，又說：「算了算了，別提了，別提了，就是孩子，不是早晚也要飛了的嗎？」這一句語點破了人生的真相，天下多少父母把孩子養大了卻都飛走了，又有幾個是留下在身邊盡孝奉養父母的，這話能不叫人感嘆嗎？老父覺得孩子養大飛了有什麼用？還不如野鵓鴿可以吃上一口呢！母親勸老父別再抓野鵓鴿來吃，搞不好吃的是自己的孩子，別只顧著吃。老父認為養兒是防老，孩子自私地飛了就是吃了他也無妨，他說：「養兒子不是為了吃又是為了什麼？兒子不應該養活老子的嗎？咱爹不是養活咱爺爺嗎？咱不是又養活咱爹嗎？可是到了咱那孩子，快輪到養活咱的時候他，他飛了。」這些話表現了從前咱中國人傳統孝道觀念，但是到了今天許是受了西方觀念的影響，年輕人已經沒有奉養父母的觀念，長大了，翅膀硬了就自顧自地飛走了，留下年老的父母無人照管，父母沒吃沒喝的只能喝西北風了，此現象普遍於今日社會，此劇藉野鵓鴿諷諫做人子的責任，也感嘆社會上不孝子女棄養雙親的現象提出警示，此劇含有深刻的人生寓意，觀後頗讓人動容，令人深思中國傳統的孝道倫理美德是否已蕩然無存。

《一碗涼粥》和《野》劇有異曲同工之處，也是描寫失去兒子的一對老夫妻晚景淒涼、思子情切的寫照，一開場老頭兒喊著老太婆快點來喝粥，免得粥涼了，老妻動也不動地坐在床上發愁想心事，老頭說每年臘八都下雪，今天臘八又下了一整夜的雪，叫人觸景生情，老夫妻回憶起三年前在一個下雪天的臘八，當他們的兒子喜沖沖地回家報喜，想要娶一個自己所愛的女管賬員，誰知父親已為他訂了鄰家的閨女而不同意這門親事，兒子為了婚姻的自主權和父親發生衝突，兒子一氣之下就跑掉了，從此再也不見人影，可是台詞卻很曖昧地說兒子是被父親殺死的，是真的嗎？還是在兩老心中認為兒子不回家寧可把他當成死了一樣，老妻說：「你真的把他打殺了？」夫卻說：「不是你把他打殺的？」妻說：「是你把兒子趕跑的。」夫說：「是你把兒子打殺的。」妻：「是你叫我幹的。」夫：「是我叫你幹的。」台詞不見得就是真相，也沒交代老父是如何把兒子打殺的，反正兩個老人你一言我一語地懊悔不及，不該為了野女人把孩子打殺了，母親自責地說：「如今兒子沒了，也沒法傳遞香煙了，祖宗也不會原諒我們的，躺在墳墓裡也要發火。」接着老夫妻不停喃喃自語地回憶起孩子從小到大的種種成長過程，兩人沈浸在初為人父母的喜悅回憶中令人感動，孩子究竟是被父親打死了？還是氣跑了？誰也弄不清，但是兩老失去兒子的傷心難過的心情卻是表露無遺，母親望著屋外的雪地裡發愣，彷彿看見兒子在雪地裡跑，父親也產生幻覺，在不下雪時又看到兒子躺在雪地裡不動，母親哭喊著：「孩子並沒有死，他飛快地在雪地裡跑，跑得太快叫人追不上，越跑越遠，追也追不上啦！」母親不願意相信孩子死了，老父勸老母說：「別氣啦！別愁了！快來喝碗粥吧！」作者從喝一碗粥延伸描寫兩個老人家在晚年失去孩子的淒涼心境，也將天下父母心表達得淋漓盡至思兒的隱痛，念兒的緬懷之情，真是令人感動不已，舊傳統觀念裡父母之命的權威在今天完全不管用了，今天如果做父母的還不懂得尊重子女的婚姻自主權，仍想以父權壓迫子女屈服，免不了父子會產生嚴重的衝突，最後辛苦撫大的孩子不是跑掉，就是父子決裂，兒子永遠不回家了，父母只落得失去愛兒，終日無限悲痛地盼他早歸，此劇也反映現代社會子女為了婚姻自主而不顧雙親養育之恩，反臉無情，不盡反哺之心的寫照。

《朝聖者》全劇只有兩個腳色，連篇冗長的台詞真是表演者的一大難題，在空無一物的舞台上，演員得憑想像力置身於日正當中的沙漠裡，想像自己是口乾舌燥、四肢乏力，長途跋涉於酷熱的沙土之中，演員如果沒一點演技是很不討好的。作者以兩極化的人物來對照人性，和尚是清淨、智慧、道德、寡慾有著崇高心靈層次的出家人，乞丐是世俗中最骯髒、懶惰、愚昧、卑下、貪婪的社會寄生蟲，兩人都想逃避現世的苦難而嚮往西天的極樂世界，拚了老命往西去朝聖，兩人一前一後地走在一望無際的沙漠中追求理想境界，炙熱的太陽當頭曬得兩人頭昏腦脹，走得兩腿發軟，西天卻是不知在哪兒！兩人對西天的憧憬也是完全不一樣的，和尚想的是脫離人世苦海，到那極樂的淨土「享受永生」，乞丐想的是西天有吃有喝可以享受「紅燒肉和美女」，乞丐一路上向和尚討吃、討喝，和尚面慈心軟難以拒絕，為了救乞丐，把自己的糧食和水都捨給了乞丐，最後和尚又渴又累，終在炙熱的沙漠裡產生了幻覺，看到一棵蔭涼的菩提樹，就坐下來休息而坐化了，終於上了西天，而乞丐仍不死心地拿了和尚的水葫蘆和枴杖繼續往前走，獨自去尋西天了！！終究有沒有西天呢？西天和死亡可不就是一回事嗎？乞丐會不會找得到西天呢？觀眾心裡自然領會得到。演員演出此劇得先塑造和尚與乞丐的外型和動作的特徵，更要緊的是得把握他們內心的意圖和行為動機，此劇把修道者的高貴品行與捨己情操和乞丐的世俗心態與卑劣心性作了明顯的對照，人生的理想其實就在自己的心境與情操之中，死後靈魂的品質應該才是上天堂或下地獄的憑證吧！凡事存乎一心，修行！修行！修的不就是人的那一顆心嘛！

《腳色》算是馬劇裡最荒謬的一齣戲，舞台上只有一個墳和幾棵小樹當布景，甲、乙、丙、丁、戊五個腳色散布其間，作者明示最好他們都是同性，就是說腳色不需分男女性別。由他們的對話可以感覺其實這五個腳色並沒有特定的身分與個性特質，他們的身分也是隨時在變，可能是爸爸，可能是孩子，可能是媽媽，也可能是你我，有趣的是這五個腳色不斷地在轉換，一開始五人全是孩子，一會兒甲變成爸爸，乙變成媽媽，一會兒甲又變成媽媽，乙變成爸爸，劇尾，甲、乙都變成孩子，而戊卻變成了爸爸，睡著了，而乙說：「爸爸睡著了，媽媽說天亮的時候爸爸才回來。」甲問：「天會亮嗎？」乙說：「誰知道呢！」如果墳墓裡躺著的是爸爸，那麼爸爸是永遠不會回來的。作者在本劇裡討論了爸爸在家庭中的角色定位和責任，誰都有爸爸，沒有爸爸就生不出孩子，所以爸爸是很重要的，但是沒有媽媽也生不出孩子，在教養孩子方面父與母分攤的責任應是各負五分，爸爸是兇的，會打人的，媽媽常挨打，爸爸是負擔一家生計挑重擔的人，那麼當爸爸有什麼好呢？為什麼沒人想當爸爸呢？誰才是爸爸呢？其實腳色誰是誰根本不重要，人常在不同場合扮演不同腳色，觀眾要關注的是這些腳色口中的夢囈，這些夢般似的對話也代表了作者心中的省思！當觀眾聽到了這些夢囈後有什麼感覺？可有什麼啟發或是共鳴？看了此劇大家不免會好好地省思自己與爸爸的關係是如何？爸爸在你的心目中是怎樣的？在婚姻中爸爸和媽媽的互動關係又是如何？

《弱者》也只有夫與妻兩個腳色，氣勢強硬的妻子與脾氣迂緩的丈夫誰才是弱者？兩個個性不同的夫妻對生活的理念與態度完全不一樣，同床異夢，懦弱的丈夫省吃儉用一輩子想買一塊農地，好種些農作物帶來一絲新希望，可是虛榮的、想過現代化生活的太太一心想買汽車，好享受飛駛如風的快感，即使死在車禍上也甘心情願。丈夫堅持非得買地不可，太太一氣之下拿起一把鎚頭照著丈夫的頭猛擊下去，打死了他……荒謬的是第二場戲，妻子和丈夫屍體說話，無聊的太太把死去的丈夫搖活，非要他起來陪著說話不可，並責怪他不該死於車禍留下她一人多寂寞，丈夫語出驚人地說明他不是死於車禍而是死於自殺，妻子生氣地罵丈夫自殺是一個弱者的行徑，她哭著、拉著再把丈夫叫醒、要他說清楚為什麼去自殺，丈夫說因為討厭成為汽車的奴隸，自從買了汽車以後增加了一大堆事情，像是領車牌子、保險、繳稅、修理車、換機油、成天為車忙不完，沒有一天安靜的日子可過，同時想給自己買一塊麥田的美夢再也不能實現了，只好去自殺，死後的靈魂倒可以追理想，飛在一片金黃色的麥浪上，他說他不是弱者，而是一個強者。妻子聽完氣得大罵：「你還是去死吧！這個懦夫，再也不要醒過來。」最後，嬰兒由搖籃坐起來，觀眾發現嬰兒竟然是丈夫，妻子喜悅地跟孩子說：「好孩子，你醒了，你不要像你父親，將來長大要做一個現代人，買汽車、電視、冰箱、洗衣機，也要幸福地死在車禍上，你是個好孩子，勇敢的孩子。」在此觀眾看到一個想要操縱男人的愚蠢女人，喜歡用自己俗氣的價值觀去控制男人的女強人，而當她失去了丈夫無依無靠時，她才是一個真正的弱者呀！丈夫死亡的真相是什麼難以深究，觀眾看到的是這個妻子並未覺醒，她仍然以她的強勢繼續宰控她的孩子，生命輪替著，生活的劇碼卻是一再重演，此劇也象徵著傳統農業文化與現代工業革命的衝突，進步的工業生活中到處充斥著電器化的機器，快節奏的生活步調常令人窒息得難以忍受，不免使人懷念起從前農業社會的和諧與美好。

馬森先生的獨幕劇文字鮮活有力，以非寫實的手法呈現出幽默、嘲諷、寓意的各種意念，劇作形式十分地自由，任何題材都能信手拈來大大發揮一番，不僅閱讀起來生動、有趣、也非常適合舞台演出。由於他每齣戲的人物不多，經常是僅有兩個腳色彼此對話，所以最適宜在表演課上演對手戲之用。一個劇大約三十分鐘左右，長篇大論的台詞多由兩位演員一口氣演完，每人背的台詞份量可不少，加上非寫實的情境需要演員豐富的想像力和專注的熱情投入，在在都是演技的大挑戰，由是之故，多年來我一直使用他的獨幕劇當做訓練學生表演的最佳教材，他的劇作含有深刻的人生哲理，常是我們生活的一面鏡子，照出芸芸眾生的美醜原形，他把西方現代戲劇形式帶入臺灣，豐富了臺灣劇壇的生命力，也給所有的人打開了另一個生活的視窗。看到人性上的優劣與人生不同的境界。在此向馬森先生致上最深的敬意與祝福。

（本文作者為臺灣藝術大學戲劇系主任）

注釋：

①荒謬主義：根據美國作家馬丁、艾斯林在《荒謬戲劇》（*The Theatre of the Absurd*）書中稱：「荒謬原是指音樂上的不和諧，字典上的定義是：與道德或得體不諧和、不一致、不合理、不合邏輯，或是指荒謬可笑之意。」伊歐涅斯科認為：「荒謬指的是缺乏目的……與宗教、形而上學和超驗性斷了根，人就成了迷路人，其所有行動變得毫無意義，荒謬和毫無用處。」荒謬主義者在構成日常生活的混亂、混沌、矛盾和空洞愚蠢中發現終極的真理。

②超現實主義：超現實主義深受達達主義與立體主義的影響，一九二四年法國的安德爾、布雷東（Andrè Breton）提出了此運動的第一篇聲明：主張它是一種純心靈自動自發的主義，以文字、書寫或其他方法表達思想的真正過程，而思想是不受理智與所有外在審美的或道德上先入為主的觀念

所控制，故而藝術的真理基礎就在人類潛意識的心靈裡。（以上取自《世界劇場史》）。

③象徵主義：在一八五〇至一九〇〇年歐洲興起一股反理想主義的浪潮，一八八五年發表了一篇反聲明反對過去戲劇的寫實形式，認為戲劇須透過想像暗示性的語言召喚在內的神秘感，所以藉著真實形體的主觀性、精神性、內在、外在力量的神秘性比僅僅觀察外在的、表面事物更為高超，他們堅持深沈的意義不能被直接表達，而唯有透過象徵、傳說、神話、氣氛的營造才能被激發出。代表者是法國的史蒂芬尼、馬拉米（Stephane Mallarme 一八四二至一八九八）。

④John Harrop and Sabin R.Epstein,*Acting with Style*,chapter 6,The Absurd, p.188

⑤布羅凱特（Brockett）著，胡耀恆譯，《世界戲劇藝術欣賞》（臺北：志文，頁五一三）。

⑥表現主義：一次大戰後，（一九一〇至一九三三）出現在德國，以導演麥克斯、任哈德（Max Reinhardt）為代表人物，表現主義從本質上來說是人的內在世界的主觀表現，強調藝術須訴諸人類感官的直覺，注重內心對物體強烈的感受，須是真誠的、直覺的，描述畫家以自己現實的眼光對生命的修飾和曲解，所以藝術家的自我便是作品的基本要素，表現主義者將人的感情投注在無生命的物體上，並在人類精神的特質中尋求真理，而非在事物外在的表象上，故而認為人類心靈的本質才是唯一有意義的價值根源。表現主義者運用一種新的戲劇形式以引導觀眾超越表象來表達它，如扭曲的線條，誇張的姿態，不正的顏色，機械的動作，奇怪的吶喊，狂放的、簡略的台詞，朦朧似幻的夢境，面具式的化粧，大多數的表現主義戲劇在結構上是插話式的（Episodic）而是以一個中心意念或是辯論主題而統一全劇。

馬森「腳色理論」析論

陳美美

摘要

馬森自存在於現實生活的人際關係中，體認「人／我」認識的局限性，作家不論欲由主觀、客觀或主客觀交互的角度以刻畫劇中人物，自亦為無能為力，因此改由社會學觀點，由人與人之間的「相對關係」切入以用於戲劇人物的設計，使劇中人物因不同的「腳色」，呈現不同的個性與面貌，稱之為「腳色式人物」。馬森的劇作，自收於《馬森獨幕劇集》（台北：聯經出版公司，1978；或《腳色》：聯經出版公司，1987）中的獨幕劇，及迄今其他類型的大部份劇作，基本上皆保有一貫「腳色式人物」的設計，與荒謬劇的「符號式人物」及西方其他流派的人物類型，均極不相同。「腳色理論」對戲劇創作提供新的視野觀點與思維角度，具有高度的開創性與實用性意義。

關鍵詞：腳色理論、荒謬劇、腳色式人物、符號式人物

一、前言

二十世紀的六、七〇年代，是臺灣主體思想文化破繭前的掙扎期，白色恐怖的政治恫嚇固然掩去了不少的政治雜音，但卻也因此激出了不同的複音調（polyphonic），反共文學大纛下潛行的傳奇、懷鄉、女性與掩不住的現代苦悶，在在都成為知識份子吶喊的出口。從臺灣出走，更成為這一代知識份子不得不然的重要途徑之一。他們將自己流放海外，置身在與臺灣截然不同的前衛西潮之中，在中西文化衝擊、洗禮之下，不期然地為現代華文畫下一小小方圓，讓它不僅跟上西方當代潮流，而且展現「站在巨人肩膀上往前躍進」的雄心。他們對現當代華文的努力與成果，雖被部份不用心的讀者與固執的寫實主義信奉者所誤會、詆譭，甚至被患有「西方／白種人優越症」者以殖民者高傲的心態斥為「嫖客」、「垃圾」①，這些主觀的批評，顯然若非出於別有用心，就是偏執的誤謬，都是不足取的評價。在這世界文化「全球化」與「多樣化」同時受到肯定的時代，唯有透過仔細解析這些不同流俗的作品，方可正確將他們擺放在現代華文文學史，乃至世界文學版圖上正確的位子。

一般對於馬森戲劇的研究者，泰半以其深受西方荒謬劇影響論之，甚至僅簡單以「荒謬劇」歸納之。然而馬森誠然於法國荒謬劇鼎盛的年代，躬逢其盛地在巴黎親自領受包括貝克特（Samuel Beckett）、尤乃斯庫（Eugene Ionesco）、惹奈（Jean Genet）、哈洛・品特（Harold Pinter）、愛德華・艾爾比（Edward Albee）……等荒謬劇作家劇作的風範，體驗荒謬劇的精華，進而對荒謬劇有深入研究。然而畢竟東西文化不同，以馬森深厚的「中國人」文化背景，得西方荒謬劇與其他前衛戲劇理論啟發後，以新的戲劇觀點切入，創作新劇，進而建構起自己的戲劇理論，走出屬於自己的創作風格。因此若僅以「荒謬劇」看待其戲劇理論與解析劇作，顯然不僅患了將西方戲劇理論硬套在華文創作上的缺失，更完全抹煞了作者以「腳色式人物」構思「腳色理論」的用心。

究竟馬森所創的「腳色理論」中的「腳色式人物」與西方各流派戲劇中或荒謬劇場慣用的「符號式人物」等有那些異同？本文將透過包括《馬森獨幕劇集》中所收入的獨幕劇，並全面觀察他迄今的其他劇種[2]，略窺馬森以「腳色式人物」所架構出的「腳色理論」實踐的成果，以見「腳色理論」的意義與價值。

二、「腳色理論」的內涵

馬森開始以「腳色式人物」寫成的獨幕劇，過去許多人都將之逕稱為「荒謬劇」，對此馬森曾言：「我並不認為我的劇作與西方的荒謬劇完全相同。」（陳雨航 1984）且謂：

> 我所採用的戲劇表達方式與所表達的內容，不是傳統的，既不是西方的傳統，更不是中國的傳統，然而卻受著西方現代劇與中國現代人的心態的雙重支持。換一句話說，在形式方面接受了西方現代劇的影響，在內容方面表達的則是中國現代人的心態。（馬森 1978: 7）

因此「腳色式人物」是馬森所獨創，它雖與荒謬劇有若干看似相似之處，但實已不同於荒謬劇。

馬森先生曾自述他的戲劇創作歷程謂：

> 在開始嘗試寫劇本的時候，也是遵循著寫實主義路線來寫的，但總覺得與自己的感受不合，因此也就漸漸失去了寫劇本的興趣。後來到了巴黎，接觸到西方現代戲劇表現方式，才覺得是一種表現我自己的感受的有效工具。（馬森 1978: 8）

馬森之所以對於寫實主義感覺格格不入，一大部份原因應來自於「五四以來，中國話劇的發展……始終局限於寫實的框框中，且常常以宣傳說教為主，以致形成形式上的單調與內容上的貧乏。」（馬森 1978: 12）因此雖然赴巴黎後也喜歡觀賞契訶夫的戲劇，但在「口袋戲院」經歷了西方現代戲劇《禿頭女高音》、《椅子》等的震撼，又多年在西方生活，親受西方文化洗禮與體驗後，才覺得西方現代劇是一種表現自我感受的有效工具而重拾創作劇本之筆。（馬森 1978: 1-17）而所謂「西方現代劇」，馬森解釋：「是指二次大戰以後，特別是五十年代在法國發達起來的以幾個非法國土產的劇作家如尤乃斯柯、白凱特（Beckett）、阿達莫夫（Adamou）等為代表的荒謬劇而言」（馬森 1978: 5）。

對於荒謬劇，馬森有這樣的看法：

> 荒謬劇，就如同存在主義在文學中所探討與表達的荒謬一般，實質上並不真是荒謬的，只不過是一種觀點的轉移。如果站在傳統的觀點以為現代是荒謬的，那麼站在現代的觀點同樣會感覺傳統是荒謬的。現代人，不容否認地，對我們所居留的世界、宇宙，及人之為人的心態，有更為深入廣闊的探求與發現，遠超越過傳統的繩墨範籬之外。這就在各方面都產生了觀察深度的增長與觀察角度的放大與轉移。一方面這好像

> 表現了人的立場再不如在傳統的方式中那麼穩定，但另一方面卻也表現了人有了更大的自由。這種自由在各種不同的領域中，引起了現代人的生活方式、思維方法以及欣賞趣味的極大變化。因此現代劇（包括荒謬劇在內）的表現方法與內容，自與傳統的戲劇大異其趣。（馬森　1978: 5-6）

因此這些西方荒謬劇作家帶給馬森最重要的影響是在精神的啟發，轉移觀察的角度，人有更大的自由去深入探求與發現我們所居留的世界、宇宙，及人之為人的心態。這種「創作自由」精神的肯定，使馬森重拾戲劇創作之筆，創作出一系列具有中國特色的「腳色劇」③。

馬森對於自己戲劇所採用的形式與內容的關係時曾如是說：

> 在我的劇中，可以看出來，我所關心的問題，我所企圖要表達的意念，跟我所採用的表達形式有密切的關係。換一句話說，一方面內容決定了形式，另一方面形式也決定了內容。當一齣戲在孕育的階段，我不曾在不同的方式中選取某一種來表達我的意念，我也不曾嘗試選取某一種意念灌注在我所欲採用的形式中。實際的情形是形式內容同時產生，同時具體而微地在我的心田中萌芽、茁長，以致開花結果。（馬森　1978: 15）

因此林偉瑜在研究馬森「獨幕劇」後，由：(1)馬森的存在主義者身分；(2)戲劇情節內容均呈現出單一性或情節都相當的薄弱，甚至說不出一個容易描述的劇情；(3)在結構和對話方面，呈現出重複、螺旋式循環劇情結構和對白、缺乏意義、和單調性，人物的對話和爭辯也是在不斷的循環重複下進行；(4)時間感幾乎是不存在；(5)人物呈現出一種存在的無目的性等五方面，證明馬森不論在形式與意識型態上，都是相當典型的荒謬劇場劇作家（林偉瑜　2003: 207-226）。但當我們注意到馬森的劇作皆沾染著很深的東方思維與表達模式時，我們不能簡單地只認定：腳色式的人物創造是……唯一有別於法國荒謬主義劇作之處，（林偉瑜　2003: 119）而必須更進一步辨明他的文化底蘊、思想根源與表現手法間的關係。

就劇作家言，構思人物與情節是創作一部戲劇的基礎。馬森在研究過歷代劇作家所創造出來的舞台人物後，由古而今將之分為「類別式」、「典型式」、「個性式」、「心理式」與「符號式」等五大類。（馬森　1987: 2-7）馬森在一九七七年寫《花與劍》時回頭意識到自己劇作中所看重的人物特性，皆落在人物在人間所扮演的「腳色」，與過去劇作家所採用以呈現劇中人物的方式都不相同，因而才逐漸尋思完成他的「腳色理論」。

所謂「腳色式」人物，馬森解釋：

「腳色」本來是一個戲劇中的術語，指的是一個演員所扮演的劇中人，這個術語借用到日常生活中來，指的是一個人在相對的關係中所扮演的一種身分。譬如說，同一個人，對父親而言，他是兒子；對兒子而言，他是父親；對老師而言，他是學生；對學生而言，他是老師。事實上一個人在這個世界上沒有固定的腳色，他所扮演的腳色全視特定的時空和相對的關係而定。我在戲劇中所強調的正是這一點，因此其中的人物扮演著雙重的腳色，他既承擔人間相對關係中所賦予他的腳色，又扮演著劇中人的腳色。就戲劇藝術而言，就是借了演員扮演劇中人的這一個行為，反映出人在生活中的某種特定時空和相對關係的局限下，所扮演的那種特別的身分。……

……我們認識一個人的性格或個性，也正是透過我們與他人之間的關係所做的界定。因此兒子對父親的瞭解與兒子的母親對他丈夫的瞭解並不相同；妻子和兒子對同一個人的瞭解又與朋友對這個人的瞭解不同。這許多差異，正來自這個人所扮演的腳色不同。如果說這都是一種主觀的觀察，並不是客觀的實相；問題是如不透過這種主觀的觀察，客觀的實相是並不存在的。即使有所謂客觀的存在，那也不是他人能夠觀察到、瞭解到和把握到的。因為一個人對另一個人所能夠理解的客觀的極限，不過是在自己相對關係中的觀點再盡量地加上自己所觀察到的其他人對這個人的相對關係的觀點而已。所以通過相對關係所顯露的腳色正是一個人存在最重要的基素。這就是為什麼我在「類別」式人物、「典型」式人物、「個性」式人物、「心理」式人物和「符號」式人物之外，再添上一種「腳色」式人物。「腳色」式人物的出現，表示了我對生活中的人物瞭解與分析跟以前的劇作家採取了不同的視角與觀點。（馬森1987: 8-9）

正是因為體認人間「腳色」因「相對關係」而顯得變動不居，使劇作家不論欲由主觀、客觀或主／客觀交互的觀點以表現劇中人，實際上一如我們對生活中的人般有著極大的局限，以致不論如何努力都無法真正達成任務。馬森改由「動態」的「相對關係」切入，由彼此相對的「腳色」創造劇中人物，使劇中人物因而可以打破時、空、性別、形貌等等外在的局限而自由跳躍或轉換，因此不僅不重視劇中腳色的個別個性、特徵或心理等的刻劃與描繪，也不強調劇情、衝突或戲劇性的高低潮，而是使讀者與觀眾集中注意力在腳色的相對關係，進入劇作家所帶領的思維之中。這樣的戲劇當然具有高度的哲理性與思辨性，與一般的劇情劇不同，與荒謬劇則存在若干相似之處。

馬森曾分析他創作獨幕劇中的人物時謂：

我開始在寫實主義、象徵主義、表現主義和荒謬劇的多種影響下進行戲劇創作的時候，並沒有意識到我所創造的人物是「個性」式的、「心理」式的、還是「符號」式的。我在一九六七年所寫的〈一碗涼粥〉中的人物沒有姓名，而只用了夫妻；在〈弱者〉中仍然用的是夫妻；在〈野鵓鴿〉中用的是父母；在〈大蟒的肚裡〉用的則是男女。直到我在一九七六年寫了〈花與劍〉，其中人物的代號用的是「父」、「母」與「兒」，我才意識到我所看重的人物的特性，是他們之間的關係；換一句話說，就是人物在我的戲中所呈現的是他們在人間所扮演的「腳色」。（馬森　1987: 7）

可見馬森的「腳色式人物」戲劇理論雖然在形式上接受了西方現代戲劇的影響，廣博地接納了寫實主義、象徵主義、表現主義和荒謬劇等的技巧，但他的東方文化背景也讓他在不知不覺中呈現了母體文化的影響力，對人在家族與社會中的「腳色」關係特別重視，因而有這一系列腳色式人物的劇作，並非西方現代劇與荒謬劇的單純承襲。

至於為什麼強調「腳色」的作用？馬森謂：

簡單地說主要的是因為我生在二十世紀，呼吸著二十世紀中工業社會個人主義中的孤絕的空氣，十九世紀以前的那種種複雜的外在社會關係，到了我的經驗裡都簡約成幾

> 種主要的腳色關係。其次，我又有其他劇作家所少有的生活在不同的文化和社會中的經驗，這種經驗使我忽視人物的其他特點，卻獨獨突顯了腳色的扮演這一種特點，因為在任何文化和社會中都不脫腳色扮演這一基本要素。（馬森　1987: 13）

六〇年代的馬森身處西方世界，既有自身在東、西文化衝擊下強烈的孤絕感，但也因此更能清醒地剝離外在的差異，提煉出人類社會的共同基本要素：「腳色扮演」，並將之衍化成日後戲劇理論的基石。至於其所關注的主題，當然落在與自己最相關的現代中國人普遍存在的心態探討之上。因此他的「腳色式」人物，不像西方荒謬劇的「符號式」人物，往往以抽象的符號、無身份的名子或乾脆以字母作標誌代號稱呼劇中人物；馬森來自中國傳統文化薰染，特重人與人之間「關係」（「人倫」）的觀察，其中又以家族、血脈之父子關係為基礎，使他的創作以「父親」及家族血脈關係為主軸的特別多。這與西方荒謬劇之所以將人物抽象化，放棄人物性格的描繪與人物間溝通的不可能大異其趣。蓋中國自來以儒家倫常為思想的底蘊，「倫常」觀念特重個人在群體中的「身分」關係，而所謂「身分」即是人生所扮演的「腳色」。但在二十世紀個人主義與小家庭結構的空氣下，傳統的「腳色」只剩下夫妻、父母兒女與兄弟最為重要。分析馬森在《腳色》一書中所收集的十一個獨幕劇中，以人倫腳色如夫妻、父母、兄弟等為人物稱呼的有《一碗涼粥》、《弱者》、《野鵓鴿》、《花與劍》、《進城》、《腳色》等六齣④，這顯然是出自其本身所受的中國傳統倫理文化浸染有關，與荒謬劇來自現代西方個人主義思維是大不相同的。因此「腳色式」人物與其說是受荒謬劇「符號式」人物的影響，不如說是出於現代中國人自中國倫常思維的角度，以西方現代戲劇的方式呈現所做的新嘗試。而由於人物關係係基於中國傳統的倫常思維，劇作主題則是探討在中／西、傳統／現代衝擊下所呈現的心態及所產生的種種問題，與西方荒謬劇作的主題是在展現人類面對生存條件的荒誕所產生的恐懼、阢隉之感也是全然不同的。

馬森曾簡潔而明確地指出荒謬劇的人物設計與腳色式人物設計的不同：

> 荒謬劇的劇作家企圖通過「符號」式的人物把「人」抽象化了。我的企圖則是把抽象了的人物再賦予具體的腳色的特性。（馬森　1987: 10）

而所謂「具體的腳色特性」，指的是在中國倫常中因相對的「人生關係」而生的腳色特性，因此當然具有相當的類型化與典型化傾向，但卻又與以往各戲劇流派已採用過基於「社會關係」而設計的「類別式人物」、「典型式人物」不同，當然更不同於刻劃近實的「個性式」、或深化心理內涵的「心理式」人物，具有相當高的中國化特色。

馬森將他所創作的舞台人物以五種技巧呈現：1.腳色集中：是把人間的關係集中到幾個主要角色身上，特別是父母、子女和夫妻的腳色；2.腳色濃縮：是把每一腳色濃縮到最精煉的程度，使他的存在與腳色的扮演合而為一；3.腳色反射：是說以一種看來不相關的腳色，反射了一種或多種本相關聯的腳色；4.腳色錯亂：有不同的錯亂形式，一種是劇中的人物並不明瞭自己扮演的腳色是什麼，另一種形式是一個人物可以「錯」成兩個以上的腳色；5.腳色簡約：則是利用同一個人物扮演兩個以上的腳色。（馬森 1987: 11-12）馬森強調，這些舞台腳色設計技術的運用必須有一個先決要件：將戲劇的焦點集中在突顯腳色在人間的「相對關係」者方可採用，否則無法讓觀眾與讀者了解創作者的用心所在。

適當運用腳色式人物理論，除了可更有效地調配、運用舞台上的人物外，更可以經由「腳色」思維的角度，深入探討人在現實世界中所遭遇的種種問題，並表現現代人所思、所感等的特色，對於現代戲劇創作，具有高度創新與普遍性適用的意義。

三、「腳色理論」的實踐

雖然馬森的「腳色理論」係源於六〇年代創作一系列獨幕劇時，然而此一理論的實際運用，卻廣泛地可由他的所有其他各類型劇作中見之⑤。為檢驗「腳色理論」在戲劇創作上的意義與價值，我們試從其戲劇作品分析之：

（一）獨幕劇

收在《腳色——馬森獨幕劇集》一書中的十一個劇作全部都採用了「腳色集中」的技巧，讓戲中的腳色集中在夫妻、父子、朋友等幾種基本的人間關係上，使全劇探討的主題集中在因此而生的人生問題上。在《一碗涼粥》、《野鵓鴿》中，父母存在的意義完全濃縮在他們對兒子的態度這一點上；在《弱者》中，夫妻存在的意義完全濃縮在他們對彼此存在價值的認知上；在《進城》中，兄弟存在的意義完全濃縮在他們對父親的談論上；這些皆是「腳色濃縮」的運用，使他們的存在與腳色的扮演合而為一，讓讀者與觀眾得以理性地反省並認清腳色間的互動與牽連。《在大蟒的肚裡》中不相干的兩個男女，以「腳色反射」的技巧將兩人反射成夫妻、男女朋友或任何的兩性關係。經此一手法的運用，開放了全劇的意蘊、內涵，由讀者與觀眾自行理解與詮釋，拓展戲劇的深度與廣度。「腳色錯亂」有不同的錯亂形式，如在《一碗涼粥》中，「現在」只有「夫」、「妻」二人，但他們在回憶的「過去」中，「夫」錯成了「子」、「妻」錯成了「母」。這種在不同的時空中一個人物錯成兩個腳色的手法，是「腳色錯亂」手法之一。經此，在舞台上可由同一人分飾二腳，所以同時達成「腳色儉約」的效果。

《腳色》一劇是馬森在意識到自己劇中所特別著意的腳色關係以後，特別為了彰顯「腳色理論」而創作的劇本。在劇中，甲、乙、丙、丁、戊都不能肯定自己所扮演的腳色，因為他們都可以互換，是「腳色錯亂」的典型運用；而劇中的甲、乙二人分別既可能是夫妻，也可能是兄弟的腳色關係，因此也是「腳色錯亂」的另一種用法。腳色間的關係究竟如何，決定於劇中彼此間腳色關係的認知，因此呈現了「腳色反射」的效果。劇中五人的關係不論如何反射與錯亂，各腳色存在的意義總結於談論「爸爸」之上，是為「腳色濃縮」。

這些「腳色式人物」的特色，在《花與劍》中我們也可以清楚看到。全劇對人生腳色「集中」在父／子、母／子、夫／妻、父／友、母／情人等幾重關係上；運用「腳色簡約」，讓兩位演員中的一人以面具同時扮演了父、母、父母的情人等三個腳色；以「腳色錯亂」讓母親／父親／鬼同時也扮演或發出父親／母親／情人的聲音，豐富原本單調的獨白或二人對話；以「角色濃縮」的手法，將父、母、父母的情人、兒等使他們的存在與扮演合而為一，令觀眾不迷於劇情，而專注於「腳色」之上進行思索與尋繹；以「腳色反射」讓「朋友」與「兒」在不同的相對關係中，反射成男性或女性，成為父親／母親的情人，或是兒子／女兒，增加劇作解讀的歧義性，讓讀者有更大剖析追索的興味。透過「腳色式人物」的設計，我們可以看到在《花與劍》中，作者巧妙地將「二元」世界有機地統一起來，表達其對人生許多問題的看法：雖然表面上是我們看到的對立狀態，然而若進一步深刻思考，對立的本質卻是相生相成、缺一不可的，因此它也是統一的。人的生存本在於兩相對立的悖論之中，因此荒謬似為人生的必然。而最令人感到興味的是，作者在劇中對於「鬼」的設計及安排。它與「兒」間的關係，重疊著幾種不同的相對關係，透過母／父／父親朋友三層面具的撕去，呈現人生最終的底蘊——「鬼」面骷髏頭。於是「兒」所對話的對象包括了母／父、父／母、父親的朋友／母親的情人與不曾存在的「鬼」。「它」是個幻象、是我的一面鏡子，儲存著我的過去，也鑑照著我的未來，是「本我」的具象；原來這所有的對話只是「兒」痛苦的獨白：對父愛追尋的苦惱、對愛情選擇的無力、對傳統拋棄的決心、對未來茫然不知所之……，他痛苦吶喊，得不到答案。脫去長袍後的赤裸，隱喻著「本我」的一無所有，人存在的困境，根源就在「我」自己的心中，根本無法擺脫。這一設計所形成解釋的歧義性與多義性，大大增加了閱讀與觀賞的深廣度。

由於腳色理論的實際運作，作者得以讓劇中人物因相對關係的變化而變換他們的腳色，同時也變化他們的個性，乃至於性別、形貌，同時也讓時空轉換更形靈活，在演出的過程中也可避免演員因換場、換景的繁瑣過程而中斷。另一方面，也減少舞台上演員人數，也使得全劇更為純淨精簡，讓觀眾聚焦於主題的尋繹，而不致被過多的演員上上下下所干擾。在讀者與觀眾方面，則可因腳色理論的人物設計，不由劇情，而是由腳色間的關係自行詮釋劇作的內涵，使戲劇的意義得以層層剝現，獲得更為廣遠的觀賞與閱讀興味。林偉瑜在研究馬森的腳色理論後指出：

……由於這種腳色式人物強調的是透過人物相對的關係下來解釋劇中人物的處境，而不像娜拉、凡尼亞、哈姆雷特、李耳王等馬森所指稱的「個性」式人物或「典型」式人物可以在被抽離與其他腳色之關係後，仍能單獨討論此一腳色人物所具之普遍性或特殊性。然而，馬森的腳色式人物在單獨被抽離與劇中其他腳色的情形下將是無法被討論，也無法被辨認，因為劇中腳色之存在狀態與可被辨識性，以及腳色在劇中的意義，是來自於與其他腳色的相對關係所架構出來的結果，因此若想抽離出某一個腳色單獨討論，那麼整個意義將隨之消失，我們也無從理解此一腳色人物。從這一層面來看，馬森所創造出的腳色式人物不僅在台灣劇壇、甚至置於世界劇場來看都是相當獨特的。（林偉瑜　2003: 220）

馬森通過腳色式人物設計，使戲劇的焦點更簡潔而具體地呈現在讀者與觀眾面前，也更具體的展現現代戲劇之所以不同於傳統戲劇的精神所在。它既不同於荒謬劇，更不同於東方或西方、傳統或其他現代戲劇的人物設計，這樣的獨特性是值得高度肯定的。

自西方現代劇得到表現方式的啟發，馬森以自己的角度去尋繹亙古困惑人類而未有解的人生問題的答案。但就如馬森所說的，就是因為無解，才值得提出來，也才能引發人們不斷探討的興味。因此他的劇作並不是任何的人生解題，而是如所有的現代劇般，具有高度的哲理思辨性。綜觀馬森的這十一齣獨幕劇作，作者故意藉由劇中人物行為的荒謬、卑微與瑣碎，越過表面的浮相，把握一些更真實、更本質的東西，以探詢人類生死、愛恨、真偽、善惡等等根本性問題。因此它們雖然具有若干西方荒謬劇的氣味，但卻高度展現作者本身所具有的東方哲理思維的特質。

馬森做為第一個引渡西方荒謬劇到中國人世界的先驅，但更重要的是，他的獨幕劇已超越了原本西方荒謬劇作家的格局，其「腳色式人物」設計所展現的，更是東、西文化交融後的新產品，這不僅在台灣、甚至置於世界戲劇上都是獨創的。

朱俐綜論馬森的獨幕劇言：

> 馬森教授的獨幕劇風格別緻而獨樹一幟，在寫作風格上是混合了荒謬主義、象徵主義、存在主義、表現主義、超現實主義諸多戲劇形式的特點而自成一格，與現代戲劇

及戰後的前衛劇場接軌，為台灣劇壇引進一股新流。他的劇作風格和荒謬作家貝克特的《等待果陀》、《最後一局》以及伊歐涅斯科的《禿頭女高音》、《椅子》等劇比起來，作品中的荒謬性沒有那麼濃郁，而象徵性比較濃郁，劇中的語言則較具有寫實劇對白的真實性與趣味性，頗能顯現人物內心潛意識的慾望，即使是一些重複的囈語也都不像前者那樣地陳腔濫調，重複顛倒、喋喋不休、語無倫次，所以較容易使人理解接受。……馬森教授的劇作像是一面晶瑩剔透的放大鏡，照出芸芸眾生的真實面。（朱俐　2003: 185-186）

（二）諷刺喜劇

馬森的獨幕劇作向來在濃重的存在、荒謬思維中透著荒涼的悲觀氣味，絕少喜感，更沒有喜劇的作品⑥。發表於一九九五年六月號《聯合文學》第一四〇期的《我們都是金光黨》，馬森自訂副標題為「人間喜劇」。這一部充滿諷刺意味的戲劇，馬森將主題由之前對人生的探索與思維，轉而以反映台灣社會百態的觀察。

一如馬森其他劇作的反寫實精神，馬森在《我們都是金光黨》演出構想中謂：

欲望是人人都有的，理想是人們企圖自我超越的努力，二者間的掙扎，既可造成人間的悲劇，更多造成人間的喜劇。此劇反映的是現實，但並非寫實。舞台設計應具有可以體現題旨的風格。劇中的歌詞需要譜曲，有的片段可以配以音樂。（馬森　1997: 12）

劇中對於人物動作的指示，如在前奏末周添財夫婦打蚊子的動作：（兩人的跳躍和撲打，富有節奏，有一種舞蹈的態式），而場景的轉換也非常注重音樂的配合，且在劇中穿插了三首歌以配合劇情，因此此劇雖未標明為歌舞音樂劇，顯然欲以音樂歌舞的加入，增添戲劇演出時的娛樂效果。

不同於之前的獨幕劇，《我們都是金光黨》共分八場，另有前奏與尾聲。劇情描述周添財夫婦為圖擴建工廠與換屋，欲盜賣其父名下房舍，卻遭到一群金光黨詐財的故事。全劇運用「腳色錯亂」的手法，讓一人分飾多角。以朱正盈父子與黃耀祖三人組成的金光黨，朱正盈化名伍光贏與陳大師，兼具金光黨徒中的印尼富商／光華堂陳大師等不同身分；朱正盈子陳長勝同時扮演陳第一，兼具金光黨徒中的澳門賭王／光華堂經理等不同身分；黃耀祖化名莊德好，為孝順的兒子／金光黨成員等二種身分。全劇以人性的貪婪為中心。全劇以「貪」、「詐」為主題。周氏一家本有貪婪詐得之心：周氏夫婦騙得其父的房地契予以盜賣、周永富向父母詐得補習費、周天美花錢買文憑；朱正盈父子與黃耀祖三人組成的金光黨，化名伍光贏、陳長勝、莊得好詐取周添財金錢；詐人的朱正盈召妓時卻反被卜美麗、劉球、張棒所組成的仙人跳集團所詐；騙取周父房地契的周太太與買文憑的周天美又被化身神棍光華堂陳大師與經理陳第一的朱氏父子所騙；而黃耀祖向周添財詐得的金錢在交給黃父後，黃父又被另一組金光黨所騙……。以「腳色錯亂」與「腳色簡約」的方式令人在眼花撩亂中，詐欺隨之繁複而多樣，突顯了整個社會中的紛亂現象。而利用腳色轉換，想法也隨之而變的現象，嘲諷「換位子也隨之換腦袋」的人生世相也甚為得力。例如周太太極力慫恿周添財騙出他失智父親的房地契以便變賣時，對於是否要顧慮已出嫁的大姊時，她的態度是：嫁出去的查某囡，潑出去的水，周家的代誌，她憑什麼管？但當自己娘家兄弟出賣父親的土地後，大哥未分產給她時，她的反應是：太可惡了！他是什麼大哥！我們不承認他是大哥！一定要告他！換了腳色即換了想法與態度的刻劃甚為生動，既諷刺又深刻，頗為發人深省。

這一幅人吃人、物慾橫流淹沒倫理親情的恐怖景象，具體而微地刻劃出台灣社會中人心的貪婪。出現在前奏周太太夢境中滿天飛舞的鈔票，與出現在第八場中周天美夢境裡舞廳場景中著泳衣的男女都在被塞滿鈔票後被帶走，而周氏夫婦也只顧撿拾飄落滿地的鈔票後，完全不理會周天美的呼喚即無情地迅速轉身離開，兩者前後呼應，讓人心因金錢而夢想、而敗壞的主旨更加明顯。而劇中「蚊子」顯然有高度的象徵性意義。除了劇中經常出現蚊子的聲音外，「打蚊子」的諷刺性也頗見精心安排：周太太夢中飛舞的「鈔票」，在現實中是打得滿手鮮血的「蚊子」。將鈔票與吸人血的蚊子等同起來，其喻意不言自明。而在全劇中更有多次劇中人自打嘴巴子／打蚊子的動作，以誇張而突兀的動作象徵用嘴巴騙人的人，正如同吸人血的蚊子般，人人除之而後快；而欺人、騙人的人，到頭來還要被吸人血的蚊子所欺，物物相剋，報應不爽！作者的細心安排頗能在逗趣中寄寓心意。

全劇最為荒謬而神來一筆的是在尾聲中伍光贏突然如降神般與「陳大師」合體，以教訓的口吻訓誡在場的人：

> 你們的心是黑的！是臭的！因為你們的心裏充滿了貪慾！你們現在的痛苦，都因你們的貪慾而起！你們看，光華天尊坐在雲端，把你們看得清清楚楚，他說你們是罪有應得！如果的話，你們的心是這樣的黑，這樣的臭，厄運就會跟定了你！（聲調逐漸平緩地）幸而，幸而，光華天尊給我智慧，給我力量，差我來幫助世人解除他們的厄運。請你們跟我一起唸：光華天尊永遠神聖！

並激動地斥責在場的人「你們都是他媽的金光黨！」全劇就在大家質疑他因登革熱發燒生病

而胡言亂語中結束。朱正盈／伍光盈／陳大師的腳色混亂，將另一場即將重新開始、戲中戲般的金光黨騙局與另一場的神棍騙局混同，以自我解構的方式，反諷地暴露了詐騙的本質。

透過後設、解構的手法，全劇將腳色理論中的「腳色混亂」發揮到極致，將台灣社會中四處橫流的物慾與貪婪，以諷刺、荒謬的劇情包裝起來，既突兀又真實。這樣的「人間喜劇」因「腳色理論」的靈活運用，有效地增加了全劇的諷刺性與幽默意味。

《雞腳與鴨掌》是馬森的第二部「人間喜劇」，副標為「一齣無關政治的政治喜劇」，發表於二〇〇九年三月《印刻文學生活誌》第5卷第7期。這一齣七場一景的戲採用後設手法，使最後的第七場〈演員與人物〉跳脫於劇情的主體之外，既是演員脫離人物後的戲外自述與對劇作的評論，並藉以做為劇作家對劇作主旨現身說法的闡明與表述。劇作家借「公公」之口說：

> 我在戲中不是說了嗎？「世間的種種關係都不出一種模式：就是陰與陽，女人與男人的關係，這是最基本的。政府和人民，就像一對夫妻，政府是陽，人民就是陰；政府像老公，人民就像老婆。」

因此標明為「無關政治的政治喜劇」顯然是以「此地無銀三百兩」的方式在突顯它的政治性格。因為劇作家又借「夫」之口說：

> 今天我們的生活無處不政治，選舉是政治，教育是政治，當兵是政治，做生意是政治，結婚是政治，離婚也是政治，生孩子是政治，不生孩子也是政治，夫妻打架是政治，向父母討錢也是政治……打開收音機，聽的是政治：打開電視機，看的也是政治。我們的空氣裡充滿了政治、政治、政治，所以我們不管談什麼，都少不了政治。

有了這樣的註腳，我們在解讀《雞腳與鴨掌》時即可由夫妻、男女間的家庭喜劇層次延伸至政治，乃至於人生世相的種種關係之上，使之具有「教一而諷百」的功能。

延續著向來重視的腳色關係，馬森在本劇中仍是以「腳色理論」為全劇的人物設計，由於劇中的夫，同時是子／婿；妻，同時是女／媳；父，同時是公公／親家公；母，同時是岳母／親家婆，運用彼此對映腳色的不同，即形成第一場〈夫與妻〉、第二場〈父與子〉、第三場〈母與女＋岳母與女婿〉、第四場〈公公與媳婦＋親家公與親家婆〉、第五場〈親家公與親家婆〉等不同的關係。正由於腳色的不同，對同一事件即有不同態度與看法。例如夫與妻對待彼此父、母的態度，因兒子／女婿、女兒／媳婦腳色的不同而有所差異；父與母對待子／媳、女／婿的態度也有所差異。這些差異固然是血緣的，但同時也是腳色的。其它的腳色亦復如此，因而形成一個複雜而多樣的家庭關係。劇中借母女對「鴨掌」的偏愛隱匿不說，反而說是「雞腳」；母對夫所送禮物不滿意不說，但卻對女大加抱怨；妻嫌棄夫買回的花與巧克力，卻在夫不在時重新自垃圾桶揀回，並拿來在母與公公面前大獻殷勤；父對子的夫妻關係，一方面勸其要忍耐，但一方面又鼓勵他與外遇的對象生個小孩……處處表現世人往往是一種自私、言行不一或言不由衷的矛盾綜合體。每個人在不同場合、不同腳色就帶上不同面具，說不同的話，什麼是真心、真貌？答案是永遠不可期的。這是人類社會的共相，小至家庭，大至國家莫不如此。妻毫不理性地對夫極盡挑剔之能事，由第七場〈演員與人物〉為劇作家代言，我們明確可知作者顯然是用以借擬人民（或可做廣義的反對黨）對政府（或可做廣義的執政黨）的要求，若雙方故意挑剔對方的誠意如劇中的夫妻，將本來結婚紀念日的好心情，弄到小則外遇，大則拿刀動武互鬥，繼而只有兩敗俱傷，甚至以離婚收場；但雙方如能像劇中的親家公與親家母，本來是互相稱「您」的客套，但由於雙方皆有慘痛的過去，反而能以欣賞的眼光，彼此相知相惜，不論偏愛的是雞腳、鴨掌、豬蹄，拋開成見，無不可愛，自然走上共度晚年的圓滿結局。因此只有人民與政府充分溝通、通力合作，社會安定、繁榮，才能共創國家美好的前景。

這一齣「無關政治的政治喜劇」所關心與反映的，應是對台灣社會近年來高漲的全民政治風潮與因之而生的許多不理性對立狀況。馬森以人間喜劇的筆調，戲謔地刻劃一個典型的現代台灣家庭，由其中腳色間的互動關係，成功地運用「腳色理論」寄寓他的政治與人生理念。

（三）圖景戲（pièce en tableaux）

《窗外風景》是馬森發表於二〇〇一年七月號《聯合文學》（第二〇一期）的作品。作者在〈寫在〈窗外風景〉前言〉：

〈窗外風景〉跟我以前的劇作很不一樣了。我不願再去批評社會與人生，只想畫一幅畫、或寫一首詩似地表現出一種心情、一種對人生的感受。（馬森　2001b:132）而在〈窗外風景．劇作者的話〉中，馬森謂：

> 本劇共有四個圖景，每一個圖景既是外在之景，也是劇中人物心中之景，在本劇中擔負了重要的任務，因此需要特別設計。舞台設計在本劇中的重要性就不用多說了。每一圖景中所出現的人物，不管是否是同一批人物的各種面貌，都具有內在的關連。（馬森　2001:133）

這是馬森第一齣、也是唯一的一齣「圖景劇」。

圖景劇在西方行之有年，梅特林克（Maurice Maeterlinck, 1862~1949）與沙特（Jean-Paul Satre, 1905~1980）都曾使用過，但在國內似乎不曾見過。圖景劇與一般的劇作不同之處在於換場時，一般戲劇是單純「換景」，但圖景劇由於特別講究舞台布景上的「圖景」，使全劇因圖景的精心設計帶來更為優美的抒情效果。馬森即言：

> 在〈窗外風景〉一劇中，我加重了音效與舞美的功能。……我希望這齣戲演出時會像一場音樂演奏會與一場風景畫的展覽一樣，帶給人們的不是激動，而是心靈的安慰與欣喜。（馬森　2001:133）

全劇的主題與人物仍然承續著「腳色」與心理分析理論，將人生「此岸」與「彼岸」的圖景呈現在讀者與觀眾眼前，體味人生變化的因緣與結局。馬森在許多作品中都明顯以佛洛伊德童年經驗對於人格影響的「本能論」（instinctive theory）為基礎，探討愛、慾、生、死及人生中的許多問題，《窗外風景》更是此一運用的高度展現。

第一圖景「窗外風景」是由母、子二人在黃昏時分自室內凝視窗外靜謐的風景開始。座落在山坡上的房子，放眼所見是叢林環繞的碧茵草地、延展到遠處的海濱、大海與天空。絢爛的晚霞照耀全景，天光水色，華麗而奪目。對照著窗外絢爛的景色，「母」內心交戰地回憶著她與夫的婚姻生活。「母」的這一段話可為全劇的註腳：

……我常對你說，如果你有過傷痛，忘記它！或者假裝什麼都沒有發生過。來！好好看看這窗外的風景，你會覺得安慰，你會覺得幸福，你必須把握住此時此刻，不然一眨眼這華麗的景色就要從眼前消失了，然後是夜的黑暗。

眼前表面絢爛的風景與母子安靜談話的景象，實際上更反襯出人物內在的嚴重衝突。「母」眼前的寧靜是借由「忘記」與「假裝」而來，因此她每天需要站在窗前望著窗外的景色，什麼事也不做地「想像」有與夫沒有白活的「幸福的生活」。但「母」的「幸福想像圖景」卻由子將之戳破，因為夫與妻不斷的衝突已將痛苦的種子播在他幼小的心靈之中，使他失去了想像幸福的能力。而在「子」彈奏蕭邦華麗而優美的〈夜曲〉樂聲中，又悄悄暗示了夫妻衝突的另一個根源：「夫」的外遇。「母」與「子」的腳色在窗外圖景由燦爛的黃昏轉變為青灰色日落後景色的同時，以「腳色錯亂」手法錯成了「夫」與「妻」，夫妻婚姻不幸福的根源在此經回溯而補充完成，腳色理論在此看到再次的運用與發揮。夫指控妻具有神經質、不理性與虐人傾向的人格：

夫：……特別我不能忍受你對兒子的折磨。在他還是嬰兒的時候，你每天餵他牛奶直到吐出來為止。……你把他放在馬桶上放便，可是他沒有便可放，你卻不准他下來，你知道他在馬桶上哭得有多麼淒慘？……

妻則指控夫：「你是天下最自私的人，除了你自己以外，別人你一概不管！」將現代夫妻爭吵的主因，歸結為各自堅持的「自以為是」，簡約地勾勒出現代夫妻同床異夢、無法溝通的鮮明圖像。而這無法溝通，往往即促成許多無謂的衝突，子女教養、家事分配、錢財處理、外遇……沒有一樣不是促成「離婚」的成因。不僅在現代夫妻有無法溝通的困境，母子也有同樣的困境。在夫妻衝突中，子女往往成為無辜的受害者。母親強勢作為與不予理會在「子」心中烙下深深的傷痕，而「子」自承「我跟爸爸有一樣的喜好」，也和「夫」一樣：「其實我常常夢見，手中提著一隻旅行皮箱，離開這個家，永遠永遠離開這個家，不再回來」。因此他與「母」的衝突，固然有部份原因是童年的心理陰影，但也有部份是來自對父親的懷念與被父親外遇、離家等行為所「暗示」的學習影響。佛洛伊德心理分析理論在此看到充分的發揮。

第二圖景「小女孩的夢」以旁白的方式讓我們看到母／妻幼年的夢境，對「母」性格的形成與她與「夫」衝突的成因做更進一步剖析。林中如茵的草地，環繞著青翠的樹木，草地上盛開著五顏六色的野花，構成一幅美麗的自然風景。這一幅美麗的圖景是小女孩的夢境，存在於成年後「母」的潛意識之中，是她內心世界的風景。運用「腳色反射」的手法，將「她」的夢境與潛意識以具體的形象呈現出來。罩著外衣內著泳衣的「小女孩」懷著羨慕鳥兒般自由飛翔的夢想出現在舞台上。拿著「黑傘」的「紅衣婦人」是「她」返童的渴望與現實人生的矛盾組合，灰白鬢髮、平板慘白的臉與「黑傘」、「紅衣」相對應，既有舞台上視覺的對比效果，也透露出悲觀的人生視境。搖著呼拉圈的「黑袍長人」則象徵看不清、無法分別、不需分別的渾沌元初，人生意識世界的所有認知：生、老、病、死，高、矮、胖、瘦，貧／富、智／愚、殘酷／愚蠢、哭／笑、悲／喜……都是有限的存在，如同無終無始、不斷繞動的呼拉圈般迴環往覆，「死了」也就「忘了」。穿著泳衣的「她」泅泳在茫茫的潛意識大海裡遠離真實，唯一真正感到興趣的事是「看馬戲團的表演」。作者進一步運用夢與潛意識的理論，將「她」壓抑的內心渴望、現實人生的痛苦壓縮在「她」的夢境之中，用以呼應第一圖景中「母」的心境。

第三圖景則為「我的庭園」。「我」既是死去的「夫」，也是「子」。他幼時活在父母爭吵不休的陰影中，所以他要逃避所有的吵鬧，創造一個絕對安靜而美好的「假象」——一座優美安靜的「人工庭園」。在具有撩人之姿但卻沒有自我、沒有個性、不會開口說話的裸身美女、茅亭中《平湖秋月》若隱若顯的琵琶樂聲的伴隨下，他坐在水池旁石凳上，倒影清晰地映在水面上，這就是我的人工美景。這幅人工美景與前二圖景皆以「自然之景」截然不同，而「我」倒映在水中的身影，顯然有narcissus的暗示。與前一圖景相比對，則夫妻勃谿、無法溝通的原由，又增添了夫自戀傾向的暗示。而夫自戀傾向的原由，來自於不愉快的童年經驗，反差地表現在對於外在世界的疏離與強烈的掌控慾望，建立一個以我為主的「我的城堡」：我只希望安靜地活在自己的天地裡。對於「美」，「我」有超人哲學的存在主義想法：

美有兩種：一種是自然的美，一種是人工的美。自然的美，隨處可見，不足為奇。人工的美，可不簡單。人間的菁英花了畢生的精力來創造人工的美，譬如繪畫、雕刻、建築、文學、戲劇、音樂、舞蹈等等，都在追求人工的美。因為人工的美發自人類的腦，出於人類的手，所以特別受到人類的珍惜。我們不能只活在自然之美的天地裡，我們必須另外創造出一種美，不來自造物者，完全來自我們自己。為了證明我們是自由的，也為了證明我們也有能力創造出可以與自然競美的事物。

對於「愛」，「我」來自創傷的體驗認知愛的荒謬：

我愛過，也被人愛過。現在我才知道，這樣的情感有多麼的荒謬！愛其實是權力的別名。因為愛，你便覺得你具有了制裁的權力。使對方痛苦比使他幸福更能顯示握在你手中的權力。那麼借愛之名，最好的方式顯示制裁的威力的便是讓他痛苦。愛得越深，痛苦也越大，沒有一個活著的人逃得出這種惡性的循環。

燭照的理性，讓我識見一切人間的真假虛無，理想的淨土不存在於「活人」的世界，死亡也就成了唯一識見真理的途徑了。這樣的推理與結論，流露出濃厚的存在主義哲學的意味。

由前三圖景的推演、辯論，第四圖景則為人生必然的終場：「墓地」。雖然第四圖景有母、子二人代言，但事實上他們與同場的「無面人」一般，並沒有面貌、性別或腳色的分別。「時間」只存在於意識的世界有其意義，當生死兩忘，當「我」已由有限的時空肉身脫出，「我」成了自然風景的一部份。而失去了「我」之後，人世間所有的一切：腳色、話語、感覺……俱失去了意義，「我是沒有過去的人，我只存在現在，存在自然的風景裡」，而且「不管你喜歡還是不喜歡，都改變不了我們現在的處境」，「現在」即是「永恆」。每個人在這裡都有一個屬於自己的位子，在悠揚的笛聲中悠然地「存在」。在此，母子在象徵無限時空的「墓地」中談論永恆的生死與存在，與第一景母子在「房子」中望向窗外的自然風景，談論有限的人生相互呼應與對照，將東方禪理隱蘊其中，意味深遠。

《窗外風景》將西方「圖景劇」的概念引進國內並加以運用，是馬森劇作的另一種嘗試。透過「腳色理論」的運用，模糊了腳色分際，使之在自由的時空中，或內或外、或抽象或具體地表現更為深沉的人物內心世界，探索更為深刻的精神狀態。在思想意境上，《窗外風景》雖仍保有馬森一貫濃重的存在主義思維，但較之於其獨幕劇，似乎融入了更多莊子「坐忘」、「逍遙」與老子、禪宗等「不可說」的東方哲理色彩，顯得更加豁達而自在，帶領讀者在優美的風景與音樂聲中進入哲理思辨的領域，是一部十分耐讀的作品。

（四）小說改編的獨幕劇：《陽台》

在馬森所有的劇作中，《陽台》是最為特別的一部作品。這一齣獨幕兩場的戲劇，改編自馬森收在短篇小說集《孤絕》（台北：聯經出版社，一九七九）中的同名小說，發表於二〇〇一年六月號的《中外文學》（第三十卷第一期）。就表現方式言，《陽台》與《花與劍》頗有類似之處，顯然都運用腳色式的人物設計，以表現主義戲劇的手法呈現。

《陽台》一景兩場的舞台設計，將舞台分為陽台與客廳兩個表演區，第一場的場景是在關閉了的陽台上，第二場則分別在客廳與陽台上；客廳是用以作為「她」幼年回憶的場景。「她」存在於「他」的心裡，每天的日落時分，他一次次獨自來到陽台上，看著與「她」同看過的夕陽西下。關閉的玻璃門暗示他封閉了的孤絕狀態；無力推開玻璃門、無力將被一股無可抗力的寒氣如吸鐵石般吸附在黑漆欄杆上的雙手拔起，暗示他對人生的無力感；落日的絢爛迅速為黑暗所吞噬、溫暖的太陽為寒夜所驅趕……。無垠的黑暗與荒涼是人生無可避的終場。

《陽台》是一部典型的魔幻寫實作品，馬森運用「腳色混亂」手法讓時空與人物跳脫轉換，於是「他」的內心世界與「她」的出現、「她」的回憶、乃至於「他」進入「她」的回憶層層深入，我們可因此而瞭解「她」與「他」之間生、死、愛、恨的根源。「她」幼年的創傷，來自強勢而缺乏愛心的母親與失意無言卻對她疼愛的父親間那種矛盾而不和諧的關係。缺少母愛的童年使「她」不想變成母親那樣，但也很怕自己變成父親的樣子。但越害怕變成父親的樣子，卻越刻意隱藏原本的自己，向父親學習，「我要做你的影子，像我父親做我母親的影子一樣，這樣我才覺得安全。」以「愛」的尋找為出發，作者由此探討恨、生、死與存在等一系列的問題：

> 為了愛你，我可以忘掉我自己。不過這樣一來，我自己漸漸地就不存在了，我成了一具行屍走肉，成了你的影子。我忽然發現你對我冷淡起來。我也明白，誰會愛一個沒有實體的影子呢？所以我想我應該找回我自己。難處是一找回我自己，我就發現我不能再愛你，因為你不是我需要的那種人。

「愛」在「自我」的照鑑下竟是如此的虛無。清醒的自我讓「她」「努力為自己找尋一條出路。我知道問題的癥結在哪裏：我必須接受我自己，一個不像我父親的我自己，一個不再愛你的我自己，一個沒有你仍然可以勇敢地活下去的我自己。可是我在哪裏？這不可能只是一個飄在半天空的抽象的鬼魂！」

　　愛的能力原本是人生存的泉源，在清明的「自我」面前，卻顯得如此空虛無力，這是「她」生、死的關鍵：

> 我並不怕你不再愛我，如果我依然愛你，我還是有力量活下去。可是一旦發現不再愛你的時候，我就覺得我整個人都乾涸了。在這個世界上我一無所有了，生命對我還有什麼意義？

因此「她」的死亡並不是因為「他」忿怒地離開，而是「她」清醒的選擇。

「她」死亡對生者的「他」究竟有何影響？「他」日日無力地獨看夕陽、咀嚼與「她」的過往。他為自己的離開找了理由與藉口：恨「她」「除了重重地贅在我身上之外，你有沒有想到我也有我的愛好，我的願望？」認為「妳愛我，因為我是滿足欲望的工具」；「我為什麼那麼決然地離開妳，因為我是一個乾乾淨淨的人，我受不了你這種自虐病。」因此雖然「早預想到妳的死，可是我仍然決然地離開妳，因為我要追求快樂，我不要一輩子都在痛苦的折磨中度過」。顯然「他」只是一味從自己的立場去思考，根本未曾真正了解過多年相處的「她」，人與人之間的隔膜的主旨於此完全顯現出來。「他」帶著「她」可能因自己離開而死亡的陰影去追求「快樂」，但隨著「她」的死亡，雖「他」聲稱：「我打我離開你的那天起，我就決心不再愛妳了。妳已經走出了我的生命，我也走出了妳的生命。我們已經是不相干的兩個人。」但事實上，每天站在陽台的寒風中看夕陽西下的舉動，完全透著「他」的孤絕與悔恨，「他」活在「妳用死來威脅我！妳以為你活著的時候還沒有把我折磨透？最後還硬要我恨妳一輩子！」悔恨交織的無底深淵之中，成了徹底的弱者。而「她」在「他」無情痛斥中所痛苦嘔出的無色黏液，映照著「他」咬下發出腐肉般氣味的軀體所嘔出的滿口鮮血，兩相交疊，人生的腥臭況味躍然紙上，令人不忍卒聞！「生」遠比「死」還難的意味深遠。

《陽台》中的第二場上半先由陽台轉向客廳的表演區中，交代「她」內心創傷的根源。強勢的母親咄咄地逼著因失意而沉默酗酒的父親；牆上掛鐘發出明顯由弱而強再由強而弱的滴答滴答聲，驚懼惶恐的小女孩推開父親的手，打開音樂盒，讓它流洩出單調而清脆的旋律。這原本應是小小心靈的唯一安慰，但無情的母親卻一把搶走它，讓「她」更失所依。此後兩個表演區穿插運用，以顯示「父親」對「她」的影響，並先後四次藉由掛鐘所發出由弱而強再由強而弱的滴答聲，用以襯托對人生的無力感與對時間流逝的無奈。在他們尚為兩人的問題爭論不休時，她，一如母親之對父親，咄咄逼人地要他承認：

你傷害了我！我是因你而死的！你知道，你明明知道我是因你而死的，你在深深地內疚。你只是不敢面對這種痛苦，才裝作不再愛我。你知道這是多大的謊話！你明明愛我！你仍然愛我！說！你愛我！！

你不能不面對這樣的命運，因為你明明知道你離開我對我的打擊有多麼大！你明明知道會造成什麼樣的後果，你也明明知道，你不能逃避這後果的影響，正如一個站在懸崖上的人，明知跳下去會怎麼樣，仍然禁不住那奮身一跳的誘惑。這不是更大的自虐嗎？

經此一轉折，對照先前「她」理性自剖的清明，母親強詞奪理的影子明顯烙印在「她」的身上。面對「她」的指控，「他」在平靜的外表下，「內心卻醞釀著一股野獸的狂暴，眼睛裏似乎冒著火燄。」「他」狂亂地吻「她」，又大口地咬「她」，愛／恨的兩極已難以釐清。唯有掛鐘滴答的聲響與仍舊依時昇起的朝陽，嘲弄著人類愛慾生死的短暫與渺小。

運用腳色理論與魔幻寫實手法，《陽台》一劇展現出懾人而發人深省的力量。

四、結論

馬森對於戲劇文學的始終堅持與持續不斷地思考運用新的手法創作新劇，數十年來未曾稍歇。馬森在二十世紀六〇年代帶著深厚的國學根柢⑦自台灣出發，卻長期停留西方世界，腳步遍及巴黎、墨西哥、倫敦、溫哥華、維多利亞等許多歐美大城，親炙西方文化，並廣博吸收許多西方現當代的文藝思潮，這樣的人生體驗不僅非一般人所能得，即與一般因留學而短暫停留歐美的學者、作家也大不相同。因此表現在他作品之中的許多特點，自亦非其他作家所能有。

在一九六〇至一九八〇的二十年間由於馬森常年生活於西方世界，浸淫西方文化之中，對所謂的「西方現代」有深刻的體認，而他自身深厚的中國文化素養，使他的思維經常自

「比較文化」的角度切入，以致不論在他的戲劇理論或戲劇創作，均流露出較於其他作家更高的理性思辨特點⑧。馬森自風行於法國巴黎六〇年代的荒謬劇得到啟發，一方面吸收西方現代戲劇反寫實、重哲理思辨的精神所形成的特色，因此也在劇作中流露出荒涼、虛無的存在主義色彩。但他劇中人物思辨的方式、語言特色與所表現主題特重人倫關係等，卻標記著鮮明的東方特質。馬森自覺地自西方「荒謬劇」中脫穎出具有東方特色的「腳色理論」，這對一向並不活絡的台灣戲劇界言無疑是一大創舉，即便是世界戲劇舞台上，也是少有人及的成就，值得在華文現代戲劇史上大記一筆。

對於脫胎於荒謬劇的「腳色理論」雖然馬森並未大力張揚，但卻持續在其後的創作中繼續嘗試運用，推廣至喜劇、圖景劇等不同的戲劇類型之中，成功寫成了《我們都是金光黨》、《雞腳與鴨掌》與《窗外風景》等劇。可見「腳色理論」應可運用在各種不同的戲劇類型中，具有戲劇創作的普遍性意義，並不以獨幕劇或抒情、哲理劇為限。這一充分展現中國風味的戲劇理論，也見諸同代或新一代作家，例如賴聲川《暗戀桃花源》、李國修的《莎姆雷特》等許多劇作之中皆可看到類似的影子，更可見其對台灣現當代戲劇影響之深遠。足證「腳色理論」是一個既新穎、有創意且實用的戲劇創作理論，足以肯定馬森對世界戲劇理論的貢獻。

林克歡盛讚馬森「視野開擴，善於從大處著眼，條分縷析，自成理論架構」，並謂：

> 馬森的重要性，不僅在於他是台灣乃至兩岸三地的第一位名副其實的荒誕派劇作家，不僅在於系統地提出中國現代戲劇兩度西潮論述，以及發展出一套獨特的「腳色」論戲劇美學，而且在於同時超越寫實主義與現代主義，使他那些介乎存在主義戲劇與荒誕派戲劇之間的精巧短劇，成為現代／後現代劇場一道綺麗的風景線。（林克歡2005:159-160）

這是極為中肯的評價。期待在他退而不休、永遠保持新銳的精神引領下，能有更多後輩劇作家繼續為台灣戲劇文學獻身，台灣戲劇文學終有繁花盛景的一天！

注釋：

①此為德國漢學家顧彬（Wolfgang Kubin）二〇〇七年三月應邀到北京參加「世界漢學大會」時，稱中國現代文學家為「嫖客」、中國現代文學為「垃圾」，參臺北《聯合報》2007/3/28。

②馬森已發表的劇作，除了《腳色——馬森獨幕劇集》（台北：聯經出版公司，1987）中所收錄馬

森從六〇年代末期、七〇年代、至八〇年代初的十一個劇作：《蒼蠅與蚊子》（1967）、《一碗涼粥》（1967）、《獅子》（1968）、《弱者》（1968）、《蛙戲》（1969）、《野鵓鴿》（1970）、《朝聖者》（1970）、《在大蟒的肚裡》（1972）、《花與劍》（1976）、《腳色》（1978）、《進城》（1982），與《我們都是金光黨‧美麗華酒女救風塵》（台北：書林出版公司，1997）外，尚有由短篇小說〈陽台〉改編成的同名二場劇《陽台》（2001）、《窗外風景》（四圖景）（2001）及《雞腳與鴨掌》（2009）等。

③「腳色劇」之名為筆者於二〇〇九年五月博士論文寫作時，由馬森老師親自定名。

④例如〈在大蟒的肚裡〉雖以「男」、「女」稱，但劇中所指解讀為夫、妻間的「人倫關係」。因此如果將此也納入，則應為七齣。

⑤徐錦成對馬森「腳色式的人物」的偏愛，認為《我們都是金光黨》、《美麗華酒女救風塵》及《蛙戲》等三齣戲中，「腳色式的人物」並未出現，但《陽台》與《窗外風景》的人物卻明顯是「腳色式人物」的（徐錦成 2003:245~262），與筆者見解略有出入，詳見下文分析。

⑥大陸學者徐學、孔多以「富有喜劇性的『反諷』」（徐學、孔多 1994）看待馬森的劇作；徐錦成則認為「雖有『黑色幽默』的意味，但並非『喜劇』」（徐錦成 2003:252）

⑦馬森一九五四年畢業於師大國文系，並於一九五九年獲師大國文系碩士。著有論文〈莊子書錄〉暨畢業論文《世說新語研究》。

⑧在對中國現代戲劇的思辨上，馬森〈中國現代小說與戲劇中的「擬寫實主義」〉（1985）、〈中國現代戲劇的兩度西潮——從台灣的舞台發展說起〉（1990）、〈作家劇場與演員劇場〉（1990）等論文中所提出的觀點已廣為台海兩岸學界所引用，而《中國現代戲劇的兩度西潮》一書更深受戲劇學者所推重。

參考書目

石光生　二〇〇四：《馬森》，台北：行政院文建會。

朱俐　二〇〇三：〈馬森獨幕劇演出的哲理性與趣味性〉，收入龔鵬程編《閱讀馬森——馬森作品學術研討會論文集》，台北：聯合文學，頁一八五至二〇六。

林克歡　一九九六：〈大陸舞台上的臺灣話劇〉，《表演藝術》第二十八期，一九九六年二月，頁五三至五八。

林偉瑜　二〇〇三：〈中國第一位荒謬劇場作家——兩度西潮下六〇年代至八〇年代初期的馬森劇作〉，收入龔鵬程編《閱讀馬森——馬森作品學術研討會論文集》，台北：聯合文學，頁二〇七至二二六。

亮軒　一九八七：〈看《馬森獨幕劇集》〉，收入《腳色——馬森獨幕劇集》，台北：聯經出版公司，頁二五八至二八三。

馬森　一九七八：《馬森獨幕劇集》，台北：聯經出版公司。
馬森　一九七八：〈文學與戲劇——寫在前頭〉，《馬森獨幕劇集》，台北：聯經出版公司，頁一至十七。
馬森　一九八二：〈話劇的既往與未來〉，收入《馬森戲劇論集》，台北：爾雅出版社，一九八五，頁一九一至二〇六。
馬森　一九八五：《馬森戲劇論集》，台北：爾雅出版社。
馬森　一九八七：《腳色——馬森獨幕劇集》，台北：聯經出版公司。
馬森　一九八七：〈腳色式的人物〉（新版序），《腳色——馬森獨幕劇集》，台北：聯經出版公司，頁一至十四。
馬森　一九九四：《西潮下的中國現代戲劇》，台北：書林出版社。
馬森　一九九七：《我們都是金光黨・美麗華酒女救風塵》，台北：書林出版公司。
馬森　二〇〇〇：《孤絕》，台北：麥田出版公司。
馬森　二〇〇一：《窗外風景》，載台北：《聯合文學》201期，2001年7月。
徐錦成　二〇〇三：〈馬森近期戲劇（1990-2002）的變與不變——一篇概論〉，收入龔鵬程編《閱讀馬森——馬森作品學術研討會論文集》，台北：聯合文學，頁二四五至二六二。
徐學、孔多　一九九四：〈論馬森獨幕劇的觀念核心與形式獨創〉，載廈門：《台灣研究集刊》一九九四

年一月

陳雨航　一九八四：〈馬森的旅程〉，載《新書月刊》第九期，一九八四年六月號，頁二一至二八。

龍應台　一九八三：〈燭照《夜遊》〉，收入《龍應台評小說》，台北：爾雅出版社，頁二一至三二。

龔鵬程編　二〇〇三：《閱讀馬森》，台北：聯合文學。

馬森著作目錄

一、學術論著及一般評論

《莊子書錄》，台北：台灣師範大學國文研究所集刊，第二期，一九五八年。
《世說新語研究》，台北：台灣師範大學國文研究所，一九五九年。
《馬森戲劇論集》，台北：爾雅出版社，一九八五年九月。
《文化・社會・生活》，台北：圓神出版社，一九八六年一月。
《東西看》，台北：圓神出版社，一九八六年九月。
《電影・中國・夢》，台北：時報文化出版公司，一九八七年六月。
《中國民主政制的前途》，台北：圓神出版社，一九八八年七月。
馬森、邱燮友等著《國學常識》，台北：東大圖書公司，一九八九年九月。
《繭式文化與文化突破》，台北：聯經出版公司，一九九〇年一月。
《當代戲劇》，台北：時報文化出版公司，一九九一年四月。
《中國現代戲劇的兩度西潮》，台南：文化生活新知出版社，一九九一年七月。
《東方戲劇・西方戲劇》（《馬森戲劇論集》增訂版），台南：文化生活新知出版社，一九九二年九月。

《西潮下的中國現代戲劇》（《中國現代戲劇的兩度西潮》修訂版），台北：書林出版公司，一九九四年十月。

馬森、邱燮友、皮述民、楊昌年等著《二十世紀中國新文學史》，板橋：駱駝出版社，一九九七年八月。

《燦爛的星空——現當代小說的主潮》，台北：聯合文學出版社，一九九七年十一月。

《戲劇——造夢的藝術》，台北：麥田出版社，二〇〇〇年十一月。

《文學的魅惑》，台北：麥田出版社，二〇〇二年四月。

《台灣戲劇——從現代到後現代》，宜蘭：佛光人文社會學院，二〇〇二年六月。

《中國現代戲劇的兩度西潮》再修訂版，台北：聯合文學出版社，二〇〇六年十二月。

〈台灣實驗戲劇〉，收在張仲年主編《中國實驗戲劇》，上海：上海人民出版社，二〇〇九年一月，頁一九二—二三五。

《台灣戲劇——從現代到後現代》（增訂版），台北：秀威資訊科技，二〇一〇年十二月。

《戲劇——造夢的藝術》（增訂版），台北：秀威資訊科技，二〇一〇年十二月。

《文學的魅惑》（增訂版），台北：秀威資訊科技，二〇一〇年十二月。

《文學筆記》，台北：秀威資訊科技，二〇一〇年十二月。

《與錢穆先生的對話》，台北：秀威資訊科技，二〇一一年五月。
《文化・社會・生活》，台北：秀威資訊科技公司，二〇一一年九月。

二、小說創作

馬森、李歐梵《康橋踏尋徐志摩的蹤徑》，台北：環宇出版社，一九七〇年。
《法國社會素描》，香港：大學生活社，一九七二年十月。
《生活在瓶中》（加收部分《法國社會素描》），台北：四季出版社，一九七八年四月。
《孤絕》，台北：聯經出版公司，一九七九年九月，一九八六年五月第四版改新版。
《夜遊》，台北：爾雅出版社，一九八四年一月。
《北京的故事》，台北：時報文化出版公司，一九八四年五月，一九八六年七月第三版改新版。
《海鷗》，台北：爾雅出版社，一九八四年五月。
《生活在瓶中》，台北：爾雅出版社，一九八四年十一月。
《巴黎的故事》（《法國社會素描》新版），台北：爾雅出版社，一九八七年十月。
《孤絕》（加收《生活在瓶中》），北京：人民文學出版社，一九九二年二月。
《巴黎的故事》，台南：文化生活新知出版社，一九九二年二月。

《夜遊》，台南：文化生活新知出版社，一九九二年九月。
《M的旅程》，台北：時報文化出版公司，一九九四年三月（紅小說二六）。
《北京的故事》，台北：時報文化出版公司，一九九四年四月（新版、紅小說二七）。
《孤絕》，台北：麥田出版社，二〇〇〇年八月。
《夜遊》，台北：九歌出版社，二〇〇〇年十二月。
《夜遊》（典藏版）台北：九歌出版社，二〇〇四年七月十日。
《巴黎的故事》，台北：印刻出版社，二〇〇六年四月。
《生活在瓶中》，台北：印刻出版社，二〇〇六年四月。
《府城的故事》，台北：印刻出版社，二〇〇八年五月。
《孤絕》（最新增訂本），台北：秀威資訊科技，二〇一〇年十二月。
《夜遊》（最新增訂本），台北：秀威資訊科技，二〇一〇年十二月。
《M的旅程》（最新增訂本），台北：秀威資訊科技，二〇一一年三月。
《北京的故事》（最新增訂本），台北：秀威資訊科技，二〇一一年三月。

三、劇本創作

《西冷橋》（電影劇本），寫於一九五七年，未拍製。

《飛去的蝴蝶》（獨幕劇），寫於一九五八年，未發表。

《父親》（三幕），寫於一九五九年，未發表。

《人生的禮物》（電影劇本），寫於一九六二年，一九六三年於巴黎拍製。

《蒼蠅與蚊子》（獨幕劇），寫於一九六七年，發表於一九六八年冬《歐洲雜誌》第九期。

《一碗涼粥》（獨幕劇），寫於一九六七年，發表於一九七七年七月《現代文學》復刊第一期。

《獅子》（獨幕劇），寫於一九六八年，發表於一九六九年十二月五日《大眾日報》「戲劇專刊」。

《弱者》（一幕二場劇），寫於一九六八年，發表於一九七〇年一月七日《大眾日報》「戲劇專刊」。

《蛙戲》（獨幕劇），寫於一九六九年，發表於一九七〇年二月十四日《大眾日報》「戲劇專刊」。

《野鵪鴿》（獨幕劇），寫於一九七〇年，發表於一九七〇年三月四日《大眾日報》「戲劇專刊」。

《朝聖者》（獨幕劇），寫於一九七〇年，發表於一九七〇年四月八日《大眾日報》「戲劇專刊」。

《在大蟒的肚裡》（獨幕劇），寫於一九七二年，發表於一九七六年十二月三—四日《中國時報》「人間副刊」，並收在王友輝、郭強生主編《戲劇讀本》，台北：二魚文化，頁三六六—三七九。

《花與劍》（二場劇），寫於一九七六年，未發表，收入一九七八年《馬森獨幕劇集》，台北：聯經出版公司；一九八七年《腳色》，台北：聯經出版公司；並選入一九八七年林克歡編《台灣劇作選》，北京：中國戲劇出版社；一九八九《中華現代文學大系》（戲劇卷壹），台北：九歌出版社，頁一〇七—一三五；一九九三年十一月北京《新劇本》第六期（總第六十期）「93中國小劇場戲劇展暨國際研討會作品專號」轉載，頁十九—廿六；一九九七年英譯本收入*Contemporary Chinese Drama*, translated by Prof. David Pollard, Hong Kong, Oxford university Press, pp. 253-374，二〇〇七年劉厚生等編《中國話劇百年劇作選》，北京：中國對外翻譯社。

《馬森獨幕劇集》，台北：聯經出版公司，一九七八年二月（收進《一碗涼粥》、《獅子》、《蒼蠅與蚊子》、《弱者》、《蛙戲》、《野鵓鴿》、《朝聖者》、《在大蟒的肚裡》、《花與劍》等九劇）。

《腳色》（獨幕劇），寫於一九八〇年，發表於一九八〇年十一月《幼獅文藝》三二三期「戲劇專號」。

《進城》（獨幕劇），寫於一九八二年，發表於一九八二年七月廿二日《聯合報》副刊。

《腳色》，台北：聯經出版公司，一九八七年十月（《馬森獨幕劇集》增補版，增收進《腳色》、《進城》，共十一劇）。

《腳色——馬森獨幕劇集》，台北：書林出版公司，一九九六年三月。

《美麗華酒女救風塵》（十二場歌劇），寫於一九九〇年，發表於一九九〇年十月《聯合文學》七二期，游昌發譜曲。

《我們都是金光黨》（十場劇），寫於一九九五年，發表於一九九六年六月《聯合文學》一四〇期。

《我們都是金光黨／美麗華酒女救風塵》，台北：書林出版公司，一九九七年五月。

《陽台》（二場劇），寫於二〇〇一年，發表於二〇〇一年六月《中外文學》三十卷第一期。

《窗外風景》（四圖景），寫於二〇〇一年五月，發表於二〇〇一年七月《聯合文學》二〇一期。

《蛙戲》（十場歌舞劇），寫於二〇〇二年初，台南人劇團於二〇〇二年五月及七月在台南市、台南縣和高雄市演出六場。

《雞腳與鴨掌》（一齣與政治無關的政治喜劇），寫於二〇〇七年末，二〇〇九年三月發表於《印刻文學生活誌》。

《馬森戲劇精選集》（收入《窗外風景》、《陽台》、《我們都是金光黨》、《雞腳與鴨掌》、歌舞劇版《蛙戲》、話劇版《蛙戲》及徐錦成〈馬森近期戲劇〉、陳美美〈馬森「腳色理論」析論〉兩文），台北：新地文學出版社，二〇一〇年三月。

《花與劍》（中英對照重編本），台北：秀威資訊科技，二〇一一年九月。

《蛙戲》（話劇及歌舞劇版重編本），台北：秀威資訊科技，二〇一一年十月。

《腳色》（重編本、收入《腳色》、《一碗涼粥》、《獅子》、《蒼蠅與蚊子》、《弱者》、《野鵓鴿》、《朝聖者》、《在大蟒的肚裡》、《進城》九劇），台北：秀威資訊科技，二〇一一年十一月。

四、散文創作

《在樹林裏放風箏》，台北：爾雅出版社，一九八六年九月。
《墨西哥憶往》，台北：圓神出版社，一九八七年八月。
《墨西哥憶往》，香港：盲人協會，一九八八年（盲人點字書及錄音帶）。
《大陸啊！我的困惑》，台北：聯經出版公司，一九八八年七月。
《愛的學習》（《在樹林裡放風箏》新版），台南：文化生活新知出版社，一九九一年三月。
《馬森作品選集》，台南：台南市立文化中心，一九九五年四月。
《追尋時光的根》，台北：九歌出版社，一九九九年五月。
《東亞的泥土與歐洲的天空》，台北：聯合文學出版社，二〇〇六年九月。
《維城四紀》，台北：聯合文學出版社，二〇〇七年三月。
《旅者的心情》，上海：上海人民出版社，二〇〇九年一月。
《漫步星雲間》（《愛的學習》新版），台北：秀威資訊科技，二〇一一年四月。
《大陸啊！我的困惑》，台北：秀威資訊科技，二〇一一年四月。
《台灣啊！我的困惑》，台北：秀威資訊科技，二〇一一年五月。

五、翻譯作品

馬森、熊好蘭合譯《當代最佳英文小說》導讀一（用筆名飛揚），台南：文化生活新知出版社，一九九一年七月。

馬森、熊好蘭合譯《當代最佳英文小說》導讀二（用筆名飛揚），台南：文化生活新知出版社，一九九一年十月。

《小王子》（原著：法國・聖德士修百里，譯者用筆名飛揚），台南：文化生活新知出版社，一九九一年十二月。

《小王子》，台北：聯合文學出版社，二〇〇〇年十一月。

六、編選作品

《七十三年短篇小說選》，台北：爾雅出版社，一九八五年四月。

《樹與女——當代世界短篇小說選（第三集）》，台北：爾雅出版社，一九八八年十一月。

馬森、趙毅衡合編《潮來的時候——台灣及海外作家新潮小說選》，台南：文化生活新知出版社，一九九二年九月。

馬森、趙毅衡合編《弄潮兒——中國大陸作家新潮小說選》，台南：文化生活新知出版社，一九九二年九月。

馬森主編，「現當代名家作品精選」系列（包括胡適、魯迅、郁達夫、周作人、茅盾、丁西林、沈從文、徐志摩、丁玲、老舍、林海音、朱西甯、陳若曦、洛夫等的選集），台北：駱駝出版社，一九九八年六月。

馬森主編《中華現代文學大系一九八九—二〇〇三・小說卷》，台北：九歌出版社，二〇〇三年十月。

七、外文著作

1963 *L'Industrie cinémathographique chinoise après la sconde guèrre mondiale*（論文）,Institut des Hautes Études Cinémathographiques, Paris.

1965 "Évolution des caractères chinois", *Sang Neuf*（Les Cahiers de l'École Alsacienne, Paris）, No.11,pp.21-24.

1968 "Lu Xun, iniciador de la literatura china moderna" ,*Estudio Orientales*, El Colegio de Mexico, Vol.III,No.3,pp.255-274.

1970 "Mao Tse-tung y la literatura:teoria y practica" , *Estudios Orientales*, Vol. V,No.1,pp.20-37.

1971 "La literatura china moderna y la revolucion" , *Revista de Universitad de Mexico*, Vol. XXVI, No.1, pp.15-24.

"Problems in Teaching Chinese at El Colegio de Mexico" , *Journal of the Chinese Language Teachers Association in North America*, Vol.VI, No.1, pp.23-29.

La casa de los Liu y otros cuentos（老舍短篇小說西譯選編），El Colegio de Mexico, Mexico, 125p.

1977 *The Rural People's Commune 1958-65: A Model of Social and Economic Development* (Dissertation of Ph.D. of Philosophy at University of British Columbia, Canada).

1979 "Water Conservancy of the Gufengtai People's Commune in Shandong" (25-28 May , The Annual Conference of Association for Asian Studies).

1981 "Kuo-ch'ing Tu: *Li Ho* (Twayne's World Series), Boston, Twayne Publishers, 1979" ,

Bulletin of SOAS, University of London, Vol. XLIV, Part 3, pp.617-618.

"*The Drowning of an Old Cat and Other Stories*, by Hwang Chun-ming (translated by Howard Goldblartt), Bloomington, Indiana University Press,1980", *The China Quarterly*, 88, Dec., pp.707-08.

1982 "Jeanette L. Faurot (ed.): *Chinese fiction from Taiwan: Critical Perspectives*, Bloomington: Indiana University Press, 1980", *Bulletin of the SOAS*, Unversity of London, Vol. XLV, Part 2, pp.383-384.

"Martine Vellette-Hémery: *Yuan Hongdao (1568-1610): théorie et pratique littéraires*,Paris, Collège de France, Institut des Hautes Études Chinoises, 1982", *Bulletin of the SOAS*, Unversity of London, Vol. XLV, Part 2, p.385.

1983 "Nancy Ing (ed.): *Winter Plum: Contemporary Chinese Fiction*, Taipei, Chinese Nationals Center,1982", *The China Quarterly*, pp.584-585.

1986 "*Contemporary Chinese Literature: An Anthology of Post-Mao Fiction and Poetry*, edited with an Introduction by Michael S. Duke for the Bulletin of Concerned Asian Scholars, New York and London, M. E. Sharpe Inc., 1985", *The China Quarterly*, pp.51-53.

1987 "L'Ane du père Wang" , *Aujourd'hui la Chine*, No.44, pp.54-56.

1988 "Duanmu Hongliang: *The Sea of Earth*, Shanghai, Shenghuo shudian, 1938", *A Selective Guide to Chinese Literature 1900-1949*, Vol.1 The Novel, edited by Milena Dolezelova-Velingerova, E. J. Brill, Leiden. New York, København Köln, pp.73-74.

"Li Jieren: *Ripples on Dead Water*, Shanghai, Zhong hua shuju, 1936", *A Selective Guide to Chinese Literature 1900-1949*, Vol.1, The Novel, edited by Milena Dolezelova-Velingerova, E. J. Brill, Leiden. New York, København Köln, pp.116-118.

"Li Jieren: *The Great Wave*, Shanghai, Zhong hua shuju, 1937", *A Selective Guide to Chinese Literature 1900-1949*, Vol.1, The Novel, edited by Milena Dolezelova-Velingerova, E. J. Brill, Leiden. New York, København Köln, pp.118-121.

"Li Jieren: *The Good Family*, Shanghai, Zhonghua shuju, 1947", *A Selective Guide to Chinese Literature 1900-1949*, Vol.2, The Short Story, edited by Zbigniew Slupski, E. J. Brill, Leiden. New York, København Köln, pp.99-101.

"Shi Tuo: *Sketches Gathered at My Native Place*, Shanghai, Wenhua shenghuo chu banshee, 1937", *A Selective Guide to Chinese Literature 1900-1949*, Vol.2, The Short

Story, edited by Zbigniew Slupski, E. J. Brill, Leiden. New York, København Köln, pp.178-181.

"Wang Luyan: *Selected Works by Wang Luyan*, Shanghai, Wanxiang shuwu, 1936", *A Selective Guide to Chinese Literature 1900-1949*, Vol.2, The Short Story, edited by Zbigniew Slupski, E. J. Brill, Leiden. New York, København Köln, pp.190-192.

1989 "Father Wang's Donkey"（translated by Michael Bullock）, *PRISM International*, Canada, Vol.27, No.2, pp.8-12.

"The Theatre of the Absurd in Mainland China: Gao Xingjian's *The Bus Stop*", *Issues & Studies*, National Chengchi University, Vol.25, No.8, pp.138-148.

1990 "The Celestial Fish"（translated by Michael Bullock）, *PRISM International*, Canada, January 1990, Vol.28, No.2, pp.34-38.

"The Anguish of a Red Rose"（translated by Michael Bullock）, *MATRIX*（Toronto, Canada）, Fall 1990, No.32, pp.44-48.

"Cao Yu: *Metamorphosis*, Chongqing, Wenhua shenghuo chubanshe, 1941", *A Selective Guide to Chinese Literature 1900-1949*, Vol.4, The Drama, edited by Bernd Eberstein, E. J. Brill, Leiden. New York, København Köln, pp.63-65.

“Lao She and Song Zhidi: *The Nation Above All*, Shanghai Xinfeng chubanshe, 1945”,*A Selective Guide to Chinese Literature 1900-1949*, Vol.4, The Drama, edited by Bernd Eberstein, E. J. Brill, Leiden. New York, København Köln, pp.164-167.

“Yuan Jun: *The Model Teacher for Ten Thousand Generations*, Shanghai, Wenhua shenghuo chubanshe, 1945”, *A Selective Guide to Chinese Literature 1900-1949*, Vol.4, The Drama, edited by Bernd Eberstein, E. J. Brill, Leiden. New York, København Köln, pp.323-326.

1991 “The Theatre of the Absurd in Mainland China: Kao Hsing-chien’s *The Bus Stop*” in Bih-jaw Lin（ed.）, *Post-Mao Sociopolitical Changes in Mainland China: The Literary Perspective*, Institute of International Relations, National Chengchi University, Taipei, pp.139-148.

“Thought on the Current Literary Scene”, *Rendition*（A Chinese-English Translation Magazine）, Nos.35 & 36, Spring & Autumn 1991, pp.290-293.

1997 *Flower and Sword* (Play translated by David E. Pollard) in Martha P.Y. Cheung & C.C. Lai (ed.), *Contemporary Chinese Drama*, Hong Kong, Oxford University Press, pp.353-374.

2001 "The Theatre of the Absurd in China: Gao Xingjian's *Bus-Stop*" in Kwok-kan Tam (ed.), *Soul of Chaos: Critical Perspectives on Gao Xingjian*, Hong Kong, The Chinese University Press, pp.77-88.

2006 二月，《中國現代演劇》（《中國現代戲劇的兩度西潮》韓文版，姜啟哲譯），首爾。

八、有關馬森著作（單篇論文不列）

龔鵬程主編：《閱讀馬森——馬森作品學術研討會論文集》，台北：聯合文學，二〇〇三年十月。

石光生著：《馬森》（資深戲劇家叢書），台北：行政院文化建設委員會，二〇〇四年十二月。

美學藝術類　PH0064

腳色

作　　者／馬　森
主　　編／楊宗翰
責任編輯／孫偉迪
圖文排版／姚宜婷
封面設計／蔡瑋中

發 行 人／宋政坤
法律顧問／毛國樑　律師
印製出版／秀威資訊科技股份有限公司
114台北市內湖區瑞光路76巷65號1樓
電話：+886-2-2796-3638　傳真：+886-2-2796-1377
http://www.showwe.com.tw
劃撥帳號／19563868　戶名：秀威資訊科技股份有限公司
讀者服務信箱：service@showwe.com.tw
展售門市／國家書店（松江門市）
104台北市中山區松江路209號1樓
電話：+886-2-2518-0207　傳真：+886-2-2518-0778
網路訂購／秀威網路書店：http://www.bodbooks.com.tw
國家網路書店：http://www.govbooks.com.tw
圖書經銷／紅螞蟻圖書有限公司
114台北市內湖區舊宗路二段121巷28、32號4樓
電話：+886-2-2795-3656　傳真：+886-2-2795-4100

2011年11月BOD一版
定價：450元

國家圖書館出版品預行編目

腳色 / 馬森著. -- 一版. -- 臺北市 : 秀威資訊科技, 2011.11
面； 公分. -- （美學藝術類 ; PH0064）
BOD版
ISBN 978-986-221-892-1（平裝）

854.6 100025657

讀者回函卡

感謝您購買本書，為提升服務品質，請填妥以下資料，將讀者回函卡直接寄回或傳真本公司，收到您的寶貴意見後，我們會收藏記錄及檢討，謝謝！

如您需要了解本公司最新出版書目、購書優惠或企劃活動，歡迎您上網查詢或下載相關資料：http:// www.showwe.com.tw

您購買的書名：________________________________

出生日期：________年________月________日

學歷：□高中（含）以下　□大專　□研究所（含）以上

職業：□製造業　□金融業　□資訊業　□軍警　□傳播業　□自由業

□服務業　□公務員　□教職　□學生　□家管　□其它____

購書地點：□網路書店　□實體書店　□書展　□郵購　□贈閱　□其他

您從何得知本書的消息？

□網路書店　□實體書店　□網路搜尋　□電子報　□書訊　□雜誌

□傳播媒體　□親友推薦　□網站推薦　□部落格　□其他________

您對本書的評價：（請填代號　1.非常滿意　2.滿意　3.尚可　4.再改進）

封面設計____　版面編排____　內容____　文／譯筆____　價格____

讀完書後您覺得：

□很有收穫　□有收穫　□收穫不多　□沒收穫

對我們的建議：________________________________

____

____

____

請貼
郵票

11466
台北市內湖區瑞光路 76 巷 65 號 1 樓
秀威資訊科技股份有限公司 收
BOD 數位出版事業部

(請沿線對折寄回，謝謝！)

姓　名：＿＿＿＿＿＿＿＿＿＿　年齡：＿＿＿＿　性別：□女　□男

郵遞區號：□□□□□

地　址：＿＿＿＿＿＿＿＿＿＿＿＿＿＿＿＿＿＿＿＿＿＿＿＿

聯絡電話：(日) ＿＿＿＿＿＿＿＿＿＿ (夜) ＿＿＿＿＿＿＿＿＿＿

E-mail：＿＿＿＿＿＿＿＿＿＿＿＿＿＿＿＿＿＿＿＿＿＿＿＿